謹訳 源氏物語 十

改訂新修

林望

目次

装訂　太田徹也

浮舟
うきふね

薫二十七歳の一月から三月

色好みの匂宮の恨みと中君の沈黙

匂宮《におうのみや》は、かの二条院の西の対《たい》で、偶然に見出《みいだ》した女のこと……ふと情をかけようとしながら、ついに未遂に終わったあの一件を、今に忘れる時とてない。

〈……あれは、とくに重々しい身分の姫君……というほどでもないように見えたが、しかし、人品としては、悪くなさそうだったし、女として、なかなか見どころがありそうに思えたな〉と宮は思っている。もともと気の多い性分ゆえ、〈ああ、あれは残念なままに終わってしまったな……〉と、そのことが小癪《こしやく》に思われて、いつのまにか居なくなってしまったのは、中君《なかのきみ》が嫉妬《しっと》してどこぞへ追いやったのであろうかと邪推し、中君に八つ当たりする。

「もともと、こんなどうということもないことなのに、それを強いて色好み方面のことにこじつけて、なにかとやきもちを妬《や》いて私をお憎みなさることよな。まったく、思いもかけぬことで、嫌《いや》になってしまう」

宮は、そんなことを言って、中君を言い貶《おとし》め恨《うら》みわたるような時がある。そういう折々は、中君もたいそう辛《つら》く思って、〈いっそこの際、右大将《うだいしょう》の君がどこかへ連れ去ってしまったということをありのままに申し上げてしまおうかしら〉と思うこともある。が、またこう考え直した。

〈右大将の君は、あの姫を、そうそう品高《しなたか》くもお扱いにはならぬようだけれど、それでもけっして浅からぬご執着ぶりで隠し住まわせている人だもの、もしここで、私が口さがなく宮のお耳に入れたりなどすれば……どうしてもそのままお聞き過ごしになるようなお心ざまではあるまいものを……こうしてこの邸に仕えている女房どものなかでも、思いつきの気慰みまでに、お手をつけようとお思い立ちになったら最後、かならずや思いを遂げられぬはずもなく、どうかしたら、そんなことをなさるべきでないような、実家のほうまでも尋ねだして、ことを遂げられるという、まことにお行儀の良からぬご本性《ほんしょう》だというに……。あれから、かほどに月日が経っても、ちっとも思いが薄れることなく、あの姫については、いよいよ深くご執着らしい様子……ましてことは女房にお手をつけるというどころではない……かならずや見るに見かねるようなことを、引き起こしなさるであろう。あの姫のことを、どなたか他の方から伝え聞かれるのであれば、それはいかんともしがたいし……そんなことになれば、右大将の君にも、またあの姫君にも、お気の毒なことになろうけれど、これを防ぐことのできるような宮のご気性でもないから、……まあ、なるようになってしまうだろう。……だからといって別にやきもちなど焼くのではない、ただ、実の妹とそういうことになれば、赤の他人とことを起こすのに比べれば、やはり外聞がよくないという気がするというだけのこと……。結局どうなろうとも、自分から不用意なことを口にして、具合の悪いことにはせぬようにしておこう〉と、このように思い返して、困却しながら、なにも言うことができぬ。

といって、なにか適当な嘘をついてまで、もっともらしく言い繕《つくろ》うこともできぬまっすぐな性分であったので、結局のところ中君は、ひたすら胸の内に込めて黙っている。それゆえ、見たところは、ただじっと嫉妬して恨んでいる、そこらの女たちのような様子で過ごしているのであった。

薫の考え

しかし、薫という人は、たとえようもなくのんびりと構えていて、〈あの姫君がさぞ待ち遠しく思っているだろうな〉と、胸を痛めつつ思い遣《や》ってはいるのだが、なにぶん自由には身動きのできない身分・立場とあって、しかるべき用事でもなくては、宇治まで、そうそうたやすく通っていける道でもない。されば、「恋しくは来ても見よかしちはやふる神のいさむる道ならなくに（恋しいなら、来てごらんなさいな。別段来ることを神が禁じた道でもないのだから）」という古歌に歌うてある「神のいさむる道」よりもさらに間尺《ましやく》にあわぬ、困難な恋路ではある。

〈しかしな……〉と薫は考える。〈……さはさりながら、いずれはしかるべき形で、ちゃんと厚遇してやろうと思うけれど、目下のところは、山里へ出向いたときの気《き》散《さん》じ相手と考えていたわけだから、まあそうだな、なにかこう日《ひ》数《かず》を要するような用事でもこしらえて、何日かゆっくりと行って逢《あ》うことにしようかな。そうやって、しばらくの間は、人の知るはずもない所に隠れ住まわせて、次第次第にそういう人生なのだと思わせるように仕向けて……で、あの人の心も、気長に待つのが当たり前だと思うようにさせてみよう。そうして、私自身のためにも、誰彼からとかくの非難を被《こうむ》るようなことのないように、万事は、ほどほどにしておくのがいいだろうな。これでことを急《せ》いて、『唐突に女を迎えたようだが、あれはいったい誰なんだ』だの、また『いつからこういうことに……』だの、噂に立って聞き咎《とが》められるというのも、ああ煩《うるさ》い煩い。そんなことにもなれば、もともとあの大君《おおいぎみ》の身代わりとして迎えたという本来の思いからも掛け違ってしまうことになろう。……また、宮の御方（中君）が、このことを耳にされたら、なんと思うであろう……それを思えば、こうして宇治に住まわせておくのが穏当《おんとう》なところ、それをきれいさっぱりと捨てて京に連れて出て来たりしては、いかにも大君のことなどもう忘れた顔で、とも思われるだろう……それはなんとしても不本意千万というものだ〉などと考えつつ、懸命に隠忍自重して過ごしているのも、また例の、あまりに呑気《のんき》すぎる心のほどというべきであろう。

こんなことを思っているいっぽうで、薫は、京のうちに、かの姫君を移り住まわせようと思う隠れ家を、ひそかに造らせている。

なにぶん身分柄も重々しくなって、以前よりはいささか忙しくなったようではあったが、それでもなお、かの中君には、すこしも怠りなく心を寄せては、なにかとご用を承《うけたまわ》っていることは、以前と変わりがない。それゆえ、御方に仕える女房たちは、なぜに薫君がここまで中君に尽くしているのか、どうも納得のいかない思いでいるけれど、中君自身は、人の親ともなり、それなりの辛酸《しんさん》を嘗《な》め、男女《おとこおんな》の間柄とはいかなるものかということも次第に分かってきて、その上で、世間一般の人の有様を見聞きするにつけても、〈ああ、こういう右大将の君の変わらぬお心寄せこそは、真実正真《しんじつしょうじん》、亡き姉君のことをずっと忘れずにいる心の長さ、そしてその思いの名残《なごり》が今も浅からぬという良い例のように思える……〉と、感じ入ることが少なくない。

薫がこうして歳を重ねていくにつれて、その人柄も声望も、ますます世に抽《ぬき》んでてくる。されば、かの匂宮の心ざまがあまりに頼りにならぬと思える折々には、〈なんと思いもかけない宿縁であろう……亡き姉君が、あの右大将の君に縁付くようにと、お考えおきくださったとおりにもせず、結果的に、こんな物思いばかり多いところに縁ができてしまって……〉と思う折々の多い中君であった。

しかし、匂宮の手前、実際に中君が薫に対面することは、なかなか容易ではない。

そうこうするうちに、年月《としつき》も経って、宇治の暮らしなどはあまりにも遠い昔となってゆき、側仕《そばづか》えする人々とても、次第に新参の者ばかり増えてしまった。されば、大君生前からの深い内情をよくも知らない女房たちは、〈だいたい、これという身分もないような、そこらの人ならば、この程度のご縁をたどってのお付き合いをいつまでも忘れない、なんてこともあってよいけれど……なまじっか、このように格式あるご身分ともなれば……〉

と、薫の心がけを怪しむことであろうし、また中君自身も、〈たしかに、なまじっかに格式の高い今の自分の身の上を思えば、あまりに世のためしにも外れたお付き合いなど、侍女《じじょ》たちの手前も気が引けるし〉と思い憚《はばか》るところがある。また宮も絶えず薫との仲を疑っているという現実も、ますます辛くて、気にかけずにはいられない。そのために、自然自然と、疎々《うとうと》しい対応になっていくのであったが、薫は、それでも思い遣りを絶やさず、以前と同じ心で懇篤《こんとく》に世話をするのであった。

匂宮も、もとより色好みで浮ついた本性が見えてうんざりする折もまじるものの、若君がたいそうかわいらしく成長してゆくにつれて、〈ほかの女の腹には、これほどの若君が生まれてくることはないのではないかな〉などと思うゆえに、今さらながらに大事な女君と思って、気の置けない親しみ深い夫人としては、誰よりもこの中君を大切にするのであった。されば、中君も、以前に比べれば、いくらか物思いも減って安らかな思いで過ごすようになっている。

正月、宇治の姫君からの文、二条院に届く

年が明けて正月の上旬も過ぎ、なにかと数多い儀礼も一段落した頃、匂宮は二条院に渡ってきた。

若君も、明けて二つになったのを、宮は、遊び相手をしながらかわいがっている。

そんな昼時分であった。

小さな女《め》の童《わらわ》が、緑色の薄様紙《うすようがみ》で包んだ文《ふみ》の大振りなのに、小さな髭籠《ひげこ》（竹の端を髭のように編み放した籠）を姫小松《ひめこまつ》の枝に付けたものを添え、またそれとは別に、もう一通、白い紙でいかにも事務的な形に包んだ文をも添え持って、なんの屈託もなく、とことこと走ってやってきた。そうして、これを中君に差し出した。

宮は、

「それは、どちらからの文ぞ」

と不審を立てる。童は、

「『宇治より大輔《たゆう》のおとどに』と言って、使いの者が誰に渡したらいいのかうろうろして

りましたので、いつもみたいに、御方さまがご覧になるのだろうと思って、受け取ってまいりました」

などと、聞き捨てならぬことを言う。それもたいそうせわしい様子で、また、

「この籠は、金物を細工して彩りをした籠なんですね。まあ、この松も、ずいぶん本物そっくりに作ってある枝だわぁ」

とにこにこしながら言い続ける。これには、宮も、つい笑いながら、

「はっはっは、さてどれどれ、私もいっしょに楽しむことにしようかね」

など言いつつ、その枝やら文やらを持ってこさせる。

女君は、困惑して居ても立ってもいられないような思いに駆られ、

「その文は、大輔のところへ持っていきなさい」

と言うけれど、その顔がぽっと赤らんでいる。これを見て宮は、〈ははあ、さては、右大将がさりげなく見せかけてよこした文であろうかな……宇治から、などという名乗りも、もっともらしいが〉と、また邪推をして、この文を取り上げてしまった。

とはいいながら、〈果たして、もしそうだったら……〉と思うと、宮としてはそれもな

んだかばつが悪いゆえ、こんなことを言ってみる。

「開けてみるよ。もしかして、お恨みになるかな」

中君は、応《こた》える。

「なんと見苦しい真似をなさいます。なんだとてまた、そのような女どうしでやりとりしている内々《うちうち》の文などをご覧になるのでしょう」

こんなことを言う御方の様子は、いかにも平然としているので、宮は、

「それなら、見ますぞ。さてな、女どうしの文ってのはどんなものであろうか」

などと冗談めかして、まず髭籠に付けた文を開けてみると、たいそう若々しい手跡《しゅせき》で、こう書いてある。

「ご無音《ぶいん》にて、年も暮れてしまいました。山里の暮らしの気鬱《きぶせ》なることは、あたかも峰の霞が絶え間なく立っているような按配《あんばい》でございます」

かれこれ書いて、頭のところに、もう一言書き添えてある。

「これも若宮の御前に、ふつつかなものでございますが」

この文面筆跡には、取り立てて才気走ったところも見えないけれど、はたして誰の手であるか、宮には見覚えがない。そこに不審を立てて、次に、白い事務的書状のほうを見て

みると、なるほどこれも女の手で、

「年が改まりまして、いかがお過ごしでいらっしゃいましょうか。ご家中にも、いかほどお賑《にぎ》やかなお慶《よろこ》びの多いことでございましょう。わたくしどものほうは、たいそうすばらしいお邸で、たいへんにお心遣いの行き届いたこととは存じますが、それでもなお、姫君さまに相応《ふさわ》しからぬお住まいと拝見いたしおります。このような所で、つくづくと物思いに沈んでおられましょうよりは、ときどきはそちらの御殿へ参上させていただきまして、お心を慰められるようになさればよろしいのに、と存じますが、いつぞやの夜の一件を、なんとしても身も竦《すく》むように恐ろしくお思い込みなさいまして、そのこともどうしても気が進まぬとお嘆きのように拝見いたします。若宮の御前にとて、卯槌《うづち》（小児の邪気を払うための木と五色の組糸で作った正月のまじない）を進上申し上げます。まことに粗末なものゆえ御主《おんあるじ》の宮様のご覧にならない折にでも、どうぞご覧くださいませとのご伝言でございます」

などなど、いかにも細々《こまごま》と、忌み言葉の配慮もなくずけずけと書いてある。しかもその文面を見れば、なにやら心中嘆かわしいことを愚痴っぽく書き連ねているのも、宮にはわけがわからない。

宮は繰り返し押し返しこれを〈妙《みょう》な文《ふみ》だなあ〉と思い思い見て、

「もういいでしょう。白状なさい。どなたのお手紙です」

と単刀直入に尋ねてみる。

「それは……昔、わたくしが宇治の山里におりました時分に仕えておりました女房の娘が、さる訳あって、この頃宇治にいると、そのように聞いておりますので……」

中君は、そう答える。

〈はてな、この文面は、どうみても、ただふつうに仕えている女房のそれとは見えぬ風情《ふぜい》だぞ〉と宮は思い、あれこれ思い合わせてみると、あの二条院での一夜の、思うに任せなかった一件に思い至り、あのいいことを、煩わしいことがあったように言っているのであろうと合点がいった。

その卯槌は手の込んだ細工がしてあって、よほど暇を持て余している人が作ったものらしく見えた。世に「またぶり」と称える、松が枝の二股になっている姿を拵《こしら》え、その片方には藪柑子《やぶこうじ》の実の作り物が挿《さ》してある。そこに、こんな歌が添えてあった。

まだふりぬものにはあれど君がため

ふかき心にまつと知らなむ

このまたぶりではありませんが、まだ古(ふ)りもせぬ若枝のような未熟ものではございますが、

若君の御為《おんため》に、せいぜい深い心を以て、これより先の長き弥栄《いやさか》をば、この松のように待つわが思いを、どうか知っていただきたく

歌としては、とくになんの曲《きょく》もないような詠みぶりだが、これを見て宮は、はっとする。〈これは、もしや、あの一夜以来、ずっと心にかかっていた姫の歌であろうか〉と、そう思いついたゆえ、とくに目を留《とど》めて、

「お返事をぜひともなさるように。しかし、なんと情知《なさけ》らずな……内容からしたら、なにも隠し立てなどなさるべき手紙でもなさそうではないか。それなのに、どうしてまたそうご機嫌が悪いのであろう。まあよい、もう退散するとしよう」

宮は、そんな嫌《いや》みを言いながら、立っていった。

女君は、側仕えの少将の君などに、

「ほんとに弱ったことでしたね。あんな幼い者が、このお手紙を受け取ったのでしょ。そ

れを大人の女房たちは、どうして気づかなかったものでしょうか」

など声を押し殺して嘆く。

「いいえ、もしわたくしが存じておりましたら、どうして、こなたへ参らせなどいたしましょう。とかく、この子はろくに考えもなく出過ぎたまねをすることでございますね。童と申すものは、末頼もしいと思えるようなしっかりしたところがあって、それでも出過ぎたところなく、おっとりとしているのがよろしゅうございましょうに……」

少将の君が、そんな憎まれ口をきくと、中君は少将を窘《たしな》める。

「お控えなさい。幼い子供相手に腹を立てなさるな」

この子は、去年の冬、さる人のもとから奉公に差し出した童で、顔がなにしろかわいらしかったので、宮も、たいそう目をかけてかわいがっているというわけなのであった。

匂宮、薫の行動に疑心暗鬼

宮は、寝殿のほうに戻ってから、しきりと首を捻《ひね》っている。

〈どうも納得できぬぞ……。宇治にあの右大将が通うことが、もう何年ものあいだ絶えぬと聞いているが、さるなかにも、こっそりとあちらに夜泊《よると》まる時もある……とやら、誰ぞが申しておったが……。いや、例の亡くなった姫君を偲《しの》ぶよすがとして、ということだとしても、よくもまあ、あのような以ての外なるところに旅寝をするものだと思っていたが、ははあ、さてはそういう人を隠し置きなさるのであろう〉と、なるほど腑《ふ》に落ちるところがあって、一計を案じることにした。

日ごろから漢籍などの学問係として召し使っている大内記《だいないき》の任にある人が、あの薫の家に親しい縁があったということを思い出して、宮は、御前に呼び出した。

大内記が参上する。

まず、宮は、「近く韻塞《いんふた》ぎ（漢詩の韻字を伏せて出題し当てる遊び）をしたいと思うので、しかるべき漢詩集などを選んで、ここなる厨子《ずし》に積んでおいてもらいたい」などと、もっともらしい用件を申し付けたあとで、さりげなく、こう尋ねた。

「右大将が宇治へお出向きになることは、今も変わりなく続いているのか。噂では、あちらに寺を、たいそう立派に造られたと申すな。私もなんとかして見たいものだが……」

大内記は、答える。

「ははっ、寺は、それはもうたいそう立派に、また荘厳《しょうごん》に造立《ぞうりゅう》されまして、不断《ふだん》の念仏三《ねんぶつさん》味堂《まいどう》の勤行の規範なども、まことに尊《たっと》くお定めになったと、そのように承っております。

右大将さまがお通いになる件でございますが、去年《こぞ》の秋ごろからは、以前よりもずいぶんしばしばお出ましになるようになりました。下々《しもじも》の者どもがひそかにお噂申しておりますところでは、なんでも、かしこに女を隠し住まわせている……それも、なかなか憎からず思し召しをかけておいでの人だろうとか申します。あのあたりにお持ちになっておられます所々《ところどころ》の荘園の人々は、みな大将さまのお言いつけで参上してご用を承っており、また宿直《とのい》なども仕《つかまつ》るようでございます。また京からも、極秘裏に、しかるべき所用の品々を見舞として送られたりなさいますようで……。さても、どんな幸い多き御方《おんかた》が……いやそれにしてもあのような山里でございますから、やはり心細い思いでお過ごしになっておられましょう……とまあ、そんなことを、ついせんだって……師走の頃にお噂しておったように仄聞《そくぶん》いたしおります」

これを聞いて宮は、〈なんとまた、嬉しくも良いことを聞いたものだな……〉と思って、さらに膝を進める。

「その隠し人とやら、確かにどこそこの人だとか、そういうことは言わなかったか。私の聞いているところでは、なんでもあそこにもともとから住んでいる尼の許《もと》を、大将は見舞いなさるとかであったが……」

「その尼は、たしかに、昔のお邸の廊《ろう》に住まいいたしておるようでございます。が、この隠している女という人は、そちらではなくて、こたび新しく建てられた寝殿に、見目《みめ》よさげな女房などもたくさん使って、なかなか見苦しからぬ様子で暮らしておることでございます」

大内記はそう答えた。

「ふむ、それは面白いことよな。大将殿は、いったいどういうおつもりで、またいかような女を、そのように囲っておられるのであろう。さては、やはりいっぷう変わったところがおありだな、あの君は。どうもあたりまえの人とはずいぶんと違ったお人柄だ。父大臣《ちちおとど》(夕霧)などは、この君があまりに仏道帰依《ぶつどうきえ》に傾き過ぎて、かの宇治の山寺へは、昼に参詣するばかりか、夜までも、どうかすると泊まり込んでの修行などすると聞いて、それは軽率なことだと、お叱りになったとやら聞く。それを聞いて、私などは、『まったく、なんだとてそのように仏の道に、隠れて参られるのであろう……やはり、あの昔のことが懐かしくて心を留《とど》めておられるのであろうな』と怪しんで聞いていたものであったが……いやはや、実はこんなことがあったとはな。ま、とかく人よりは真面目らしい顔をして賢《さか》しらぶった人ほど、じつはこういう誰も思いつきもせぬような隠し事を構えるものさ」

宮は、そんなことを言いながら、これは面白いことになったと思っている。

この大内記という人は、薫の邸にたいそう親しくお仕えしている家司《けいし》の娘婿に当たる人であったから、このように、薫が秘密にしていたことまでも聞き知っていたのであろう。

宮の心の中では、〈さてな、どうやって、この人を、あの夜に出会った人だと見定めようか……。あの右大将の君が、そんなにしてまで囲っておくというのは、まあまあよろしいいいなという程度の人ではあるまいぞ。しかし、それにしても、先夜二条院に来ていたということは……こなたの中君と、いったいどうしてさように疎からぬ縁があるのであろう……どうやら右大将ばかりか、中君も……〉とて、かれこれ気脈を通じて、あの女君を隠していることも、宮には、たいそう癪に障って感じられる。

大内記、宮に宇治への通路《かよいじ》について相談される

かくて、この頃では、ただあの謎の姫君のことばかりを、宮はひたすらに思い詰めているのであった。されば、正月の十八日、宮中で催される賭弓《のりゆみ》の儀も、内裏《だいり》仁寿殿《じじゆうでん》での内宴《ないえん》

も終わって、よろずに心静かになった時分に、司召《つかさめし》などと言って、諸官の任命式が行なわれる頃、これには誰もが任免《にんめん》の帰趨《きすう》に一喜一憂、気を揉《も》むところなのだが、宮は、それも上《うわ》の空で、さっぱり興味がわかず、ただただ宇治へお忍びで出かけてみたいと、そればかりを思い巡らすのであった。

例の大内記は、内心に望んでいる官位があって、夜も昼も、なんとかして宮のお気に召すようにありたいと願っているところであったから、宮のほうでは、ちょうどいい機会ゆえ、常よりはずっと親しみ深い態度で、なにかと用事をいいつけ、

「そのほう、たいそう難しいことであろうとも、私がこれから言うことをよしなに計らってくれる気があるか、どうだ」

など、鎌《かま》をかけた。

「ははっ」

大内記は、鞠躬如《きっきゅうじょ》として拝承《はいしょう》のていである。

「じつは、まことに……言いにくいことなのだが、かの宇治に住んでいるという女な、あれは以前にちらりと逢《お》うたことのある人でな、その後行方《ゆくえ》知れずになっていたのだ。それが、どうやらあの右大将に見つけ出されたものに違いない……と、そのほうの話からして

思い当たるところがある。もっとも、たしかにそうだとまでは知る術《すべ》もないものでな……、どうだろう、ただちらっと物陰から覗き見るなどして、たしかにその人かどうか、しかと見定めたいと、さように思うのだ。とはいえ、こんなことは人に知られては困るから、なんとしても極秘裏にことを運ぶには、どうしたらよかろうな」

こんなことを言い出されて、大内記は、〈ありゃ、なんとまた煩わしいことを〉と思うけれど、むろんそんなことは面《おもて》に出しはしない。

「さようでございますな。宇治へお出ましになりますのは、たいそう険阻《けんそ》な山越えの道でございますが、道のり自体はそれほど遠いというほどでもございませぬ。そこで、夕方ころにお出ましになられましたら、亥《い》の時《とき》から子《ね》の時分（午後九時ころから午前一時ころまで）にはお着きになれましょう。それから、しかじかあって暁の時分にはお帰りあそばされませ。さすれば、そのことを人が知ると申しましても、ただ何人かお供にまいります者どもだけで……。そのお供の者どもにいたしましても、深い事情までは、なんとして知り及びましょうや」

大内記は、平然としてこう答えた。

「そうであろうとも。いや、じつは……昔も、一度二度は通《かよ》ったことのある道だ。が、今の身分柄、お忍びで宇治通いなど、いかにも軽々しい振舞いだと、とかくの非難を浴びることになるから、なんとしても世間の耳目《じもく》を憚るというわけなのだ」

こんなことを言う宮は、内心に〈返す返すもあってはならぬことだな、これは〉と、反省しないわけでもないのだが、といって、ここまで口に出して言ってしまった以上、もはや思いとどまることはできなくなった。

匂宮、密かに宇治へ赴く

そこで、お供には、昔もあの宇治の里へ通ったときに随行して道の程の案内を知る者二、三人、それから大内記自身、さらに宮の乳母子《めのとご》で蔵人《くろうど》から叙爵《じよしやく》されて五位に昇った若い人と、ほんとうに気を許せる親しい者だけを選《よ》りすぐって出かけることにする。

右大将は今日明日あたりは決して出向いて行くことはないだろうと、大内記によく内情を聞いてから出かけて行く。それにつけても、かつて中君の許《もと》へ通った時分のことを、宮は思い出す。

〈あの時は、今から思えば不思議なくらいに心を合わせて、右大将は私をあの宇治の中君のところへ連れていってくれた。その大将に対しては、どうも気が咎めるようなことだな、こんなことをしては……〉と、その時分のことが、それからそれへとさまざま胸中に去来する。

宮がいかに色好みだとは申せ、今の身分からして、たかが京の中だけでも、誰にも全く気づかれぬようなお忍びで通うということはなりがたいのに、ましてこたびは、見苦しいまでの窶《やつ》し姿で、しかも馬に乗って出かけていくのだから、心中恐ろしく、かつはいよいよ気が咎めるけれど、それでも、色めいたことへの興味ばかりは人並み外れて強いという心柄ゆえ、道が次第に山にかかってくる時分には、〈さてさて、いったいいつになったら着くであろう。着いたら、どうなることかな。こんな思いをして出かけていくのに、女と逢いもせずに帰るなんてことになったら、それはさぞ物足りない心地がして、なにがなにやら……ということになるであろう〉など思い思いしつつ、心が騒ぐ。法性寺《ほうそうじ》のあたりまでは車で行き、そこから先は馬に乗ったのであった。

かくて道を急いで、宵を過ぎるころに宇治の山荘に着いた。

大内記は、邸内の様子をよく知る右大将邸の家来によくよく尋ねて弁《わきま》えていたので、宿直人《とのいびと》の詰めているあたりには寄ることなく、周囲をぐるりと廻《めぐ》らした葦垣《あしがき》の西側のあたりを少しばかりそっと毀《こぼ》ち、中に入っていった。とはいえ、大内記自身も、まだ見たこともない邸ゆえ、そうすっきりとも案内はできぬ。それでも所柄人《ところがら》が多く仕えているというわけでもないので、寝殿の南面《みなみおもて》に、火影《ほかげ》がぼんやりと暗く見えて、なにやらさやさやと衣《きぬ》擦《ず》れの音がしているところを確認する。

大内記は、この内情偵察から戻ると、宮に報告した。

「まだ誰ぞ起きているようでございます。されば、ただもうこの葦垣の毀ち目から、どうぞお入りくださいまし」

と、先に立って宮を邸内に案内してゆく。

やがて宮は、そっと簀子《すのこ》に昇ると、格子戸の隙間を発見して近寄っていった。いちばん外には篠竹《しのだけ》で編んだ鄙《ひな》ぶりの伊予簾《いよす》が掛けてある。格子戸の隙間から覗こうとして、宮が伊予簾を潜《くぐ》ると、さらさらと音が鳴った。宮は、〈あ、まずい〉と思う。

この寝殿は、新しくさっぱりとした風情に造り建ててあるのだが、とはいえ、田舎のことて造作《ぞうさく》が粗雑で、格子戸に隙間があったとしても、やわかこんな山奥まで誰が物好きにやってきて覗くものか、という油断の心があるゆえ、特に穴を塞《ふさ》ぐこともしていない。しかも、目隠しにするはずの几帳《きちよう》も、垂《た》れ絹《ぎぬ》は腕木《うでぎ》に掛け上げた状態で脇へ押しやってある。中は丸見えであった。

室内には、明々《あかあか》と火が灯してあり、その明りのなかでなにか縫い物をしている女房が三、四人いた。また女の童のなかなか縹緻《きりよう》の良いのが、脇で糸を縒《よ》りかけている。その子の顔を見れば、たしかにいつぞや二条院の西廂《にしびさし》でちらりと見かけた女の童に違いない。〈いや、いつぞやはほんのちらっと見ただけだから……もしや、見間違いということはあるまいな〉と、宮は半信半疑の思いでいると、そこにまた、あの折に右近と名乗っていた若い女房の姿も見える（訳者注：東屋の巻で、右近と名乗っていたのは、中君付きの女房である。こちらの右近は別人で、浮舟の乳母子である。同じ呼び名を聞いて宮が勘違いしたものと考えておく）。そうして、その女主人と見える人は、腕枕をして、灯火《ともしび》をぼんやりと眺めている。その目もとといい、額髪《ひたいがみ》がさらさらとこぼれかかっている様子といい、いかにも貴《あて》やかで飾り気のない美しさに溢《あふ》れ、中君にたいそうよく似ている。

右近ら女房たち、この一件について語り合う

この右近が、なにか絹布をしきりに折りつけながら、

「そうやってお出かけになられましたら、そうそうすぐにこちらへお戻りになるというわけにもまいりませんでしょう。でも、右大将の殿は、この司召の頃が過ぎれば、二月《きさらぎ》の初めにはきっとこなたへお出ましになられましょう……と、さように、昨日のお使いの者も申しておりましたもの。されば、そのお返事には、どのように申し上げなさいましたのでございますか」

と言うけれど、姫君は、なにも答えない。ただ、じっと物思いに沈んでいる様子である。

「万一、大将殿がお出ましになったときに、お姿が見えませぬでは、まるでその折を見計らって這《は》い隠れなさったようで、いかにも体裁の悪いことになりましょう」

右近がこう苦言を呈すると、向かい合って絹折りをしていた女房が、

「それならば、かくかくしかじかのわけで、ちょっと出かけましたと、ちゃんとお手紙に

書いて申し上げるのがよろしゅうございます。御身分柄、どうして軽々しく、なんのご挨拶もなしに逃げ隠れなどなさることができましょう……。そして、そのご参詣ののちは、すぐにお帰りあそばしませ。このような山里の住まいは心細いようでございますが、一面気楽で、誰に気がねもなく、思い通りにお過ごしになれますほどに、そういうお気楽なお暮らしに馴れておいでですから、今さらに京の母君のお邸にいらっしゃるのは、かえって旅中の宿りのようで落ち着かぬ心地がなさいますかも……」

などと言う。

また別の女房が口を出して、

「いえ、やはりここは、もう少しだけこちらのお邸で、大将殿をお待ち申し上げなさいますのが、穏当で体裁がよろしゅうございましょう。やがて京へお迎えくださるということですもの、いずれそうなりましてから、お心安く母君さまにもお目にかかるようになさいませな。あの乳母《おとど》が、まったく気ぜわしくておいでで、俄《にわ》かにこんな物参りのことをお勧め申し上げたやに拝見いたします。昔も今も、短気は損気、ただじっと我慢しておっとりとなさっている人が、幸いな結果を手になさいますとか申しますしね」

など言っているように聞こえる。すると右近が、

「まったく、なんとしてまた、あの乳母《まま》を思いとどまらせることができなかったのでしょうねえ。さても、年老いた人は煩わしいところがおありで……」

このように憎まれ口を叩くのは、乳母というような人を非難しているらしく見える。

〈おお、そうそう、あの時もえらく恐ろしげな顔をして、憎らしくも邪魔だてをした老い人がおったおった……〉と、宮は、かの夜にお不動さまのような険しい表情で姫を守っていた乳母のことを思い出すと、なにやら夢のような気がする。

かくて、女房たちは、宮が聞いているとも知らず、聞くに堪えないようなことまで、すっかり気を許した内輪ばなしをして、また、

「それにしても、宮の上さま(中君)こそ、まことにすばらしいご幸運をお持ちね。左大臣が、あれほどにめざましいご威勢を張っていらして、あんなに鳴り物入りで、宮さまのことを婿がねとしてちやほやしておられるようですけれど、なーに、若君がお生まれあそばしての後は、さすがに上さまのほうを、この上なく大事になさっているとか……。さては、二条院のほうには、あの乳母《おとど》のような賢《さか》しらぶった人などがおありでないから、しっくりと落ち着いたお心がけで、お考え深くお相手をなさっているようでございますね」

と、こんなことを言い募る女房がいる。すると、負けぬ気を起こして、

「そんなことをおっしゃいますが、もし、こなたの右大将の殿だって、ほんとうに姫さまを大切に思ってさしあげてくださるお気持ちが変わらないなら、宮の上さまに、どうして劣り申すことなどございましょう」

など弁じたてる女房もある。

こんなやりとりを聞いていた姫君は、すこし起き上がって、

「これこれ、たいそう聞き苦しいことを……。赤の他人についてなら、劣り勝りなどのことをいかように思おうとかまわぬが、あの宮の御方のことだけは、決してそのようなことを言うてはなりませぬぞ。万が一にも、そのようなことが漏れ聞こえてごらんなさい。それはもう、わたくしの立場がありませんよ」

など、窘《たしな》める。

匂宮、色好みの魂発動す

〈……ということは、つまり、こなたの姫は中君《あれ》とは赤の他人ではない、ということだ

な。ならば、いったいどんな親族に当たるのであろうな。まことにそっくりといってもいいくらい、よく似通った感じがするぞ〉と、宮は、心のなかで二人を思い比べる。〈こちらが恥ずかしく感じるほど貴やかなところだけを言えば、中君《あれ》はこの上ない女だ。が、こなたの姫は、ひたすら健気でかわいい感じがして、しかも繊細な風情はいかにも魅力的だ……〉と宮は興味を惹《ひ》かれる。これがまずまずの縹緻《きりよう》で、どこかに欠点などを見つけるというようなことがあったにしても、一旦、これほどに逢いたいと思い込んだ女となれば、いざその本人を見て、宮は、そのままなにもせずに引き上げるなどという心がけではない。ましてや、こうして今すみずみまではっきりと見てしまった以上、〈なんとしてこれを我が物にしてやろうか……〉とばかり、もうすっかり心も上の空になってしまって、ひたすらじっと見つめている。

右近は、縫い物の手を止めて、

「ああ、ほんとうにねむたいわ。ゆうべも、なんとなく夜を明かしてしまったもの。ちょっと一休みして、あとは明日の朝早くにでも、これは縫ってしまいましょう。どんなに急がせなさっても、お迎えのお車は、日が高くなってからの到着になるでしょうしね」

と言うと、縫いさした仕立物を、かれこれ取り集めて几帳にさっと掛けなどしつつ、そのままうたた寝のていで、物に寄り掛かって臥《ふ》した。主の姫君も、少し奥に入って臥す。それから右近は、一度起きて北廂《きたびさし》のほうへ行って、しばらくしてから戻って来た。そうして、姫君の裾《すそ》近いあたりに臥してしまった。

右近はいかにもねむたく思っているようであったから、このままでは、すぐにも寝入ってしまう気配、これを見て宮は、ともかくここは他に手だてとてもないことゆえ、そっとその格子戸を叩いた。

右近がそれを聞き付けて、

「誰じゃ」

と問う。

宮は、しかるべくエヘンエヘンと咳払いなどして、来訪を知らせる。その声の様子からして、どうやら貴顕《きけん》の人らしいと右近は聞き、〈さては、右大将殿がおいでになったのではないかしら〉と思って、起きて出てきた。

「まずは、この戸を開けよ」

宮が、そう言うと、

「どうも不思議なこと、こんな思いもかけないような時間にお出ましとは……。夜はもう更け過ぎるほどに更けてしまったようですのに」

と右近は不審を立てる。

「いや、どこかへお出かけになるようだ……と、そんなことを仲信《なかのぶ》が申しておったので、びっくりして慌てて出てきたのでな、いやはや、道々ひどい目に遭《お》うた。まま、ともかくここを開けよ」

と、わざわざ薫の家臣仲信（大内記の舅《しゅうと》）の名を出して、そんなことを言い入れる宮の声は、たいそう薫に似せているうえに、声を押し殺しているので、まさか宮だとは気づかず、すっかり薫が来たと思って右近は、格子戸をさっと開けた。

「いや、道中、たいそう思いもかけぬ恐ろしいことがあったので、とんでもない姿になってしまったのだ。されば、火を暗くせよ」

と、まことしやかに宮は言う。

「あれあれ、それは一大事で」

右近は慌てふためき、灯火を取りのけてしまった。

「よいか、私の姿を人に見せるでないぞ。こうしてやって来たからとて、誰も起こしてはならぬ」

ともかく、宮はこういうことになると、たいそう悪知恵の働く人で、もともと多少は似ていた声を、せいぜい薫そっくりに真似て入ってきた。

〈とんでもない事件に遭ったと仰せになる……さては、どんなお姿になられているのであろう……〉と右近は、気の毒に思って、自分も物陰に隠れて姿を見られぬように配慮しながら男の姿を見た。

すると、たいそうほっそりとして、しんなりと着馴《な》らした装束を身にまとい、焚《た》きしめた香《こう》のこうばしいことも、おさおさ薫に劣らない。

宮は、姫君の近くに寄っていって、身にまとった衣を脱ぎ、いかにも物馴れた様子で、姫の傍らにさっと横になった。

「どうぞ、いつもの御座《おまし》のほうへ」

など、右近は勧めるが、宮は、だんまりを決め込んでいる。

右近は、やむを得ず、そのまま夜の衣を掛けまいらせ、寝ていた女房たちを起こして、すこし退《さが》らせると、そこらで皆寝てしまう。

お供の人などは、常々、こちらの寝殿のほうでは応対しない習慣になっているので、女房たちは、彼らが薫の手のものでないことに気づかない。

「こんな夜深《よぶか》くお出ましになるとは、ずいぶんと深いお心から、無理算段をしておいでくださったのね。それなのに、そういう殿のお気持ちを、姫君はろくろくお弁《わきま》えもないんだから」

などと、賢《かしこ》だてをして言う女房もあるけれど、また、

「しっ、お静かに。夜声は、ささやくほどに耳に立つというものでございますよ」

と、右近が窘めなどするうちに皆寝入ってしまった。

忍んで来たのが匂宮であること露顕

女君は、〈や、これは大将殿ではない〉と気づいた。

そんなこと、呆れるばかりにひどいことではあったが、宮は、ひしと姫君の口を押し塞いで、声も立てさせぬ。

宮に組み敷かれながら、姫は、あの二条院での出来事を思い合わせる。

〈……あの人目を憚るお邸ですら、あんなふうに道理に外《はず》れたことを平然となさるお心だ

もの、ましてや……〉と思うと、姫はただただ呆れ返る。もしこれが、最初から大将殿ではないと知っていたら、もう少し抵抗するすべもあったろうけれど、もはやことここに至っては、いかんともしがたい。

姫君は、ただもう悪い夢にうなされてでもいるような心地がしている。

すると宮は、事を遂げ、もう大丈夫と思ってか、しだいにあの二条院での一夜、思いを妨げられてどんなに辛かったか、また、年月《としつき》が経っても変わらず思い続けてきたことなど、それからそれへと、口説きわたる。

それで、やっとこれが匂宮その人だとはっきりした。

さてそうなると、姫君はますます恥じ入るばかり、宮の御方中君のことなどを思うにつけても、こんな関係を結んでしまったこと、いかんともしようのなかったわが身と思って、ひたすらに泣く。

宮も、また、こんなふうになまじっかに契りを結んだものの、今後そうそうたやすく逢うこともできぬだろうことを思って泣くのであった。

春の短夜《みじかよ》は、ただ明けに明けてゆく。

お供の人が庭先で咳払いなどしつつ、宮の出立《しゅったつ》を促す。

右近は、その声を聞いて姫のもとへやってきた。

しかし、宮は、帰ろうという気持ちにもなれず、ただただ、どこまでも愛着の思いに駆られながら、また通って来ることも難しいことゆえ、このまま帰らなければ、京のほうでは大騒ぎになるだろうけれど、〈ままよ、今日だけは、ここにこうして居続けることにしよう……「恋ひ死なむ後《のち》は何せむ生ける日のためこそ人は見まくほしけれ（恋しくて恋しくて、焦がれ死んでしまったら、あとは野となれ山となれだ。こうして生きている今日のためにこそ、恋しい人には逢いたいのだから）」という古歌もある。恋もなにも生きていればこそのことだ〉と、宮はまさにその、あとは野となれ山となれという気持ちになり、もしこれからすぐに帰ってしまったら、ほんとうに焦がれ死にしそうな気さえして、右近を側《そば》へ呼びつけると、

「まったく分別のないことだと思われるであろうけれど、今日はな、とうてい帰ることができそうにない。供の男どもは、この辺りのどこか近きあたりに、よく身を隠して控えおれ。あ、それから時方《ときかた》は、これからすぐに京へ取って返して、『宮は山寺にお忍びでご参《さん》

籠《ろう》』とでも、そこはもっともらしく言い繕って、うまく答えておけと申せ」

と、こう伝言させる。右近は意外千万ななりゆきに、呆然たらざるを得ぬ。そうして、夜《よ》べ、つい不用意に宮を引き入れてしまった自分の過誤《かご》を思うと、気が変になりそうなほど悩乱《のうらん》している。が、そこは必死に胸を押し鎮《しず》めて、〈よし、今こうなった以上は、あれこれあたふたと騒ぎ立てたところで、どうなるものでもなし……それに、ことを大げさにすれば、宮に対して礼を失することにもなる……。あの二条院で、なにがなんだか分からなかった折に、宮は、きっと姫君に深く思いをかけなさったのだろうけれど、それもつまりは、こんなふうに逃れることのできない前世からの因縁であったのに違いない。されば、すべては誰かれの責任というようなものでもあるまい〉と、自ら思い慰める。その上で、右近は、せめて宮にこう訴えた。

「今日、京のほうからお迎えが参る手はずになっておりますものを、ご逗留などと仰せあそばしますのは、どうなさるおつもりでございましょうか。こんなふうに、どうでも逃れることのできぬ前世からのご縁とあっては、もはやなにをどう申し上げようもございませぬ。ただ、今日のご逗留のことだけは、いかになんでも折が悪うございます。やはり今日のところはお帰りくださいまして、もし確かにお気持ちがございますなら、またあらためてゆるゆると……」

宮は、〈なんとまあ、老成したようなことを申すものだ〉と思って、言い返す。

「私は、このところずっとあの姫に思いをかけてな……もうすっかりうつけのようになってしまっているのだ。だから、誰がどう非難しようと、そんなことは知ったことではない。ただもう一途《いちず》に恋しくてならぬのだ。もしこれで、多少なりとも自分自身の名誉や保身などを思うなら、私のような立場の人間が、こんな忍び通いなど思い立つものか……。もしお迎えが来たら、京の母君へのお返事には、『今日は物忌みのため出かけられません』とでも言っておけ。なにがなんでも人に知られないように済ませる方策を考えよ。それが私のため、また姫のためでもあろうぞ。おまえはそのことだけを考えていればよいのだ。余事《よじ》は何を申しても無駄なことだからな……」

こんなことを口走る宮は、ただもう姫君が世に比類もなく愛《いと》しく思って、このぶんでは、恋慕の情に流されるまま、どんな謗《そし》りもまったく忘れ果ててしまうことであろう。

右近、匂宮の供人らを叱責

右近はそこで、外に出ると、庭に控えている大内記に、きつく申し渡した。

「宮様は、きょうはこちらへご逗留……と、こう仰せじゃ。しかし、それはいかになんでも見苦しきなされようと、きっとお諫《いさ》めなさいませ。かようなことは、呆れるばかり奇態《きたい》なるなされよう……いや、仮にそのように宮様が思し召すとも、こういうことはそなたのようなお供人たちのお心次第で、いかようにもなるものでございましょう。……それにしても、なんとしてまた、ろくに深い考えもなしに、かようなところへお連れ申し上げたものじゃな。もしこれで、とんでもなく無礼なことを申し上げる山賤《やまがつ》づれの者がいたりなどしたら、いったいどうなったことでございましょうぞ」

大内記は、〈いやはやこれは、まったく煩わしいことになったものだ〉と思って呆然と立ち尽くしている。

右近は、そこらを見回しながら、また言い放つ。

「宮様が時方とお呼びになられますのは、どなたでございますか。……おお、さればそなたには、しかじかの通り京へ伝達せよとの仰せでございますぞ」

時方は、この伝言を聞いて、苦笑いをしながら、

「まことにこなたさまのご叱声《しっせい》の恐ろしさに、京へ伝令せよとのご命令などなくとも、これよりすぐに逃げて帰ろうかと……。いや、じっさいのところは、宮様のご執心のただならぬご様子を拝しましたるゆえ、我ら供人一同、誰も誰も、命がけのつもりでお供申したような次第にて、決して生半可《なまはんか》のことではござらぬ。それはまあよい、おっと、どうやら宿直《とのい》の者もみな起き出してきたようだな」

と言い言い、急いで出ていった。

右近、智恵をめぐらす

さて、宮はあのように、誰にも知られずに済ます方策を考えよと言うけれど、そう言われても右近にとっては無理難題。〈はてさて、人に知られぬようにするには、どう工夫したものであろう〉と、ひたすら困《こう》じはてている。

女房たちが起きてきた。そこで、

「大将殿は、さる仔細《しさい》があって、たいそう人目を避けておいでございます。なにやら、こなたへの道すがらに、恐ろしいことが出来《しゅったい》したらしゅうございまして……。されば、お召し物なども、しかるべきお召し替えを持ってくるように、夜分に京のお邸のほうへ隠密裏に仰せ付けになられましたのじゃ」

など言い繕う。これを聞いて年かさの女房たちは、

「おやおや、なんと気味の悪いこと……あの木幡山《こはたやま》のあたりは、たいそう恐ろしいところじゃというに……」

「また、例によって、前駆《さきが》けの者もお使いにならず、お忍びの窶《やつ》し姿でお出でになったのでございましょう。おお、恐ろしや」

など言い交わす。それを聞いて右近は、

「しっ、おしずかに、おしずかに。さようなことは、万々一、下々の者どもが、ちょっとでも聞いたりすれば、ほんに一大事となりましょうぞ」

と口に叱責の言《げん》を吐きながら、内心は、ばれやしないかとびくびくものであった。〈もし、よりにもよってこんなときに右大将殿からの使いがやってきたりしたら、どうやって言いくるめよう……〉と、冷や汗をかく思いで、

「初瀬《はつせ》の観音さま、なにとぞ今日一日なにごともなく過ごさせてくださいませ」

と、とんだ大願を立てて祈った。

実は、この日、石山寺《いしやまでら》へ参詣しようというので、京から母君が迎えをよこすことになっていたのであった。

そのため、この邸の女房たちも、みな物詣《ものまい》りの前とあって精進潔斎し、すっかり身を清めて待っていたのに、どうやら当てが外れた。

「大将殿がご逗留とあらば、今日など姫君はとてもお出ましにはなれますまい」

「なんと残念なこと」

など女房たちは口々に言う。

やがて日が高くなったので、寝殿の格子戸を上げ、ほかならぬ右近が閨《ねや》のお側近くに控えてなにかとお世話をする。母屋《もや》の簾《すだれ》は、四方みな下ろしこめて、そこに、

「物忌」

などと書かせた紙を付けた。これは、もしや母君が自身出迎えに来たりなどする事態を想定して、母君にさえ会わせないという用意なのだ。ついては、

「昨夜の夢見がたいそう不穏でございましたゆえ」

などと、右近は、まことしやかに言い拵えるのであった。

やがて右近は、手水《ちょうず》の具《ぐ》を御帳台《みちょうだい》のうちへ差し上げる。そこは常の通りであったけれど、中では、姫君自身が手ずから宮の世話などしようとするのを見て、宮は姫君にそんなことをさせてはいかにも礼を失するような気がして、どうも心落ち着かぬ。そこで、

「いや、私はあとでよい。そこもとがまずお洗いになられましたら……」

と、大切な恋人に言うように優しいことを言う。

女は、日ごろから体裁よく心のほども奥ゆかしい大将殿を見馴れていたのだが、今目《ま》の当たりに「片時でも逢わずにいたら死んでしまう」などと恋に胸を焦がす宮を見ては、〈ほんに愛情が深いというのは、こういうことを言うのであろうか……〉と、豁然《かつぜん》思い知る心地がし、〈それにしても、なんというわけのわからぬ身の因縁であろう……、もしこんなことが噂になったら、右大将の君も宮も、どんなふうにお思いになるだろう……それになにより、まずはあの二条の上、中君がどうお思いになるだろう〉と思い寄せる。が、

宮は、そもそもこの姫と中君の縁《ゆかり》を知らぬゆえ、

「かえすがえすも私は情無く思うぞ。どうしてそなたはなにも言うてくれぬのだ。ことこ

こに至れば、やはり、そなたがほんとうは誰なのか、ありのままにおっしゃい。それが仮に、ひどく身分の低い出自《しゅつじ》であったとしても、そんなことはなんでもない。それどころか、ますます心に沁《し》みて深く思おうかというものだよ」

などと、強引に問い質《ただ》してやまぬ。

けれども、姫君は決してその問いに答えようとはせぬ。ただし、その他のことについては、たいそう魅力的に親しみ深い様子でちゃんと答えなどして、宮に対して従順な態度で接している。そのことを、宮は、それはもうどこまでもどこまでも、放ってはおけない愛らしさだと見ている。

京より迎えの車来たる

日が高くなる時分に、京から迎えの人がやって来た。

牛車《ぎっしゃ》が二輛、随行する騎馬の者どもは、例によって荒々しい軍装の男が七、八人、さらに数多くの男どもが取り囲んで、例によって下世話なる風采《ふうさい》で東国方言を囀《さえず》りながら入ってくる。こんな連中を見て、女房たちはなんとしても居心地が悪く思い、

「これ、あちらのほうへ隠れていよ」

と伝達させなどする。

右近は、〈……さて困った、どうしよう。もしここで『右大将殿がおいでです』と言ったとしたら……やはり、あれほどのご身分の方が在京であるか否かなど、自然と耳にして知っていることだろうから、いずれ隠しおおせるものでもあるまい〉と思って、朋輩の女房衆にも、とくに申し合わせることもなく、ただちに京の母君に宛てて返事を書いた。

「昨夜より、姫君には、月の穢れにおなり遊ばして、物詣りには憚《はばか》りなることを口惜しく思し召し嘆いておいでのご様子でございますが、その上、夜べ胸を騒がせるような悪い夢見をなさった由《よし》にて、せめて今日一日は謹慎なさいますように申し上げて、物忌《ものい》みといたしてございます。返す返すも口惜しく、なにやら、あやかしのものが妨げをなしておりますように拝見いたしております」

と、こんなことを書いて、迎えの者どもには、しかるべく食事など食べさせてやり、そのまま京へ返した。その上で、弁の尼にも、

「本日は、物忌みにて、京へはお出ましになりません」

と伝言させておいた。

匂宮、山里の徒然《つれづれ》を姫君と共に過ごす

かかる山里暮らしで、いつも姫君は一日の時間を持て余すばかり、ただ春霞の立つ山辺をぼんやりと眺めやりながら、物思いに沈んでいるのであったが、今は、よほど様変わりして感じられる。宮は、こうして愛しい姫君といっしょにいると、さしも長い春日《はるび》もあっという間に暮れてしまうような気がして、日の暮れることを悲観的に思うては、ただただ胸を焦がしている。そんな宮の思いに引きずられるようにして、姫君も、今日ばかりはあっというまに日が暮れていくように感じるのであった。

こうして余事に紛れることなくのどかな春の日、「春霞たなびく山の桜花見れども飽かぬ君にもあるかな（ああして春霞がたなびいている山の桜花は、見ても見ても見飽きない……そのように美しく見飽きないあなたですね）」と詠じた古歌の心さながらに、宮は、姫君を見ても見ても見飽きない思いに駆られ、とくにここが悪いと感じるような欠点とても見当たらず、愛敬《あいきよう》があって親しみ深く、満点の魅力があるように見える。とはいえ、実際には、かの対《たい》にお住まいの御方（中君）と比べると、似てはいるけれど、いくらか及ばぬ。また正

室の、左大臣家の六の君の、今を盛りと匂い立つような美しさの側《そば》に並べてみたら、それこそ比較にもならない程度の人であるのに、目下のところ、宮は頭に血が上《のぼ》って「あばたもえくぼ」という状態ゆえ、〈ほかには見たこともないような、すばらしい魅力のある人だ〉と、そんなふうに見ている。

女のほうではまた、薫の右大将殿を、〈たいそう汚れない美しさに見えて、これほどの人はまたとないのではあるまいか〉と思っていたのだが、〈……いやいや、お道具立てが繊細で、輝くばかりの容姿の真実清らかな美しさという点では、宮さまは、この上なくていらっしゃること〉と思い直す。

宮は、硯を引き寄せて、手習いに歌など書きすさぶ。その筆跡はまたたいそう風情豊かで、絵なども見どころ満点にみごとに描くのであってみれば、若い女の気持ちとして、つい思いも移るというものであったろう。

「いくら来てあげたくても、そうそうままにもならぬ身、そんなことで私が来られない間は、この絵でもご覧になったらいいよ」

宮は、そんなことを言い言い、たいそう見目麗《みめうるわ》しい男と女が、ひとつになって添い寝を

している絵を描くと、

「ああ、いつもこんなふうにしていたいな」

などと漏らしては、またはらりはらりと涙を流す。

長き世をたのめてもなほかなしきは
ただ明日知らぬ命なりけり

どんなに末長き契りを約したとしても、やはり悲しいことは、
ただ人の命などは明日をもしれぬ儚《はかな》いものだということだね

宮は、こんな歌を口ずさみ、

「まったく、こんなことを思うなんて不吉だ、不吉だ。……だけれどね、自分は、心のまま自由に動ける身でもなし、こうやって通《かよ》って来るについては、あれやこれやと計略を廻らさなくてはならない。そんなふうになかなか逢えないなんて、ほんとうに辛くて、ほとほと死んでしまいそうな気がするのだ。あの二条院で見初《みそ》めたとき、そなたはずいぶん冷淡なおあしらいであった……いっそあのまま縁が切れてしまえば、こんなに苦しい思いをしなくても済んだのに、なんでまた私はなまじっかそなたを探し出し、逢うてしまったの

であろう」

など、しみじみと囁《ささや》きかける。

宮は、筆に墨を含ませると、女のもとへさし出す。女はそれを執《と》って、

心をばなげかざらまし命のみ
さだめなき世と思はましかば

変わりやすいお心をば嘆かずともよいはず……もしも、仰せのように命だけが移ろいやすい世の中なのだと思うのでしたら。でも実際は、どんなに頼りになりそうなお約束をしてくださっても、そのお心だって命と同じように移ろいやすいのですもの……

と書いた。

これを見て、〈ははあ、私が心変わりなどしようものなら、きっと恨めしく思うということなのであろうな〉と思うにつけても、いよいよ以てこの姫がいじらしくてかわいくてしかたない宮の心であった。

「この歌は……さて、いったいどんな人の心変わりを目の当《ま》たりにして、こんなふうに思

うのだね」

など意味深長な微笑を浮かべる。すなわち、薫の大将のことがどうしても宮の心から去らないのである。そうして、薫がこの姫を宇治の邸に移し住まわせた、そのそもそもの発端のところを、なんとしても、どうしても知りたいと思って、しつこく糾問《きゅうもん》するのであった。これには、姫君も困《こう》じ果てて、

「とてもお話しできぬことを……そんなにおっしゃっても……」

と、ふっと甘く恨みごとを言うその様子も、まことに初々《ういうい》しい。

……さようなところは、いずれ自然に誰ぞの口から聞き出すことができるであろうと思っていながら、無理にも自分で言わせようとするところがまた、理不尽な宮の心よ……。

京から戻って来た時方の報告と右近の応対

その夜さり……京へ遣わしていた時方が戻ってきて、右近に会った。

「后《きさい》の宮（明石中宮）からも、宮さまの消息を尋ねて、二条院のほうへお使いが参りましたし、左大臣殿も、ひどくご機嫌悪く仰せの趣は『このように人に知られぬお忍びのお出歩

きは、ご身分がらたいそう軽々しく、万一にも宮とも思わずに無礼を働く者がないとも限らぬし、かれこれ内裏のお上《かみ》のお耳にでも聞こえようものなら、私の不届きということになって、辛い立場になろうぞ』と、くれぐれも申し諭《さと》されてございます。されば、『宮様は、東山まで行者の聖《ひじり》に会いに出向かれました』とまあ、そのように人には言い繕《つくろ》っておきましてございます」

と、こんなことを言い、また、

「しかし、なんですなあ……女人と申すものは、罪深くおわすものだ。なんの関係もないそれがしのような一介の家来までも、かようにおたおたと惑わせなさる。その揚げ句にとんだ嘘まで吐《つ》かせなさるのだからなあ」

など恨みわたる。が、右近も負けてはいない。

「ほほほ、聖に会いにと仰せになりましたか。わが姫さまに聖の名をお付け申したとは、たいそう感心なことじゃ。その功徳にて、御身の嘘つきの罪も帳消しとなったことでございましょう。まことに……つくづく納得致しかねるのは宮のお心。じっさい、どうしたわけで、かようによろしからぬお忍びあるきのお心癖《こころぐせ》がお付きになったものやら……。とは申せ、こうしたことは前もって、『いついつの日に、しかじかのとおり行くから』と、こう承っておりましたなら、それはもうかたじけないことでございますもの、わたくしどもとて、宮の御為《おんため》にしかるべく取り計らわせていただかぬものでもございますまいに、下ごしらえもなく、あまりに不用意なお出ましでございましょうぞ」

と、世話焼きめいた応対をする。

それから、右近は、宮の御前にまかりでて、かくかくしかじか、と時方の報告をそのまま、そっくり報告すると、宮は、〈ほんとうのところ、どれほどの問題になっているのであろうな〉と、はるかに京の有様を思い遣り、

「ああ、このように意のままにならぬ不自由な身の上にはうんざりだ。もっと身軽に行動できる殿上人《てんじようびと》程度の身分になって、しばしの間《あいだ》なりとも自由に生きてみたい。さてなあ、どうしたものであろう。こんなふうに、何をするにも、戦々恐々としていなくてはならない世間の目に、そうどこまでも気を使っていられるものか。だが、……右大将も、どう思うことであろう。もとより縁遠からぬ間柄とは言いながら、大将とは、不思議なほどに昔から仲良しであった。それなのに、もし自分がこんな裏切りのようなことをしたと知られた日には、それは恥ずかしいし、またそれそれ、なんと言ったかな……なんとかいう諺《ことわざ》に

もあるように、あの大将は、待ち遠しい思いでいたこなたへ、いっこうに通うても来なかった怠慢を棚に上げて、きっと姫君を恨みなさるかもしれぬ。そのことも私には案じられるのだ。されば、このことは、ゆめゆめ誰にも気取《けど》られぬようにして、ここではないどこかへ、連れていってさしあげることにしよう」

と言う。

今日もまた逗留となれば、早や三日目ということになる。まさかそんなに長くここに籠《こも》っているわけにもいかぬゆえ、宮は帰ろうとするのだが、それにつけても、かの「飽かざりし袖のなかにや入りにけむわが魂《たましひ》のなきここちする（飽き足りぬ思いのままに帰ってゆくと、まだまだ共にいたいそなたの袖のなかに入ってしまったのであろうか、なにやらわが魂が抜け出てしまっている心地がする）」と嘆いた古歌の心さながら、宮の魂は姫君の袖のなかに、しかと留《とど》め置いてゆくことであろう。

匂宮、名残惜しく帰京

夜が明け切ってしまっては人目に立ってまずい。お供の者どもは、気が気でないから、せいぜい咳払いなどをして宮の出立《しゅったつ》を促しまいらせる。

が、宮は、姫君を廂の隅の開き戸のところまで、抱きかかえるようにして連れて行くと、そこで名残を惜しみ惜しみ、どうしても出立することができぬ。

宮は一首の歌を詠じた。

よに知らずまどふべきかな
先に立つ涙も道をかきくらしつつ

夜(よ)道に惑うように、世(よ)に類例を知らぬほど別れの道に惑うことであろう。別れの悲しさに、先に立つ涙が目をかき曇らせて行く手の道を見失ってしまうだろうから

女も、この別れを限りもなく痛切なものに感じて、すぐに歌を返す。

涙をもほどなき袖にせきかねて
いかに別れをとどむべき身ぞ

たかが溢れ出る涙だけだって、このわたくしの貧相な袖では塞《せ》き止めがたいというのに、別れて出て行く宮様をどうやってここにお引き止めできるわが身の上でしょうか

折から風音もごうごうと荒々しく、霜深き暁となった。古歌には「東雲のほがらほがらと明けゆけばおのがきぬぎぬなるぞ悲しき（夜明けの空が朗々《ろうろう》と明けてゆくと、私たち二人、それぞれの衣《きぬ》を着る別れの時となるのが悲しい）」と歎いてあるけれど、それぞれの着る衣々《きぬぎぬ》も冷えきってしまっている心地がして、宮は、馬に乗る刹那《せつな》、そのまま引き返したいほどに辛く悲しく思ったけれど、お供の人々は、〈こうぐずぐずとされるなんて、冗談ではないぞ〉と思って、ただただ急がせる上にも急がせるので、宮は、もううつけのように呆然たる有様で出て行く。

この五位の二人、すなわち大内記と時方が、宮の御料馬《ごりようば》の口を執って帰ってゆく。そうして、険しい山道を越え過ごしてのち、二人はおのおの自分の馬に乗る。

宇治川の水際《みぎわ》の氷をばりばりと踏み割って進む馬の足音までも、心細く物悲しい。その駒の足音を聞きながら、〈ああ、あの中君のもとへ通った昔から、恋路のゆえに、この宇治の道を踏み分けて行き来した……思えば不可思議なまでの、私と宇治の里の因縁深さよな〉と、宮は思う。

匂宮、二条の院に帰着

二条の院に帰り着いても、宮は中君がまったく情無いことに、あの姫のことをひた隠しにしてなにも打ちあけてくれなかったことが、いかにも心にひっかかる。それで、対のほうへは行きもせず、ごく気楽な寝殿の自室に入って床《とこ》に横になってはみたが、さて、なかなか寝つかれぬ。こんな独り寝は淋しくてならぬし、あの姫のことも物思いばかりまさってくる。そこで、とうとう我慢がしきれなくなり、宮は我を折って西の対に渡っていった。

すると、中君は、なんの屈託もなさそうに、たいそうすっきりとした様子をしている。その姿を見れば、〈なんだ、宇治の人は、世にも珍しいくらいの美姫《びき》と見たが、その人よりも、こちらの人のほうがさらにさらに稀《まれ》な美しさをしておられるじゃないか〉と宮は思った。さはさりながら、あの人がこの中君によくよく似ていたことがまた、自然と思い出されて、ぐっと胸の塞がる思いがして、悶々《もんもん》たる懊悩《おうのう》の募り募った様子で、帳台《ちようだい》の寝所《しんじよ》に入る。

その時、中君をいっしょに連れて入ると、こんなことを言う。

「どうも気持ちがひどく悪い……。だから、このままどうなってしまうのだろうかと、ずいぶん心細くてならぬ。私はね、そなたを、それはもう愛《いと》しく思うている。だけれど、どんなに私がそのように思っていても、もしこのまま万一のことでもあれば、そなたはすぐさまどなたか別の人のもとへ、変わり身早く行っておしまいになるのだろうね、きっと。人が心底《しんそこ》願うことは必ず叶《かな》うというから……」

こう言われて、中君はかちんとくる。〈なんと、そんなとんでもないことを、それも、こんな大真面目な顔までして見せて仰せになることじゃ〉と、そう思って、

「そのような人聞きの悪いことが、万が一にも外に漏れて聞こえたなら、わたくしが宮様にどんな根も葉もない作り話を申し上げたのかと、右大将殿は、きっとそうお思いになるにちがいありません。そんなのは、あんまりです。宮様は、いまほんの軽口のつもりで仰せになったのかもしれませぬが、わたくしのような情無い身の上の者には、そんなことでも胸にぐっさりと突き刺さるのです」

と言うと、ぷいとそっぽを向いてしまった。

こう抗《あらが》われては、宮も真剣にならざるを得ぬ。

「では申し上げよう。もしほんとうに、そなたを冷酷な人だとお恨み申してもしかたのないことが現実にあるとしたら、これからどうなさろうとお思いなのであろう。私は、そもそもそなたのために不実な男であったかな、どうだ。こんなにも大事にしていることを、世の公家たちは、『あんなのはあり得ないような寵愛《ちょうあい》ぶりだ』とて咎めだてしようかというほどの待遇をしているではないか。それなのに、あのどこぞの人よりもずっとずっと低く私を見侮《みあなど》っておられるようだな。いや、誰だってそんなふうに、前世からの因縁で結ばれているのだから仕方がない、と理屈では解るのだけれど、それでもいざそうやって目《ま》の当たりに、私に心隔てをして隠し事をなさるのを見れば、なんと情無い思いがすることか……」

こんなことを言い募りつつも、〈おお、まさにその前世からの因縁が並々ならぬゆえに、ああしてかの姫君を尋ね当てて逢うことになったのだな……〉と思い出されるにつけて、自然宮の目には涙が湧《わ》いてくる。

こんなにも真面目な顔で言いかけられると、さすがに中君も困って、〈さあ、困ったこと……右大将の君とのことについて、いったいどんな噂をお聞きになったことやら〉と、胸がどきりとする。それでさてどう返答したものか、見当もつかぬ。そうして内心には、

〈私のことだって、きちんとした手順を踏んで求婚されたのではないのだもの……あんな思いつきのように通い始めなさったものだから、きっと誰との仲らいも同じように軽々しいものと推量なさっているのに違いない……もともと右大将の君は、宮との中に立って世話を焼いたりする立場の人ではない。それなのに、そういう方の親切をいつの間にかありがたく思うようになって、……それが思えば間違いのもとで、とうとう信頼を失う身となってしまった〉と考えれば考えるほどに、なにもかもが悲しくてならぬ。……だが、そんな中君の様子をみていると、これはこれで、どうしても放ってはおけないようなかわいげを、宮は感じる。

いや、じつは、〈あの姫を見つけたことは、しばらくは知らせずにおこう〉と思うがゆえに、話を別の方向へ逸《そ》らそうと薫のことを話題にのぼせて、宮は敢《あえ》て恨みがましいことをいうのであった。しかし、中君のほうでは、宮が、ただもうこの右大将のことを本気で疑い恨んでいるものと思い込んでいる。そのため、〈誰かが、ありもしない風説をまことしやかに宮のお耳に入れたのであろうか……〉と思う。そうなると、ほんとうのところはどうなのかを確かに聞かぬうちは、宮に会うのも恥ずかしく気が引けるのであった。

母明石中宮より見舞状届く

内裏の明石中宮から、またも手紙が届けられる。宮はびっくりして、また屈託したままの憮然《ぶぜん》たる面持ちで、寝殿のほうへ渡っていった。中宮からのお手紙には、次のようなことが書かれていた。

「昨日参内《さんだい》なさらなかったことが気に掛かっておりましたが、ご体調が悪いとのことを聞きました。もし今日良くなっているのであれば、参内なさいませ。お顔を見ぬこと、もう久しくなりましたものを」

などなど、手紙にはあったので、中宮のお心を騒がせ申すのは心苦しいことだけれど、なんだかほんとうに具合が悪くなってしまった様子で、その日はとうとう宮中へは参上しない。

そこで、上達部《かんだちめ》などがぞろぞろと見舞いにやってきたけれど、宮は誰とも会わず、ただ御簾《みす》の内で過ごしている。

薫、見舞いにやってくる

夕方ころ、右大将の薫がやってきた。

「おお、こちらへお入りなされ」

と内へ招じ入れて、打ち解けた姿で宮は対面する。

「なにか、お具合がお悪いとか承りましたので、中宮さまもたいそう気掛かりに思し召しておられます。いったいどのようなお加減でございましょうか」

薫は、中宮の意《い》を体《たい》して言った。

宮は、薫の姿を見るなり、心がざわざわと騒いでどうにもならず、むっつりと押し黙った。そしてその心中には〈この男は、とかく聖《ひじり》めいた心がけだとか申していながら、その実は、とんでもない……宇治山あたりに行き通う山伏《やまぶし》めいた心ではないか。しかも、あのように可憐《かれん》な人を、あんなところに放っておいて、いっこう呑気《のんき》に、何日でも何か月でも、待ち侘《わ》びさせて知らん顔だ……〉と思っている。

薫という人は、常々、どうということもないような事柄につけても、いやに真面目ぶっては、自分は堅物だと申し立てているのを、宮は小癪に思って、ああだこうだと揚げ足取りをしてはその真面目ぶりを論破しようとするのだが、今度という今度は、あのような姫をこっそり囲っているという重大秘密事項を発見したのであるから、ほんとうなら、どんなふうに言い立てるところであったろうか。

しかしながら、宮は、そんな戯れのようなことはいっさい口にせず、ただただ苦しそうにしている。薫は、それを見て、

「これは困りましたな。そうびっくりするようなご大病ともお見受けしませぬが、それでも、そんな調子で長引くとあれば、まことによろしくないことでございますな。おおかたお風邪の気《き》が入ったのでもございましょうから、よくよくご養生なさいますように」

など、いかにも真面目くさって見舞いの言葉を述べてから、引き上げていった。

宮は、〈ああ、こちらが恥ずかしくなるほど立派に見える人だ。ああいう君を見ていた目で、姫は、この私のだらしないありさまを、どんなに思い比べていたことだろう〉など、何をしても、誰に会っても、すなわちかの姫君のことを寸時も忘れることなく思い出すのであった。

いっぽう、宇治のほうでは、かの石山寺参詣も沙汰止《さたや》みとなって、今はまったく所在ない日々である。

そこへ宮は、たいそう心を込めて、思いの丈《たけ》やら、将来の約束やらを、これでもかこれでもかというほどに書き連ねて、文を送っている。その文を遣わすことだけでも、しかし、宮は万一にも秘密が漏れはせぬかと気が気でなく、あの「時方」と呼んでいた五位の者が召し使っている従者で、宮と姫の仲らいのことはなにも知らぬ者を選んで、それに持たせて送るという念の入れようであった。

受け取った宇治のほうでは、取り次ぎの右近が、

「これはこの右近めが古くから知っております男《ひと》が、たまたま右大将殿のお供をしてこなたへ参りました時に、わたくしがここにいるのを見つけ出しましてね、それで昔に返って馴れ馴れしく口説いてよこすのでございます」

と、仲間の女房たちには披露しておく。こういう次第で、右近めは、どうしても嘘八百を並べる役割になってしまうのであった。

二月、薫、また宇治に下る

月が改まって二月《きさらぎ》になった。

宮は、こうもじりじりとした思いで過ごしているけれど、といって身分柄、宇治へ通うということは、とてもとても難しい。そのため〈ああ、これほどに恋しくて苦しい思いに駆られているようでは、とうてい生き長らえることはできぬ身と見ゆる……〉と、なんだかすっかり心細い思いまでも添うて、ため息ばかりついている。

薫の大将殿は、春の司召《つかさめし》など公務繁多の時期も過ぎて、すこし余裕の出来た時分に、またいつものように、お忍びで宇治にやって来た。

まずは、山寺にのぼって仏など参拝する。また、誦経《ずきょう》をさせた僧に、布施《ふせ》の品などを下賜《かし》しつつ、その夕方ころ、かの山荘へ渡ってきたが、いかに密《みそ》かの忍び通いとは申せ、匂宮とは違って、それほどひどく身を窶したというわけでもなく、烏帽子《えぼうし》に直衣《のうし》姿の、それもほんとうに理想的にすっきりと見える出で立ちで、そっと部屋に歩み入ってきた。その様子がもうすでに、周囲が恥ずかしくなるほど立派な風采や振舞いなのであった。

女は、〈……あんなことがあったのに、なんとして平気で大将の君にも逢うことができようか〉と、あたかも空にも目があって自分の行動を見張っているかのような、恥ずかしくも恐ろしい思いに押し拉《ひし》がれる。しかも、あんなふうに強引に自分を組み敷いた宮の姿が、ふっと心に思い出されて、またこの人ともこれから一夜を共にすることになるのかと思い遣るほどに、なんとしても情無く辛い思いがするのであった。

「私は、年来ともに過ごしてきた妻たちのことも、もうみな思いが冷めてしまうような気がする」などと宮は囁《ささや》いたものだったが、その言葉どおり、以後ずっと体調が悪いとかで、正妻六の君のかたへも、対の中君のかたへも、いっこうに沙汰無しに過ごしていて、その傍ら、病魔退散のための御修法《みずほう》などと騒ぎ立てているという噂を耳にしては、〈この上、今宵、大将殿がこの邸へ通ってきたと聞かれたら、宮さまは、なんとお感じになるだろう〉と姫君は思いやり、胸がちくちくと痛む。

こうしていま目前にいるこの男君は、また宮とは違う意味で、人とは格別に様子が異なり、思慮深く、またすっきりと飾らぬ美しさを見せながら、久しく通って来ることができなかった怠りの詫びを言うのだが、それも決してべらべらと口数多く言うのではない。

「恋しい」だの「逢えずにいて悲しかった」だのと熱烈に言いはしないが、遠く離れていて常に逢うことのできない恋の苦しさを、ほどのよい表現でしっとりと言い聞かせるのは、ああだこうだと口数多く言うよりもずっとまさっている。それは、「心には下行《したゆ》く水のわきかへり言はで思ふぞ言ふにまされる（心のなかで伏流水《ふくりゅうすい》が湧きかえっているように思いを湧きたたせている。その露骨には言わぬ秘かな思いは、べらべらと口に出して言うよりはるかにまさっているのだ）」という古歌の心さながらに、相手をする女の心に、ずんと沁みわたるもの、大将はそういう女心を心得た人柄なのだ。優艶な魅力もさることながら、このように女が行く末を頼りにしたいと思う気立ての良さということにかけては、匂宮よりもずっとずっとまさっている。

〈もし、この君にとってどんなに心外だろうと思われるような私の不心得……宮とあんな関係になってしまったことを、万一にも、噂に聞かれたなら、その時はそれこそ大変な一大事になるであろう……あの、理解を超えて、それこそ夢中になって恋しがっておられる宮のことも、でも、私はやっぱり愛《いと》しく思ってしまう。そんなのは、絶対にあってはいけないような軽薄な心がけに違いない。それでもし、この大将の君に嫌な女だと思われて、そのまま捨てられ忘れられたとしたら、その心細さは……〉とて、かねてこの山里に放って置かれて、心細い思いがつくづく身に沁みているだけに、姫の心は千々《ちぢ》に乱れているのだが、その様子を見た薫は、〈何か月か逢わぬうちに、ずいぶんとものの情《なさけ》を知って大人になったことだな〉と思う。そうして、〈こんな無聊《ぶりょう》きわまる住処《すみか》の暮らしは、毎日何から何まで物を思いどおしだろうからな……〉と考えるにつけても胸の痛む思いがするので、薫は、常よりもずっと思いを込めて、やさしく姫と語らうのであった。

「いま、京に造らせている新邸は、だんだんと格好になってきましたよ。先日、ちょっと見てきたのですが、こんな荒々しい宇治川とは違って、もっと穏やかで親しみのもてる川の辺りですし、まあ、春には花もきっとご覧になれましょう。私の三条の本邸もほど近くにありますしね。だから、明け暮れにお身のほどを案じながら、なかなか逢えずにいるというようなことだって、自然となくなるに違いありません。だから、この春あたりには、もし可能であれば、そなたを新邸のほうへお移ししましょうね」

薫はすっかりそんなつもりになって言う。しかし、姫の心は安からぬ。

〈でも……宮さまも、『心を許して二人で過ごせるところを用意しました』と、昨日もそんなお手紙をくださったが……大将殿がこんなふうに着々と事を進めているのも知らず、宮さまは、のんきにそう思っておられるのであろうな〉と、しみじみと宮への同情を感じるけれど、だからといって宮のほうへ靡《なび》くなんてことは、あってよいことではない……姫君はそう思う、そのそばから、先夜逢うたときの宮の姿が、彷彿《ほうふつ》と面影に浮かびもする。〈我ながら、なんていやらしい人間なのでしょう〉と、ますます懊悩は深まるばかり……姫は泣いた。

薫は、それを見て、よほど自分の訪れの途絶えが、この姫を苦しめたのであろうと独り合点して、せいぜい慰める。

「そなたのご気性が、そのように泣いたり恨んだりせず、いかにもおっとりと穏やかであったこと、そこが心安くて嬉しかったのだがな……。いったい、誰ぞけしからぬ者が、なにかつまらぬことを、そなたの耳に吹き込んだりしたのであろうか……。よいか、もしも、多少なりともいいかげんな気持ちであったら、こんなところまで艱難《かんなん》を凌《しの》いでやってくるものか。そんな気楽な身の上でもないし、容易な道でもないのだからね」

そんなことを囁いて、薫は、折しも二月《きさらぎ》初めの夕方、早くも昇った月を眺めやりながら、少し端近《はしぢか》なところに臥《ふ》し、ぼんやりと物思いに耽っている。その、男の心のなかには、往時の……亡き大君の思い出などが走馬灯のように浮かんでくる。また女のほうは、今までだって悲しい身の上だったけれど、これからは宮と薫の板挟みとなり、さらに我が身の辛さを嘆くことが加わって、ふたりとも、それぞれに苦悩することばかりだ。

蒼茫《さうばう》たる霧雨《ぶう》の霽《は》れの初めに寒汀《かんてい》に鷺《さぎ》立てり
重畳《ちょうでふ》せる煙嵐《えんらん》の断《た》えたる処《ところ》に晩寺《ばんじ》に僧帰る

ぼうっと暗い霧雨《きりさめ》が上がると、寒々しい川洲《かわす》に鷺が立っているのが見える。
やがて畳み重なった煙や雲の切れ間に、日暮れの寺へ坊さんが帰って行く

と古き漢詩《からうた》に謳《うた》われている景色さながら、山のほうを眺めやれば、ぼうっとした霞を隔てて、寒々《さむざむ》とした川の洲《す》の崎《さき》あたりには笠鷺《かささぎ》の立っているのが見える。それもまた、宇治の所柄《ところがら》とて、たいそう興趣深く見えるだけでなく、あなたには宇治橋がはるばると遠く見渡される。その景色のなかを、柴《しば》を積んだ小舟があちらこちら、行ったり来たりしている。いずれもほかでは見馴れぬ景物《けいぶつ》ばかりを取り集めた所とあって、薫は、見やるごとに、やはり昔のあれこれが、たった今のことであったような心地がする。これでもし目前にいる人が大君に縁《ゆかり》のある人でなかったとしても、こんな所に二人で互いを見交わしてい

るだけで、すでに滅多とはない逢瀬の風情、まさに心に沁みることばかり多いことであったろう。ましてや、こうして目の当たりにいる人は、恋しい大君に生き写しと言っても過言ではないような人、しかも、次第に男女《おとこおんな》の情なども知り初《そ》めて、まただんだん都人らしくなっていく様子も魅力的だし、いま逢えば逢うほどに良く思えてくるという気がしている。

ところが、女のほうは、そう単純ではない。宮と薫との板挟みに懊悩する心の内とて、ふと涙が催されることもあって、ともすればはらはらと流れ落ちるのを、薫は、なんとして慰めたものであろうと思いあぐねる。そして、

「宇治橋のながき契りは朽ちせじを
　あやぶむかたに心さわぐな

あの長々とした宇治橋ではないが、そのように未来永劫長く朽ちせぬ私たちの契りだものを、そんなに危ぶむ方向に心を騒がせてはいけないよ

遠からず、わたくしの気持ちもお分かりいただけましょう」

と言い聞かせる。姫の返し。

絶え間のみ世にはあやふき宇治橋を
朽ちせぬものとなほたのめとや

もう古くて断え間ができております、あの危なっかしい宇治橋を、
将来も朽ちたりはしないものだとて、それでもなお頼みにせよと仰せですか。
……こんなに絶え間を置いてしか来てくださらない危ういわたくしどもの仲らいでも、
なお末長く朽ちぬものと頼みにせよとおっしゃるのですね

こんなことを言い交わす姫君をば、薫は、以前にも増して、どうにも見捨てては帰りがたく、あと少しだけでもここに立ち止まり逗留したいと思うけれど、そんなことをすれば、人の口が煩わしいことになるので、今さらそのようなことをするのはいかがなものかと思われる。〈かくなる上は、あの新築中の邸へ引き取って、なんの心配もなく、睦《むつ》みあうことにしよう〉などと強いて考えて、暁のほどに引き上げていった。

その道々も、〈さてもさても、よくぞあれほどに女として成熟した魅力を具《そな》えるようになったものだ〉と、胸が痛くなるほどに姫君のことを思い出す。その恋慕の気持ちは、以前にもまして募り募る。

二月十日頃、宮中漢詩の催し

二月《きさらぎ》の十日の頃に、内裏で漢詩《からうた》を作り競わせるという催しがあるというので、宮も、薫大将も、こぞって参内したのであった。

春の最中《もなか》の季節柄に相応《ふさわ》しく双調《そうじょう》に調律された管弦の楽の音《ね》に合わせて、宮が朗々と歌いあげる声は、いかにもすばらしくて、「梅《むめ》が枝《え》に　来居《ゐ》る鶯《うぐひす》や　春かけて……（梅の枝に、来て鳴いている鶯の、やあ、春が来たとて……）」と、催馬楽《さいばら》の『梅が枝』など歌いわたる。この匂宮という人は、なにごとも人よりはぐんとまさる人物なのではあるが、ただただ、あのかりそめなる色事方面に、ひどく夢中になったりするところだけが、いかにも罪深いのであった。

しかし、やがて雪が俄《にわ》かに降り乱れ、風なども烈《はげ》しく吹きだしたので、管弦の御遊《おおんあそ》びはさっさと取り止めになった。

そこで、この宮の宿直《とのい》する部屋へ、薫はじめ、公達《きんだち》が次々と集まってくる。食事なども供されて、一同しばし休息ということになった。

薫の大将は、誰かになにごとか用を申し付けようと、すこし端近なところへ出てみると、庭一面次第次第に雪が積り、折しも星の光に映じておぼろげに明るんでいる。すると、「春の夜の闇《やみ》はあやなし梅の花色こそ見えね香やは隠るる（春の夜の闇はわけがわからない。梅の花の形は見えないのに、香りだけは隠れることもないのだから）」と古歌に詠じた梅の花さながらに、薫の体から発するすばらしい香りが漂ってくる。そうして、「さむしろに衣かたしき今宵もや我を待つらむ宇治の橋姫（狭苦しい筵《むしろ》に一人きりの衣を敷いて今宵も私を待っているだろうか、あの宇治の橋姫は）」

という古歌を、大将が低く詠唱している声が聞こえる。この人は、ちょっとしたことを口ずさみばかりに言う程度のことでも、不思議にしみじみと心に響くようなところがある人柄なので、かくかりそめの和歌を低唱するだけでも、なにやら心深い風情が感じられる。

宮は、寝入ったふりをして、その薫の口ずさみを耳にすると、〈宇治の橋姫が、待っているだろう、だと……他に歌うべき歌などいくらもあろうに、選《よ》りにも選って……〉と心安からぬ思いに胸が騒ぐ。

〈さては、あの男も、かの姫のことは疎《おろそ》かには思うていないように見ゆるぞ。うーむ、自分一人だけが、あの独り袖を敷いて寝ている姫を思い遣っているのだとばかり思っていたに……奴も同じ心であったのか、ああなんてことだ。なんだか悲観的な気分になってくる。いや、これほどまでに思いをかけている、もとからの思い人を差し置いて、この私に、よりいっそうの愛情などどうして持てるものか……〉と、妬《ねた》ましい思いに宮は輾転反側《てんてんはんそく》しつつ苦悩する。

明くる朝早く、雪が深く積っていたが、前夜賜《たまわ》った詩題を以て詠んだ漢詩を、各自清書して献上するために、帝の御前に参上する。その匂宮の風采は、最近とみに男盛りを迎えていかにも清爽《せいそう》な風情に見える。が、薫も同じような年ごろながら、二つか三つ年長のせいだろうか（訳者注：実際は、宮のほうが薫よりも一つ二つ年長のはずであるが原文にこうあるので、そのまま訳す）、宮よりもすこし貫禄《かんろく》のある様子や振舞いなど、わざわざそのために作った「高貴な男の手本」としたいほど立派である。しかも、帝の御婿君《おんむこぎみ》に当たるのだから、どこといって不満足なところもない、と公家社会の人々は納得しているのであった。さらに、文雅の才なども、また表向きの政道の方面も、余人の後塵《こうじん》を拝するということはない。

各自の詩文の披講朗詠《ひこうろうえい》も済んで、皆人《みなひと》退出する。

なかでも宮の詩文はたいそう優れているというので、誰も誰もやんやと朗誦《ろうしょう》することただならぬけれど、そんなことは別段なにも嬉しくはないと、宮は思うのであった。それどころか、〈我ながらいったいどんなつもりで、こんな詩作りなんぞに精出したものだろうな〉などと、まるで上の空でぼんやり物思いに沈んでいる。

匂宮、居ても立ってもいられず宇治へ

そして、あの薫の様子にも、ひどくハッとするところがあって、宮は、居ても立ってもいられなくなり、呆れるばかりの画策を巡らして、宇治に通ってきた。

京を出たときには、「白雪《しらゆき》の色分《いろわ》きがたき梅が枝《え》に友待つ雪ぞ消え残りたる（白雪と色を見分けがたい白梅の枝に、次の雪を友待ち顔にしている雪が消え残っている）」の古歌さながら、友待ち顔に消え残る雪という程度であったのが、山深く分け入ってゆくままに、しだいに雪深くなりゆき、道もどこもみな埋《うず》めて白一色の雪景色となった。常にも増して堪《た》えがたい、人跡稀《じんせきまれ》な細道を分け入っていくのだから、お供の人々も、たまったものではない。つ

いには、もう泣かんばかりに恐ろしがって、〈やれやれ、うちの宮さまも、煩わしいことを思いつかれるものだ〉とまで恨むほどの難路であった。道案内をする大内記は、式部少輔《しきぶしょうゆう》を兼任している。本官のほうも兼官のほうも、もとより威儀厳然たるべきお役目ながら、かような恋の通い路に相応しく指貫《さしぬき》の裾をからげなどしている姿も、なかなか風流なる出で立ちというものであった。

宇治のほうへは、前もって宮のお成りと伝達してあったけれど、まさかかような大雪の道をお出ましにはなるまい……とすっかり油断していたところへ、その夜更け、右近に宮ご入来《じゅらい》の挨拶がもたらされた。

〈こんな雪の遠道《とおみち》を、なんてあきれるばかり深いお気持ちか〉と姫君も思っている。

右近は、こうして薫と通じたり宮を迎え入れたり、果てはどうなってしまう姫君のお身の上なのかと苦悩してはいるのだが、しかし、その宮の熱意に絆《ほだ》されて、今宵ばかりは思慮もなにも忘れ果ててしまうかもしれぬ。

宮の来意を告げられたとしても、まさか、それは困りますとお断りして帰っていただくというわけにもいかぬし……右近は、姫君が自分と同じように親しく召し使っている若い女房で、分別浅からぬ者を、この際語らって、

「ほんとうに、もう困り果てました。かくかくしかじかの訳ゆえ、どうか私と心を一つにして、すべては内密にね」

と頼み込んだ。そうして、二人して、宮を姫君の閨に手引きして入れたのであった。

ここへの道中に濡《ぬ》れて、袖の香がいちだんと高く香り立つのが、どう隠しようもなくあたり一面に匂うて、二人はいささか持て余すばかりであった。が、なんとか二人で口裏をあわせて、あの薫君も良い匂いがすることに言い紛らして、辛うじてごまかしおおせた。

翌朝、姫君を伴なって舟で川を渡る

かく難路を凌《しの》いで夜更けにたどり着いたにもかかわらず、まだ暁の闇のうちに立ち帰るとなれば、中途半端に思いが残ってしまうに違いないし、またこの邸の人々の目も気になるので、まずは家来の時方にしかるべく工夫をさせて、川の対岸にある人の家に、姫君を連れて行こうと、じつは、宮のほうであらかじめ企てていたのであった。

時方を先に遣《や》って工作をさせておいたのが、夜深《よぶか》く立ち戻ってきた。

「委細よろしく用意をいたしてございます」

と時方から報告がある。

〈なんと、これはいったい、姫君をどうなさるおつもりであろう〉と、右近も慌てふためいて、なにがなんだか分からぬまま、寝ぼけての起き抜けに、わなわなと体も震え、呆然となってしまっている。それはまるで、子どもらが雪遊びでもして、寒さに震えているかのように、ぶるぶるぶるぶるぶると震え上がっているのであった。

宮は、この際右近に「なぜそのようなことを……」などと抗《あらが》う暇《いとま》も与えず、さっと姫君を掻《か》き抱《いだ》くと、すぐに出て行く。右近は、この邸の留守居役に留まり、もう一人の若い女房、侍従《じじゅう》を姫のお供として遣わす。

川岸に、一艘《そう》の小さな柴舟《しばふね》が舫《もや》ってある。その小舟は、姫君が日ごろ〈ずいぶん頼りないお舟だこと〉と、邸の中から眺めやっていたものだったが、なんとその小舟に、宮は姫もろともに乗り、向こう岸へ棹《さお》さして渡っていくのであった。その舟渡りの間、姫君は、まるではるかな遠い岸……あの彼岸とやらへ、漕《こ》ぎ離れていくかのような心細さを覚えて、宮にひしと寄り添って抱かれている。その様子をば、宮は、労《いたわ》ってやらずにはいられないかわいらしさだと思う。

やがて夜が明けて、有明の月が、冴《さ》え冴《ざ》えと昇っている。水の面《おも》も鏡のように澄みわたっている。船頭が、

「これが、橘《たちばな》の小島《こじま》でございます」

と言って、その小島に舟をしばしさしとどめたのを見てみると、島とは言いながら、一つの大きな岩のような形をしていて、そこに一風情《ひとふぜい》ある常磐木《ときわぎ》が木蔭を繁らせている。

宮は、姫にこう話しかけた。

「あれをご覧なさい。なんだか頼りないような木だが、千年《ちとせ》でも色変わらぬかと見ゆる、あの緑の色深さを……」

そうして、こう歌を詠みかける。

年経《ふ》ともかはらむものか橘の
小島の崎《さき》に契る心は

年月が経っても変わることがあるだろうか、あの橘の生えている小島の崎で、こうしてそなたと契る私の心は……決して変わりはしない、常磐木の橘のように

女も、世にも稀なる旅路のように感じられて、こう歌を返す。

橘の小島の色はかはらじを
この浮舟《うきふね》ぞゆくへ知られぬ

橘の小島の、その常磐木も君の契りも、色は変わるまいと思いますが、
でもこの小さな浮舟のようなわたくしの身は、これから先どうなって行くのか分かりません

この返歌を聞いて、宮は、折も良し、女のさまも美しいとあって、かかる大したこともない歌もなにもかも、敢《あえ》てすばらしいもののように思いなすのであった。

……この歌に因《ちな》んで、これよりこの姫君を浮舟とも呼ぶことにしよう。

やがて舟は対岸に着いた。浮舟を供の者に抱かせるなど、それだけでたいそう胸が痛むゆえ、宮は、みずから抱いて、供人たちに助けられながら、かねて用意の家に入ってゆく。それを見ては、〈なんとまあ見苦しいことを……。この姫はいったいどんなご身分で、どうしてこんな大騒ぎを宮はなさるのであろう〉と、供人たちは思っている。

時方の叔父で因幡守《いなばのかみ》に任じられている人が治めている荘園に、かりそめほどに造った家がそこであった。まだ、すっかり出来上がったというわけでもなく、粗削《あらけず》りな佇《たたず》まいの家であったが、そこに網代《あじろ》の屏風《びょうぶ》などを立ててあるのは、いかにも山家《やまが》らしいしつらいで、

宮は、今まで目にしたこともない調度であった。あちこち隙間だらけで風も充分には遮れず、垣根の下には雪がむら消えし、今もどんよりと暗く曇った空から雪が落ちてくる。

隠れ家《が》の密会

やがて日がさし昇ってくると、軒のつららもきらきらと輝いているほどに、ただきえ美しい二人の容貌《ようぼう》が、ますます映え映えしく見える心地がする。

宮も、身分が窮屈な世ではあるが、この道行きは、大げさにして人目についてはいけないので、いかにも軽輩風《けいはいふう》に窶《やつ》した服装をしている。女も、表着《うわぎ》を宮が脱がせてしまったので、下着姿のそのほっそりとした体つきが、いかにも魅力的に見える。そのしどけない姿を身繕いしようともせず、すっかり気を許した有様でいることを、浮舟は恥ずかしいと思う。そうして、〈私はこんなみっともない姿で、眩しいほど汚れなく美しい人と差し向かいでいることよ……〉と思うけれど、といって俄かに身を隠そうという物陰も見当たらぬ。

もうすっかり糊気《のりけ》の落ちてしんなりとした白い衣ばかり、浮舟は、五枚ほど着重ねているのだが、その袖口から裾のあたりまで、どこまでも清《すが》やかな美しさに彩られ、色とりどりの表着《うわぎ》を何枚も重ねているのよりも、かえって魅力的に趣味良く着こなしている。

いつも側で見ている中君、六の君などだって、これほど気を許したしどけない姿など見馴れていない宮にとっては、たったこれっぽっちのことすら、やはり珍しく興味深いことのように思えるのであった。

侍従という人も、たいそう感じの良い若女房であった。〈ああ、侍従までが、こんなだらしない自分のありさまをすっかり見てしまったことよ〉と、女君は、辛い思いでいる。

宮も、

「これはまた、そなたは誰かな。よいか『我が名もらすな』というものぞ」

とて、「犬上《いぬがみ》やとこの山なるいさら川いさと答へてわが名もらすな（犬上のあたりのとこの山にあるいさら川ではないけれど、人に聞かれたら、いさ知らずと答えて決して床(とこ)を共にしたわが名を漏らすなよ）」という古歌を引きながら、侍従に口固めをする。そう言われた侍従は、もうぼうっとなって、なんてすばらしい男君だろうと思い申すのであった。

この家の預り番をしている男は、家主因幡守の甥《おい》に当たる時方を、今宵の主人と思ってしきりと奉仕に努める。それで、時方は、すっかりこの一行の主《ぬし》のような顔をして、いま宮たちがいる部屋の引き戸一枚を隔てた次の間に、得意げに控えている。預り番の男が、緊張した声音《こわね》で、畏《かしこ》まってなにやか話しかけるのに対して、時方は、奥の間の宮たちに気兼ねしてろくろく返事もできぬけれど、内心可笑《おか》しくてならぬのであった。

「よいかな、こたびは、万一にも疎《おろそ》かにすれば恐ろしい罰が当たると、陰陽師《おんみょうじ》が占い申した重い物忌みのために、わざわざ京から遠く離れて、こうしてこの山家に謹慎しておるのじゃ。だから、他の誰も、こちらへ決して寄せ付けてはならんぞ、いいな」

時方は、こんな尤《もっと》もらしいことを言って、奥の間の宮のことを誰にも知られぬように忠勤を励んでいるのである。

こうして、時方以外には誰も寄りつかないので、人目もないこの山家のうちで、宮と浮舟はすっかり心安く打ち解け、夜も昼も睦言を交わして過ごした。それでも睦まじくすればするほど、宮は内心に〈あの男がやってきただろう時も、きっとこんなふうに睦みあったのであろう〉と想像をたくましくして、ひどく恨みごとを言っては女を責めた。そうして、薫が正室の女二の宮をこの上もなく大事にして睦まじくしている、その有様などを話して聞かせたりもするのであった。

それでいて、じつは薫が詩会の夜さり、帰り際に「さむしろに衣かたしき今宵もや……」と低吟《ていぎん》して、浮舟を恋しがっていた……その一言については決しておくびにも出さぬのは、面憎《つらにく》い宮の致しようではないか……。

時方が、お手水《ちょうず》の道具一式やら、当座につまむ果物やお菓子など、預り番のほうから献上してきたのを取次いで、宮のもとへ進上する。宮はそれを見て、

「どうやらずいぶんと丁重にもてなされていると見えるな、お客人の主《ぬし》どの、さようにへいこらするところを安易に人に見られるでないぞ」

と、からかい半分、人目に立ち過ぎぬようにと窘《たしな》めもする。

が、取り次ぎに立つ侍従の君は、女色好《おんないろごの》みなる若女房の心ぐせに、時方をほんとうに素敵な男と思って、もっぱらこの大夫《たゆう》とおしゃべりをして日がな過ごしていた。

雪が降り積もっている。

宮は、ふと我が住む京の方角を遠く見やった。けれども、そこから京の街は見えず、ただ霞の絶え間絶え間に、宇治川対岸の山荘あたりなる木々の梢ばかりがわずかに見えた。山は、雪に覆われて、まるで鏡を懸けたようにきらきらと夕陽に輝いている。

宮は、昨夜踏み分けて来た山道の難路であったことなど、実際よりもいくらか心に響く

ように脚色して浮舟に語り聞かせる。

「峰の雪みぎはの氷《こほり》踏みわけて
　君にぞまどふ道はまどはず

峰の雪も、川岸の氷も踏み分けて、私はやって来ました。
それはひとえにそなたに心惑いしたゆえで、決して道に惑いはしませんでした

あの『木幡《こはた》の里に馬はあれど』という思いなのだよ」

など、宮は、「山科《やましな》の木幡の里に馬はあれど徒士《かち》よりぞ来る君を思へば（山科の木幡の里に馬はあるけれど、私はわざわざ歩いて来たのだ、馬でやってきて万一にも人目に立ってはそなたが困るだろうと思うからね）」という古歌を仄《ほの》めかして、難路をはるばると凌《しの》いで歩いてきたのだとかき口説きながら、そこらにあったいいかげんな硯を持ってこさせて、なにやら手習いの歌など書きすさぶ。

浮舟はさっそく、

降りみだれみぎはに氷る雪よりも

中空《なかぞら》にてぞわれは消《け》ぬべき

降り乱れ、川岸に落ちた雪はそのまま凍って残るかもしれませぬ。でも、わたくしのような儚い者は、地上に落ちるまでもなく、降ってくる途中の空で溶けて消えてしまうことでございましょう

と、こんな返歌にもなっていないような歌を書いて、すぐに消した。

宮は、この歌の「中空に」という一句を、

「これは、あの男と私との中間《なかぞら》で迷っている、とでもいう心なのか」

と、咎《とが》めだてする。

浮舟は、そう言われてみれば、なるほどかわいげのないことを書いたものだと、さすがに恥ずかしくなって、その紙を引き破って捨てた。

この匂宮という人は、女の目には、なにもせずとも見る甲斐《かい》のある美貌《びぼう》の人なのに、なんとかして、さらにさらに身に沁《し》みてすばらしい男だと、女心に思い込んでもらえるように、言葉の限り思いの丈を囁《ささや》き尽くすのだから、その魅力的な有様は、なんとも言いようがない。

その翌日

今回の物忌みは二日間、と京のほうへは言い拵《こしら》えてあるので、宮はすぐに帰る必要もなく、心のどかに過ごすことができる。

二人は、互いにもうどうしようもなく愛《いと》しさが募って、とりわけ宮の思い入れは深くなるいっぽうである。

右近は、あれこれと例によって口実を設けては、浮舟の着替えの衣などを縫って、宇治の邸のほうから届けさせた。

さすがに寝乱れた髪を、今日浮舟はすこし梳《くしけず》らせて、濃い紫の袿《うちき》に、紅梅《こうばい》の織物（縦糸紅《くれない》、横糸白）の表着《うわぎ》と、彩りも美しく着替えている。お付きの侍従の君も、かねてぱっとしない褶《しびら》（腰に着ける裳《も》の一種）を着けていたのだが、今は新しいものに着け替えて目も鮮やかに結いなしているので、宮は、その裳を脱がせ、浮舟に着けさせて側仕えの女房さながらの服装をさせると、手水の道具一式などを運ばせるのであった。そうして、〈よしよし、さしずめ縹緻《きりよう》のよい女房という風情だな、これは……。この女を我が姉の女一の宮の許《もと》へ仕えさせたら、さぞうってつけのすばらしい女房としてお使いになるだろう。あそこには身分風姿《ふうし》いずれも並々ならぬ女房たちがたくさんお仕えしているけれど、これほど美しい人はなかなか見出し難いのではあるまいか……〉などと、宮は内心、浮舟を一段低いものに見ている。それゆえ、とても見ていられないくらい、さんざんに色めいた戯れを尽くして、日がな一日を浮舟と遊び暮らした。そうして、必ずやとっておきの場所に秘かに連れて行って、そこへ匿《かくま》ってやろうということを、何度も何度も約束するのであった。しかし、

「それまでのあいだ、もしあの男に逢うようなことがあったら、ただはおかぬぞ」

などと脅しつけて、なにがしの神かけて誓えとか、破ったら罰にかくかくしかじかのことをしますとか、女の身にはとうてい承引《しょういん》しがたいような誓言《せいごん》を、あれこれ口に出して言わせようとするので、浮舟は、あまりにも理不尽なことだと思って、まともに返答もできず、ほろほろと涙を流している。その様子を見て、宮はまた、〈なんだ、こうして目の前に私がいるというのに、どうしてもあの男から私に心を移さぬものとみえるな〉と、胸を掻き毟《むし》られるような思いがする。

「恨みても泣きてもいはむ方ぞなき鏡にみゆるかげならずして（恨んでみても、泣いてみて

も、私の思いを訴える相手はいない。ただ、鏡に映っている自分の姿以外に、誰もここにはいないのだから)」という古歌ではないが、怨んでみたり泣いてみたりしつつ、一晩中なにやかやと宮は口説き続け、やがて夜も深更に及ぶ時分に、浮舟を連れて引き上げていく。

来た時と同じように、宮は、女をひしと抱きかかえて出てゆく。

「そなたが、どこまでも恋い慕っていると見える男は、よもやここまではせぬであろうぞ。どうだ、よく分かったかね」

こんな当てこすりのようなことを宮が言うのを、浮舟は、〈それは……そうかもしれない〉と思い、こくんと頷《うなず》いてじっとしている。その様子がまた、宮の目には、いかにもけなげなかわいらしさに映るのであった。

対岸の山荘へ戻ると、留守居をしていた右近が、廂《ひさし》の端の開き戸をあけて浮舟を迎え入れる。が、これからすぐに宮は、その戸口のところで別れて京への帰途に就かねばならぬ。それもまた〈ああ名残が尽きぬ……たまらぬ、たまらぬ〉と、宮は思う。

匂宮、京に帰って病む

こうした気の尽きる忍びあるきの帰るさには、やはり二条の中君のところへ、宮はやってくる。

それが、たいそう具合が悪そうにして、まったく食欲もなく、なにも食べようとせぬまま、何日も日数《ひかず》が経ち、宮は次第に血の気《け》も失《う》せ、痩せ細っていく。

そんなふうに様子がどんどん悪くなっていくので、内裏の帝も母后も、また夕霧の左大臣のあたりでも、これを心配し嘆いては、陰陽師《おんみょうじ》やら医師《くすし》やら加持祈禱《かじきとう》の僧やらが騒がしく出入りをして、身辺まことに落ち着かぬことであった。

それがために、宮は、浮舟への手紙などをこまごまと書き綴《つづ》ることもできない。

いっぽう、宇治のほうでも、例のやかましい乳母が、折しも娘のお産の手伝いに出かけていたため留守にしていたのが、折悪しく帰ってきてしまったので、これまた宮からの手紙などを安心して見られる状態ではない。

この不如意《ふにょい》な住まいも、ただあの薫の右大将殿がいずれきちんとお世話をしてくれるだろうと、そのことだけを楽しみに待つことで、母君はみずからの心を慰めていた。そうして、ことは密々《みつみつ》ながら、薫が、近くそのために用意した新邸に浮舟を移そうと思うようになったので、〈それならば、世間の手前、体裁もよろしく、うれしいことだわ〉と思って、次第に人も雇い、女の童《めわらわ》の姿の良い子を求めては、せっせと宇治へよこしなどする。

浮舟のほうでは、〈私だって、本心は、京住まいこそ、望んでいたことだもの……前から待ちつづけていたとおり〉とは思いながら、あの無理押しいっぽうの宮のことを思い出すにつけても、ああやって恨みごとを言って自分を責めた様子や、その時宮が口にした言葉の一つ一つが、ありありとした面影となって脳裏を去らぬ。そうして、少しばかりまどろめば、その夢にも姿を現わしなどして、まったく厭《いと》わしいと感じるほどになってしまった。

春の長雨の頃、匂宮より宇治へ文至る

それからしばらく経って、春の長雨の季節になった。雨は降り止まぬまま、もうずいぶん日数も重なっている。

さすがに、あの悪路の山道を越えて宇治へ通っていくことは諦めざるを得ないけれど、そのことが宮にとっては、理不尽に辛いことと思われる。〈「たらちねの親の飼ふ蚕《こ》の繭《まゆ》ごもりいぶせくもあるか妹《いも》に逢はずて（親の飼っている蚕が繭に籠《こも》っているように、俺は鬱々《うつうつ》と過ごしている。愛しい女に逢うことができぬから）」という古歌の言い草ではないが、親の養っている子の立場は窮屈で身の置き所のないものよ〉などと思ったりするのも、帝や后に対して恐れ多くもったいないことである。そこで、宮は、浮舟に対する思いの尽きせぬことを染め染めと書いた文を贈った。

ながめやるそなたの雲も見えぬまで
空さへくるるころのわびしさ

この長雨(ながめ)の日に、そなたを思うて、遥かに眺(なが)めやるそちらのほうの雲も見えぬほど、目も心も物思(ながめ)の涙に曇っている。
その上、あの空までが真っ暗になってゆく時分の、この悲観的な思いよ

と、こんな歌を筆に任せて書き散らしてあったが、それも却って見どころが感じられて、風情がある。

もともと取り分け思慮深いとも言えない浮舟の未熟な心には、このような宮の心ざまを目の当たりにして思慕の情も増さりゆくであろうけれど、あの、初めての逢瀬の時から、きっと将来を約束してくれた薫の右大将の優しさを思えば、やはり……あちらもいっそう情深く、人柄の立派なことなどもしみじみ感じられ、あの大将によって男女《おとこおんな》の仲とはいかなるものかを知り初《そ》めたせいでもあろうか、ともかく、宮とのこんな厭わしい密事《みつじ》を、噂に聞き付けるようなことがあったら……、〈ああ、それで大将の君が、私をすっかり嫌いになってしまわれたら、そんな世の中に、この先どうやって生きていけるだろう。一日も早く、大将殿が京の新邸へ迎えとってほしいと心を悩ましている母親にだって、思いもかけず嫌な娘だと思われて爪弾《つまはじ》きされるかもしれない。それなのに、こなたの恋い焦がれておいでの方だって、ほんとうはひどく移り気なご性格だという評判のみ耳にしている。だからこんなに夢中になってくださっている間はともかく……いや、よしんばそのお熱が冷めなかったとしても、私を京のどこかに隠しおきなさって、末長く通いどころの一人に数えてくださる……となればなったで、あの二条院の上(中君)が、なんとお思いになるだろう。世間というものは、なにごとも隠しおおせるものではあるまい。いつぞや二条院での、なにがなんだか分からなかったあの夕暮れどきの一件……たったあれだけの出来事を手づるとして、宮は、いまこんな山里まで探し出して通ってみえたものと見える。ましてや、とにもかくにも、宮の通い所として京に住まいなどしていたら、それを大将の君がお聞きにならないなんてことがあるだろうか……〉と、それからそれへと思い続けてゆくと、〈私の心にも、あの宮を思うような過ちがある。もしそのことが露顕して、大将の君に疎まれ申すようなことがあったら、やはりとっても辛いことになるにちがいない〉と思い乱れている、ちょうどその折も折、薫からの文の使いがやってきた。

匂宮と薫と二通の文至る

先に届いた宮の手紙と、今受け取った薫の手紙と、あちらこちら読み比べるというのもたいそう気が咎めるので、まずはやはり長々と言葉を尽くして書いてある宮の文のほうを見ながら浮舟は臥《ふ》している。

侍従と右近は、はっと顔を見合わせて、「やはりね、宮さまにお心を移されたのでしょうね」などと、口にこそ出さねど、目引き袖引きする。

それから侍従はこんなことを言った。

「それも無理からぬことでございましょうとも。だって、右大将さまのご風采《ふうさい》に肩を並べる人もいないと思っておりましたが、この宮さまのご様子ときたら、それはもうすばらしいことですものね。それが、どうでしょ。あのお戯れになっておられるときの、愛敬《あいきよう》たっぷりなこと。私なら、これほどのご執心を見ていながら、とてもとても、こんなのんびりとしたことでは済まさないわ。もう、すぐにでも中宮さまの御殿にお仕えして、四六時中宮のお姿を拝見していたいと思うわ」

すると、右近が、

「まあ、あなたも隅に置けないお心だわねえ。そんなことをおっしゃるけれど、右大将殿のご風采にまさって素敵なお方なんて、いったい誰がおられましょうぞ。いえね、姿形だけならばともかく、お人柄やお振舞いなども含めて考えたら、それはもう大将殿のほうが……。されば、このたびの宮さまとの一件は、やはりねえ、ほんとうに見ていられないようなことですよ。このまま行ったら、しまいにどうなっておしまいになるのでしょう」

と、やり返すなど、ふたりして語り合う。

右近は、いままで、たった一人であれこれとごまかしつつ、薫のために奮闘していたのだが、いまは侍従と心を合わせてことに当たればよくなったわけだから、いっそ嘘も吐《つ》きやすくなったというものであった。

後から届けられた薫の文は、

「いつも心にかけながら長《なが》のご無沙汰《ぶさた》にて。ときどきは、そなたのほうからもお手紙を頂戴してびっくりさせてくださると、それこそ願ったり叶ったりなのですが。……ともあれ、どうしてそなたを疎かに思っているはずがありましょうか……」

と、簡略な書きようで、締めくくりには、料紙の頭に戻って端のところに、

水まさるをちの里人いかならむ
晴れぬながめにかきくらすころ

川の水かさも増さる、遠方(おちかた)の宇治の、そのまたをち（注、宇治の地名）の里の住人のそなたは、今ごろどうしておられるだろうかと、私もその長雨(ながめ)さながら、ずっと晴れぬ物思(ながめ)に嘆きくらしている日々で……

……常よりずっと、そなたのことばかりを思い申す気持ちが増さっています」

とあって、全体を白い色紙《しきし》に書いて、まるで事務的な文書のように縦にきちんと包んで

あった。その筆跡も、繊細に風情たっぷり書いたという感じではないが、やはり筆法が総じて由緒ありげな佇《たたず》まいにみえる。

宮の文は、染め染めと言葉数多く書いた文を、いかにも思いを込めた恋文らしく、固く小さく結んだ文にしてあったのだが、それもこれも、とりどりに風趣がある。

「ささ、まずは宮様へのお返事を……」

「人の見ぬ先に、お書きあそばして」

と、二人は口々に浮舟に返事を書くように勧めなす。けれども、

「今日は、とても書けません……」

と、浮舟はひたすら恥じらうばかり。ただ、手習いばかりに、

　里の名をわが身に知れば
　山城《やましろ》の宇治のわたりぞいと住み憂《う》き

この里の名を宇治(うじ)……憂(う)しと申します、
その憂(う)しということを、身に沁みて知っておりますほどに、
この山城の宇治(うじ)のあたりに住むのは、たいそう辛いことでございます

と、そんな歌を書いた。

それから、あの日、宮が描いてくれて一緒に見た妹背《いもせ》の睦みあう絵を、ときどき見ては、おのずと涙が溢《あふ》れる。〈いずれ宮との仲らいは、そう長続きするはずもないこと……〉と、ああも考え、こうも思ってみるけれど、〈これで右大将さまが用意してくださる京の新邸に、ひっそりと世間の交わりを絶って引き籠ってしまうとしたら……もう宮さまにも逢えなくなる……それもまた、ひどく悲しく思うだろうな〉と、そう思いながら、返事を書いた。

「かきくらし晴れせぬ峰のあま雲に
浮きて世をふる身をもなさばや

真っ暗にかき曇ったまま晴れることのない峰の雨雲……こんなふわふわと浮き漂って世を過ごす我が身なら、いっそあの雲のようになって消えてしまいたい

もう『交じりなば』という思いにて……」

浮舟は「白雲の晴れぬ雲居《くもゐ》に交じりなばいづれかそれと君は尋ねむ（いっそ白雲の晴れる

ことのない、あの空の上に、私も煙となって立ち昇り交じってしまったなら、どれが私と思って、あなたはお尋ねくださるでしょう)」という古歌をちらりと引いて、もう死んでしまいたいというような思いを仄めかす。

これを読んで、宮はただ、おいおいと声を上げて泣き崩れた。〈煙になってしまいたい、などと言っても、でもきっと私を恋しいと思ってくれているにちがいない〉と、遥かに思い遣るにつけても、あの物思いに沈んでいた浮舟のさまばかりが、彷彿《ほうふつ》と面影に浮かぶのであった。

いっぽう、実直男《まめびと》の薫のほうは、浮舟からの返事を、のんびりと見ながら、〈ああ、今ごろはどんなにか物思いに心屈《こころくつ》していよう……〉と思い遣って、たいそう恋しく思う。その女からの返事に、

つれづれと身を知る雨のをやまねば
袖さへいとどみかさまさりて

誰の訪れもなく、ただ呆然《ぼうぜん》と無聊《ぶりよう》を託《かこ》っている我が身の辛さ、

その辛さを知る涙雨が小止《おや》みなく降っているので、宇治川の水かさばかりか、
我が袖の涙川の水かさまでもひどく増さっております……

とあるのを、薫は、下に置くこともせず、じっと見つめている。

薫、正室女二の宮に、浮舟の存在を語る

正室の女二の宮に、なにかにの物語などするついでに、薫は思いきって切り出した。
「こういうことを申しますと、なにを無礼なことを、とお思いになるだろうかと、いかにも気が引けるのですが、実は……わたくしのような者でも、やはり昔から世話をしていた女《ひと》がございます……。それが……、ちとおかしなところに長らく放置してあるのです。ですが、やはりたいそう苦悩しているらしいことが聞こえてきますので、わたくしもちくちくと胸が痛みましてね。……で、近いうちに、こちらのほうへ呼び寄せようか、と思っているようなわけです。……わたくしは、昔から、人とはだいぶ違ったものの考え方をする人間です。つまり、世の中というものをですね、とにもかくにも普通の人と違って、いわ

ば世捨て人に身をなして一生過ごそうと思っておりました……のですが、いま、こうして御身《おんみ》さまと結婚してお世話をさせていただくようになりますにつけて、遮二無二《しゃにむに》世を捨ててしまうということもなりがたく、……さて、そうなりますと、その存在を誰にも知らせることのなかった、件《くだん》の女《ひと》の身の上のことまでも、いささか胸を痛めるようになりまして、このままでは、罪作りなことのような気もしてまいりましたもので……」

と、そんなことを言われた二の宮は、

「どのようなことに心を悩ますものなのか、わたくしには、わかりませぬほどに……無礼ともなんとも……」

といかにも女宮らしい返事をする。

「されば、内裏のお上《かみ》になど、悪意を持って讒言《ざんげん》する者がおるやもしれませぬ。とかく世の人々の口さがなさは、まことに堪えがたくけしからぬものでございますが……。いやいや、その女《ひと》は、しょせん物の数にも入らぬ程度の身分の者で……」

薫は、そういって二の宮の心を安んじる。

薫の浮舟移住の計画、匂宮に漏れ、宮も仮寓を設ける

あの新築した邸に浮舟を移し住まわせようと、薫は思い立ったものの、その事実が世に漏れて「さては、あの女を囲うための邸であったわけよな」と、面白可笑しく言いはやす人があるかもしれぬと、心中安からぬ思いもある。そこで、このことが外に漏れぬように、普請《ふしん》はごくごく内密裡《り》に運び、襖障子を張らせるということでも、それ専門の職人にやらせることは控えた。ところが、人もあろうに、あの匂宮の腹心大内記の妻の父親で、大蔵の大夫に任じられている男（仲信）に施工を命じてしまったのであった。この者は、薫の家司《けいし》だから、かねて気心が知れてあるゆえ、安心してその仕事を頼んだのであるが、いやはや、隠し事はできぬもの、大内記を通じて、たちまち宮の耳にこのことが聞こえてしまった。

大内記は宮に報告する。

「さような次第で、その邸の襖絵を描かせる絵師どもなども、右大将殿の御随身《みずいじん》どもの中から、とくに信頼できる側近の家来などを選抜して描かせたと申しますが、いや内密の通

い所とは申しながら、そこはそれ、相当に趣向を凝らしておいでてございます」

こんなことを聞いて、宮は、ますます胸騒ぎがして、自分の乳母であった女房が、これより遠国《おんごく》の受領《ずりよう》の妻となって下向《げこう》していくため、当面留守になる家が下京《しもぎよう》のあたりにあるのを幸い、

「じつは、ごくごく秘密のさる人をな、しばらくその家に隠しておきたいのだが」

と、折り入って頼み込む。

乳母は、〈はて、それはいったい、どんな人を……〉と訝《いぶか》しく思ったけれど、宮の口ぶり表情からして、どうやらよほど大事にお思いになっているらしいと判断して、それを断っては恐れ多いと思った。

「さようなれば、どうぞ」

と承諾の返答をする。

まずこういう仮寓《かぐう》を用意できたことで、宮は少しばかり心を安んずる。そうして、その乳母夫婦はこの三月《やよい》の末ごろに任国《にんごく》へ下るという予定なので、その家が空き次第、すぐその日に浮舟を移し据《す》えようと思い設ける。その上で宮は、

「しかじかの頃にお移ししたいと思っている。このことは、ゆめゆめ他言《たごん》ご無用に」

という手紙を宇治のほうへしきりに送りながら、しかし自身が宇治へ迎えに出向くことは、なんとしても無理という状況であった。その間《かん》、宇治の姫君としても、乳母が例の不動明王の顔をしてみせた口うるさい人ゆえ、すぐに京へ移るなどということは難しいという返事を送った。

母君、宇治に駆けつける

しかるに薫は、翌四月《うづき》の十日に、浮舟を新邸のほうへ移すことに決め込んでいた。

とはいえ、「わびぬれば身を浮き草の根を絶えて誘ふ水あらばいなむとぞ思ふ（こんなに悲観すべきこの身、いっそ浮き草が根付きもせず浮かんでいるように、もし誘ってくれる水があったら、どこへでもさすらっていこうと思います）」と昔の人が歌ったような気持ちに、浮舟としてはとうていなれぬ。二人の男からの求愛の板挟みになって、どうしたらいいか良い思案も浮かばず、〈ああ、どうしよう、どうしたらいい我が身なのだろう〉と、かの浮き草のように、ふわふわとどっちつかずの思いに呵《さいな》まれるばかり、さては、京の母のもとへしばらく身を寄せて、とっくりと思案するあいだ、そこにいることにしよう、と思い至った。

けれども折から、あの常陸介《ひたちのすけ》のところの妹娘で、少将の妻になった者が、出産が間近になったといって、やれ修法《ずほう》だ、やれ読経だと、隙《ひま》もなく大騒ぎをしているので、まさかのんびりと石山詣《もう》でもあるまいと、母のほうから宇治の浮舟のもとへやってくることになった。

乳母《めのと》が応対に出て、

「右大将の殿から、姫さまはじめ、わたくしども一同へも新しい装束など、心細やかに思し召してのご配慮がございました。もとより、なにとぞして身なりなどこぎれいに調えたいとは存じますのですが、この乳母《まま》めが心ひとつでは、とてもとてもこうはまいりませぬこと、おそらくは妙な具合のお支度しかできませなんだことと存じます」

と、薫の気配りのめでたさを言い立てる。そのいかにも満足そうな様子を見るにつけても、浮舟は心やすからぬ。

〈これで、宮さまに迎え取られて、そのことが露顕に及びなどしたら、さまざま良からぬことが出来《しゅったい》して、さぞ物笑いの種になろう。そうしたら、この乳母《めのと》や女房たちの誰も誰も、なんと思うであろう。ああして、無理無体なことを仰せになる宮のこと、あの「白雲《しらくも》の八重《やへ》立つ山に籠《こも》るとも思ひ立ちなばたづねざらめや（白雲の、重ねがさねに立つ遠い山に隠れたとしても、もし恋しさに思い立ったなら、どうして尋ね出せぬことがあろうぞ〉」という古歌ではないけれど、どんなに私が逃げ隠れしても、宮さまは草の根を分けても探し出して、結局はともに身を滅ぼすようなことになるに決まっている。こうして、京へは行かれぬことを、何度お断りしても、今日も今日とて、「それでも、なんとしても安心なところへ身を隠すことをお考えなさい」というお手紙が届いたことだし……ああ、どうしよう……〉と、浮舟はすっかり気分が悪くなって臥してしまった。

これには母も驚いて、

「まあ、どうしたことでしょう。こんなに具合が悪いなんて……。ひどく顔色も青いし、痩せてしまってもいる」

と心配するのであった。

乳母が、

「このところ何日も、こうして原因不明のご不調でございまして。ちょっとしたものもお召し上がりになりませせぬ。それで、ただただお気持ちが悪そうな具合でいらっしゃいますので……」

と、この日ごろの状態を語ると、母君は、〈不思議なこと……もしや物の怪《もののけ》にでも取り

憑《つ》かれているのではないかしら……さていったい、どんなご気分なのでしょう〉とは思うけれど、女房たちは、気を回して、

「石山詣でを中止なさいましたほどにて、あの……」

と、暗に月の障りがあったのだから、この悪心《おしん》が悪阻《つわり》によるものではないことを、せめて言い聞かせる。

そんなことを口にする女房たちの手前も恥ずかしくて、浮舟は、つと目を伏せる。

日が暮れて、空に皓々たる月が照っている。

その月を見ると、宮にかき抱《いだ》かれて宇治川を渡った時の、有明の月が思い出される。それにつけても、涙がとめどなく流れて、宮が恋しく思われるので、〈ああ、なんて性根《しょうね》の悪い私の心……〉と自責の念に駆られずにはいない。

母君は、昔の思い出話などをしつつ、やがてちょっと離れた一角に住んでいる弁の尼を呼び出すと、亡き大君のことに語り及んだ。尼は、故姫君の在りし日の有様は、ほんとうに思慮深かったがために、妹中君と匂宮の結婚の行く末などを、姉の立場から深く心配し尽くして、やがて見る見る病み衰えると、ついに空しくなってしまったことなどを語るの

であった。

「これで、あの大君さまがご存命でいらしたなら……、いまごろは匂宮の上さま（中君）と同様、右大将の君の上さまなどにおなりになっていたことでしょう。それで姉妹どうし、文など通わされていたにちがいありませぬ。さすれば、父宮亡き後、たいそう心細いお暮らしぶりでございましたものの、今ごろは、それこそこの上もないお幸せでおわしたことでございましょうに……」

弁の尼が、こんなことを言うのを聞くと、母君は、〈なんじゃ、それではまるでわが娘だけは無関係のような言い草。もとより同じ八の宮さまのお子じゃものを。ただ、今までは不如意《ふにょい》な日々であったけれど、これから願ったとおりの、前世からの良縁を得て、それがいつまでも末長く続くならば、決して二人の姉君たちに劣りはすまいに……〉などと、心中に思い続ける。

「あの姫君については、生《お》い立ちといい、田舎暮らしといい、いつもいつも行く末を心配してばかりおりましたけれど、おかげさまにて、こたびは少し肩の荷を下ろしました。なにぶん、こうして幸いにも、右大将さまのご差配で、姫君も京のほうへお移りになってしまわれるようでございますからね、わたくしも今後は、こちらに参りますことなど、必ずしも強いて思い立ちなどもいたしますまい。かかるお目文字の折々に、なお昔のことなど、ゆっくりと申し上げもし、また承りもいたしたいものではございますけれど……」

など、母君はいささか棘《とげ》のある言葉を口にする。すると尼君は、

「このような尼姿にて、またお仕え致してまいりました方々にも次々と先立たれなどいたしました我が身の不吉なことは、つくづく身に沁みておりますゆえ、姫君にもお親しくお目にかかって、なにかとお話し申し上げたくは存じますのですが、やはりそれもどんなものかと、まずはご遠慮申して過ごしてまいりました。そんなわたくしながら、こたびは、置き去りのような形で、姫君が京へお移りになってしまいになりますと、それこそまことに心細いことでございます。さりながら、かような山里にお住まいになっているのは、いかにも不安心なことと拝見いたしておりましたことにて、こうして京へお移りなさいますのは、嬉しく存じますことでございますとも……。あの大将の君というお方は、まことに思慮深いこと世に並びなくおわしますように拝見いたしておりますご性格でございますのに、こうしてわざわざ尋ね求めておいでくださいました……そのこと自体、決して決して並々《なみなみ》のことではあるまいと、姫君には申し上げておきましたのですが、案の定、こうしてちゃーんと京のほうへお迎えくださるのですから、あながちわたくしの申し上げました

ことも、いいかげんな出任せではございませんでしたでしょう」

とて、なかなか一歩も引かぬ。

「これから後々《のちのち》のことはいざ知らず、ただ今のところは、このように決してお見限りなどなさらぬものと大将の君が仰せになっておられますこと、それもこれも、ひとえに尼君がお導きくださったおかげと、つねづね思い出し申し上げております。かの宮の上(中君)が、かたじけなくもお情をかけてくださいましたことはそれとして、でもあの二条院では、外聞を憚るような出来事がございましたゆえ、わが姫君もまことに、落ち着かず身の置き所もない身の上だと、ほんに思い嘆いておりまして……」

母君がそう嘆くと、尼君は、声を立てて笑って、

「ほっほっほ、かの宮さまは、それはもう次々手当たり次第の色好みでいらっしゃいますから、多少なりとも気骨ある若い女房などは、いかにもお仕えしづらいようなことで……。あの二条のお邸は、概《おおむ》ねのところはたいそう結構な有様なのではございますが、そちらの方面のいきさつがあれこれとございますと、上さま(中君)が、『女房の分際で無礼な』など思し召そうかという、そのあたりがどうにも堪えがたいと、あの大輔《たゆう》の君の娘(中君付きの女房右近、この巻の右近とは別人)が、申しておりましたが……」

など言い立てる。これを聞いて、浮舟は、〈ああ、案の定……ただの女房だって、あの上さまの手前を憚ろうというのに、まして血を分けた妹の私だったらなおさら……〉と思いつつ臥してしまった。

すると母君は、

「まあ、なんていやらしい。でもね、あの大将殿は、帝の御娘《おんむすめ》をご正室としてお持ちの人とは申しながら、その女宮さまは、幸いにうちの姫君とは縁もゆかりもないお方ゆえ、そのご機嫌が悪しかろうと良かろうと、それはそれどうしようもないこと……とまあ、そんなふうに恐れ多いことながら、しいて思いおくことでございますよ。さりながらうちの姫が、かの宮さまと、万一にも良からぬことをしでかしなどいたしましたなら、我が身にとって、なにがどう悲しい辛いと思い申すようなことであろうとも、もう親子の縁を切って、二度とお世話などしてさしあげませぬ」

と、えらい剣幕《けんまく》で言い募る。この母君と尼とのやりとりを聞いていた浮舟は、ひどく気も動転して心肝《こころぎも》も潰《つぶ》れ果てる思いでいる。

そして、ついには、〈もういっそ、我が身を亡きものにしてしまいたい。そうしないと、このまま行けば、最後にはひどく外聞の悪いことが出来するにちがいない〉とまで思い続ける。その悲しみに揺れる心に、宇治川の水の音が轟々《ごうごう》と恐ろしげに響いて流れている。

その音に、母君は、

「まあ恐ろしい水の音。これほど激しからぬ流れだって世にはいくらもありますにのう。それを、こんな世にも珍しいような荒々しい所で、年を越えて過ごしているのですもの……大将殿が、あの姫をかわいそうにお思いくださるのも当然のことで……」

など、勝ち誇ったような顔で言う。

そこで、一座の話題は、昔からこの宇治川の流れが速くて恐ろしいということに移る。

「そうそう、先だって、渡し守《もり》の孫の少年が、棹を差しそこなって、水に落ちたことでございましたよ」

「ええ、ほんに、命を落とす人がたくさんいる川でございますね」

などと女房たちは口々に言い交わす。

こんな話を聞くにつけても、浮舟は、〈では、そんなふうに、もし私があの川に身投げをして行方知れずになってしまったら……誰も誰も、儚《はかな》く悲しいことと、その当座は気の毒がってもくださろうけれど……。といって、生き長らえたって、いずれ物笑いの種になるような嫌なこともあろうし……、ああ、いつになったら、そんな悲しい物思いの絶える期《ご》があろうか〉と、思い至ると、いっそ死んでしまうことに、なんの障碍《しょうがい》もなく、なにもかも死が浄化してくれそうな気もしてくるのだけれど、とはいえ、悲しいことはやっぱりとても悲しい。

かにかくに、母親があだこうだと自分のことを案じて物言う有様を、浮舟は、寝たふりをしながら聞き、つくづくと懊悩しつづけている。

いかにも気分が悪そうで、しかも痩せてしまっている浮舟を見て、母君は、乳母にも一《いち》言《ごん》あって、「しかるべき御祈禱などさせなされ」だの、「祈禱や祓《はら》えなどをする仕方はしかじかのように」だのと言いつける。

思えばこれは恋患い、かの「恋せじと御手洗川《みたらしがは》にせしみそぎ神はうけずもなりにけるかな（恋などすまいと、この御手洗川で禊《みそぎ》をしたけれど、神は受けてもくれぬままになったことよ）」という古歌の如く、御手洗川に恋せじと念じて禊をしたい気持ちであったけれど、そうとも知らずに母君は、やんやと口出しをする。

「これから京へ移るというのに、女房などの数が少ないように見えますよ。よくよく然るべきお家柄の人を選んで随行させるがよろしく、昨日今日仕えるようになった新参者《しんざんもの》は、宇治におとどめなされよ。上つ方《うえかた》のお人付き合いと申すものは、ご正室ご自身は何ごとも穏健に思し召すでしょうけれど、でも大将殿のご寵愛を巡って、どうしても面白からぬ間柄になったりする場合には、なにかと角突《つのつ》き合わせて煩わしいようなことが、下々《しもじも》のあたりでは起こってまいりましょう。ですから、ともかくあまり目立たぬようにしてね、そんなつもりで心してお過ごしなさい」

など、なにからなにまで、至らぬ隈《くま》なく注意を与えるのであった。そして、

「さあ、わたくしは、あちらの家で、お産の患いをしている娘も案じられますからね」

と言い言い帰ろうとするのを、浮舟は、また悩ましい思いに駆られて、なにもかも心細く思えるので、〈もしかしたら、もう二度と会えないまま、どうかなってしまうかもしれないわ……〉とまで思う。

「こんなに気持ちが悪いのですもの、母君さまのお顔を拝見せずにいるのは、なんだかとっても心細くって……。だから、もうしばらくの間だけでも、お側に付いてまいりたいのです」

と、そういって浮舟は、母君の跡を追おうとするのであった。

「そんなことをおっしゃってもね、私だってそうしたいとは思いますよ、でもね、あちら

の邸も、今はお産でてんやわんやの騒ぎでしょう、きっと。そんなところで、このお付きの女房たちだって、ちょっとした縫い物などすら、まともにはできませんでしょう。ほんとに狭いところで、ろくに空き部屋すらないのですからね。仮にね、あの『武生の国府《たけふのこふ》』なんて遠いところへお移りになるとしても、私はきっと、そっと忍んででも会いに来ましょうほどに。しょせん私は、そこらの受領の妻に過ぎぬ身分、いま大将殿の妻として出世なさろうというそなたの御為《おんため》には、なにもしてあげられないのはかわいそうだけれど……」

母君は、「道《みち》の口《くち》　武生《たけふ》の国府《こふ》に　我《われ》はありと　親に申したべ　心《こころ》あひの風や　さきむだちや（遠く越路《こしじ》の口の武生の国府に、こうして私は元気でいると、都の親には伝えておくれ、心の通《かよ》った良き風よ、サキムダチヤ）」という催馬楽の一句を引き事にしながら、どんなに離れていても、必ず必ず会いに行くからね、と泣き泣き浮舟を慰めるのであった。

薫からの文は、きょうも届いた。

「お加減が悪いと仄聞《そくぶん》しましたが、いかがですか……」

と、そういう見舞いの文であった。そして、

「……みずから出向いて行きたいとは存じますが、どうにもならぬ用事が多くて、思うに任せませぬ。そなたがこちらへお移りになるまでの待ち遠しさ、一日千秋の思いにて、却って苦しく……」

など書いてある。

いっぽう、宮からの手紙もまた到来し、そこには、昨日の文に対して浮舟が返事を送らなかったことを咎めて、

「さても、いったいなにを思い惑うておられるのか。こんなことでは、もしや他から吹く風にお靡《なび》きになるのではないかと、気掛かりでなりません。そんなこんなで、ぼんやりとしてしまって、ただただ物思いに沈んでおります」

などという調子で、こちらはこてこてと仰山《ぎょうさん》に書いてある。

薫と匂宮とそれぞれの文の使者、再び鉢合せ

あの雨の降った日に、たまたま同じくやってきた薫と宮、双方の文の使いたちが、今日もばったりと鉢合わせした。

薫の随身は、宮方の使いの者があの大内記の家でときどき見る顔なので、声をかける。

「その方《ほう》は、何用《なによう》あって、ここに度々《たびたび》参るのじゃ」

宮の使いの男が、答える。

「私用でお訪ねせねばならぬ人のところに、こうして来るのです」

「なんじゃ、私用……その私用の人に、艶《つや》めいた文など手渡すのか。それはまた、なかないかひとくせありげじゃの、その方。で、なぜにそのようにこそこそと隠しだてなどするのじゃ」

「いや、本当を申せば、主《あるじ》の国守《こう》の君（出雲権守時方《いずものごんのかみ》）からのお手紙をば、こなたのお邸の、さる女房へ差し上げるのでございます」

この申し開きを聞くに、言うことがころりと変わったことでもあり、どうも胡乱《うろん》な奴だとは思うものの、こんなところで詮議《せんぎ》するなどというのも異《い》なことゆえ、それなりにして、それぞれ京の主人のもとへ帰参していった。

ところが、この随身は、なかなか小才《こさい》の利く男で、伴っていた童《わらわ》に、

「あの男に、気取《けど》られぬように目をつけて尾行するのじゃ。それで左衛門《さいもん》の大夫《たゆう》（時方）

の家に入るか否か、そこを確かめて戻れ」

と、跡を追わせる。

やがて、童は戻ってきて、

「宮さまのお邸に参りまして、式部の少輔《しょう》（大内記）に、お手紙は手渡してございます」

と報告する。

まさか自分がそのように尾行されていたというところまでは、ごく下賤の者の知恵では思いも寄らず、前後の事情も深くは弁《わきま》えておらぬゆえ、たかが舎人《とねり》に過ぎぬ随身の人に見《み》露《あら》わされてしまったのであった。まことに、情無いことながら……。

さて、その随身自身は、それから薫の御殿に参上し、返事の文を差し出して応対の女房に伝達を頼む。

薫は直衣《のうし》姿で出かけようとするところであった。じつは、六条院東南《たつみ》の町に明石中宮がお里下がりをしてきている時分であったので、そこへ参上しようというわけだが、もとより近親の間柄とあって、仰々しく前駆《さきが》けの者などを大勢出したりもせぬ。

随身が、手紙の取り次ぎをする女房に、

「じつは、いささか妙なことがございましたものですから、はっきり見定め申そうと存じまして、それに時間を取られて今までかかってしまいました」

と話していると、それを薫がちらりと耳にして、ちょうど外へ歩み出てくるところであったから、

「なにごとじゃ」

と、直々《じきじき》に問い質《ただ》す。

随身は、〈しかし……この取り次ぎの女房が聞いてしまうのも憚られるなあ〉と思って畏《かしこ》まっている。すると、薫は、なにか訳がありそうだと見当を付けて、それ以上は聞かずに、そのまま出ていった。

さて、明石中宮は、いつにも増して気分がすぐれぬということで、御子《みこ》の宮たちも、みな六条院へ見舞いに馳《は》せ参じた。それに連れて、上達部《かんだちめ》などもたくさん参集してきたゆえ、とかく騒がしいのだが、じつは取り立てて重症ということでもないのであった。

さるなかに、かの大内記は、太政官《だいじょうかん》の役人ゆえ、雑用に追われて参上が遅くなった。大内記は、このお見舞いに事寄せて、かの時方の手の者から受け取った浮舟の返事も奉《たてまつ》る。匂宮は女の詰所の台盤所《だいばんどころ》のほうへ出向き、その戸口のところまで大内記を召し寄せて、文

を受け取ったが、その折も折、薫の右大将が、中宮の御前から下がって外へ出てきたのであった。そうして、横目で遠くからこの宮の様子を一瞥《いちべつ》して、〈ふふふ、なんとまたずいぶん切実に思っておられるらしい女からの恋文のようだな〉と、興味半分に立ち止まった。

宮は、浮舟からの返事を、引きあけて見た。紅《くれない》の薄様紙《うすようがみ》に、なにやら細々《こまごま》と書いてあるらしく見える。しかも宮は、もうすっかりこの文に熱中していて、すぐに薫のほうを向くということもない。

ところが、そこへまた夕霧の左大臣も部屋から立ち出でて外のほうへ姿を現わしたので、薫の君は、障子口から外へ出ようとした時に、「大臣《おとど》のお出ましだよ」というつもりで、エヘンエヘンと咳払いなどしては、宮に注意を促すのであった。

その声に気づいて、宮がくだんの手紙を引き隠したところへ、ちょうど左大臣がつっと顔を出した。宮はびっくりしながら、くつろげていた直衣の紐を結んだ。

夕霧の大臣《おとど》は、そこにふっと膝を突いて敬意を表しつつ、

「わたくしは、これにて退《さ》がらせていただきましょう。それにしても、中宮さまは、御物《おんもの》の怪《け》が久しくお起こりにもなりませなんだが、こたびはまた悪さをすると見える。まこと

に恐ろしいことではございませんかな。されば比叡山《ひえいざん》の座主《ざす》に、今すぐ来ていただくべく、呼びに遣わしましょう」

と言いざま、忙しそうな様子でさっと立っていった。

薫、随身の報告を聞く

夜更けて、皆帰っていった。

夕霧の大臣は、匂宮を先に立てて、数多い子息たちの上達部、またもっと若い君達までもぞろぞろと引き従えて、六の君の住まいする東北《うしとら》の町へ渡っていった。

薫の君は、独り、少し遅れて出てきた。

そうして、〈あの随身は、さきほどなにか言いたそうにしていたが、なんであったろうか、不審な……〉と思って、前駆《さきが》けの者などが皆下がって松明《たいまつ》など灯《とも》すのに追われている折を見澄《みす》まして、かの随身を呼び出した。

「先ほど申しておったのは、なにごとじゃ」

こう尋ねてみると、

「今朝ほど、あの宇治におきまして、出雲権守時方の朝臣《あそん》のもとに仕えております男が、紫の薄様紙に包んで桜の枝に付けた文をば、あちらの西の妻戸のところへ寄り、取り次ぎの女房に手渡しましてございます。それをわたくしは目にしましたものですから、さっそくしかじかと糾問《きゆうもん》いたしましたるところ、なにやかや言を左右にして、いかにも嘘臭いことを申しておりました。そこで、なにゆえにそのようなことを申すのであろうかと不審に存じまして、帰りしなに、童《わらわ》を遣わしてそやつの跡を付けさせましたるところ、兵部卿《ひようぶきよう》の宮（匂宮）のお邸（二条院）へ参上いたしまして、式部《しきぶ》の少輔道定《しようみちさだ》の朝臣（大内記）に、その返事をば手渡しましてございます」

と言上《ごんじよう》する。

薫は、〈ふーむ、それはいかにも怪しい〉と首を傾《かし》げた。

「で、その返事は、どのような様態で出したものであったか」

「ははっ、それはわたくしは見ておりません。おそらく、わたくしの控えておりましたところとは別の場所から出したものと見えます。ただ、我が配下の者が申しますには、なんでも赤いような色紙で、それはもうたいそう清らかに美しいものであったと、かように申したことでございました」

随身は、そのように報告する。

これらをかれこれ考え合わせてみるに、〈間違いない、宮が見ていたあの手紙だ〉と薫は確信する。そして随身の男が、そこまで見届けさせたのは、いかにも小才の利いたことだと思ったが、その時はあたりに人がいたゆえ、それ以上詳しくも言わない。

帰途、薫はつくづくと考える

帰る道すがら、薫はとつおいつ思い巡らす。

〈さてもさても、まことに恐ろしく、抜け目のない宮よな。それにしても、いったいどんな折に、そういう姫君が宇治にいるとお聞きつけになったのであろう。さてまた、どうやって言い寄られたのであろう。……うーむ、あれほど道遠く田舎びたところだし、まさかまさか、こういう色めいた方面の間違いなど、あるはずがないと、こう決め込んでいた自分は、いかにも考えが足りなかった。さるにても、私になんの関係もない女であったら、まあそういう好きごとをしかけて言い寄られるのもよろしかろうが……。宇治のことは、昔からいっさいの心隔てをせず、人が見たらおかしいと思うほどに、この自分が間に立って……じっさいに私がお連れしてさしあげた道だ。それなのに、この私を裏切るようなことを思い立たれるなんてことが、あってよいものだろうか〉と、こう思うにつけても、まことに嫌な気持ちになる。

〈それに比べ……〉と薫は思う。〈あの対の御方《おんかた》(中君)の御《おん》ことを、こんなに深く思うているのに、それでも自分は、こうしてなにもせずに何年も過ごしてきたとは、我が心の慎重さのこの上なきことよ。……さはさりながら、あの御方とのご縁は、決して昨日今日はじまった不体裁なことでもない、もともと大君に奨められたという因縁もあったことでもあるし……。ただ、心のうちに後ろめたいところがありなどすれば、それは畢竟《ひつきよう》自分自身のためにも苦悩の種となるだろうことを思って、それで、私はじっと我慢して遠慮していたのだ……。が、それも愚かしい遠慮であったな。しかし、宮は、近ごろあれほど具合が悪い様子だし、そのために医者だ僧侶だと常にも増して人の出入りが多いだろうに、その最中に、どうやってあの遠い宇治まで、はるばると恋文など書いて遣《や》られるのであろう。いや、もしやすでに通い初《そ》められたのであろうか……。まったくなんという遠く遥かなる懸想《けそう》の道であろうか。……おお、そういえば、つい先頃宮の行方が知れぬとかで、みな大騒ぎ、そのいらっしゃる場所を探されたという日もあったと、そんな噂も聞こえてきたが……。さては、その時に、さような恋路に思い乱れて、で、結局あんなふうに、ぶらぶら病《やまい》のようになってしまわれたのでもあろう。そうだそうだ、昔のことを思い出してみても、あの宇治の中君のもとへお通いになれなかった頃の宮の嘆きといったら、それはもうほんとうにお気の毒千万な様子であったしな……〉と、つくづく思い合わせてみると、そういえば、先日逢ったときの浮舟の様子が、いかにもおかしかった。あのようにひどく物思いに沈んでいたというのも、いま事の一端が分かってみれば、なるほどそういうことであったかと思い合わされて、薫はひどくやりきれぬ思いに打ち拉《ひし》がれる。

〈さてもさても、「世に無きものはまともな人心」と世に言い習わすとおりよな。あの姫は、あんなにいたいけなまでにかわいらしくて、おっとりとした人柄に見えながら、その実、どうやら色めいたところが身に添うた人であった……。されば、あの宮のお持ち物としては、まずまったくお似合いというものだ〉と、薫は、もう浮舟を宮に譲ってもいいような気になって、いっそ身を引こうかとも思うけれど、〈いやいや、これが真に信頼すべき正妻にするようなつもりで思い初めたのであれば、ここで手を引くのも当然だけれど、もとよりそういうつもりではない。されば、今後とも適当な慰みものとしてつきあおうかという相手なのだから、もうこれっきり二度と逢わないでいたら、またいかにも恋しくなることであろうな……〉と、まるでみっともないほどに、ああでもないこうでもないと、心のなかで懊悩するのであった。

匂宮と薫の文に板挟みになる浮舟の苦悩

〈これで、私がすっかり白けた気持ちになってしまって、捨て置いたとしたら、かならずあの宮が、呼び寄せて自分のものにするだろう。しかしな、あの宮という人は、そうやって慰みものにした女に飽きてしまったあと、どれほど女が気の毒な思いをしなくてはならないか、その女のために親身になってお考えにはなるまいな。で、そんなふうにちょっと遊んだあと、飽きてしまった人を、あの女一の宮の近侍《きんじ》の女房に二人三人と差し上げているという話も聞く。もしあの宇治の姫が、そんな扱いをされて一の宮の女房に身を落とすというようなことを見聞きするのは、さあ、やっぱりかわいそうだよなあ〉など、薫は思うゆえ、やはり見捨てるわけにもいかず、また浮舟の様子を見たいと思って、手紙を遣わした。いつものあの随身を呼び出した。しかも、あたりに人気《ひとけ》のない時を見計らって、間《あいだ》に人を介さず自ら直接に側近く召し寄せる。

「あの道定の朝臣(大内記)は、いまでも仲信（薫の家来）の家に婿として通《かよ》っているのか」

「さようでございます」

「して、道定は、あの宇治のほうへ、いつもあの使い走りの男を遣わしているのであろうか……。ああしてひっそりと人気もないところに逼塞《ひっそく》している姫ゆえ、道定なども、きっと思いをかけたりなどしているのであろうな……」

薫は、そう言って、ハアッと大きなため息を吐くと、

「よいか、決して人に見られぬように注意してまいれよ。万一噂にでもなれば、たかが道定ふぜいとつまらぬ女を争ったとて、とんだ物笑いじゃ」

と言い含める。

随身は畏《かしこ》まって、大内記が、いつでも薫大将の動静を探るべく、宇治のほうのことをあれこれ尋ねたりしていたことも心中に思い合わせていたけれど、そのことを馴れ馴れしく言上することもできずにいる。

薫は、かような下々《しもじも》の者には、この一件について詳しくは知らせずにおこうと思うゆえ、それ以上はなにも尋ねはせぬ。

宇治のほうでは、薫からの手紙、そして宮からの手紙と、常にも増して京からの文が頻々と来るにつけても、板挟みの姫は、煩悶《はんもん》することさまざまであった。

そして、ついに薫から、こんな手紙が来た。そこには、なんの説明もなく、ただ次のようにだけ書いてあったのだ。

「波越ゆるころとも知らず末《すゑ》の松
　待つらむとのみ思ひけるかな

そなたが他の人に心を移したために、もう末の松山(まつやま)を波が越える頃になっているとも知らず、私はただそなたが待(ま)つとばかり思い込んでいたことよ

どうか私を物笑いの種にしてくださるな」
かにかくに、「君をおきてあだし心をわが持たば末の松山波も越えなむ（おまえをさしおいて、他の人に心を移すようなことがあったら、あのどんな大波も越えられないという末の松山だって波が越えてゆくことだろう、そんなことは決してないからね）」と誓った古歌の心を裏返して、薫は、浮舟がもう一人の男に心を移したのだろうと当てこすったのであった。

浮舟は〈なんで、こんなことを……〉と思って、心臓が止まりそうになった。

〈……さて、こんなお手紙に、どう返事をしたものであろう。なにもかも心得た顔をして返事をするなど、とてもそんなことはできない……。もし、なにかの間違いだったら、ともに反応するのもおかしいし……〉と、浮舟は思いあぐねて、その文を元の通りに畳んで包んで、

「宛先違いのように拝見いたしますゆえ、お返し申し上げます。なぜかわけもわからず気分が悪くなりまして、何ごとも申し上げられませぬ」

とそれだけを書き添えると、ただちに文の使いに持ち帰らせる。

薫は、この仕方を見て、〈なんと、咄嗟《とつさ》によくも言い逃れたもの……今までついぞ見たこともない才覚よな〉と苦笑を浮かべる。その表情からすると、なお浮舟を憎いとは思い尽くせないところがあるらしい。

かくて、ずばりと指摘したわけではないけれど、「知ってるぞ」ということを、ちらり仄めかした薫の文体《ぶんてい》を見て、浮舟のほうでは、ますます苦悩が募る。

〈こんなことでは、しまいに我が身はとんでもなく不届きな人間という烙印《らくいん》を押されることになってしまうような……〉と、更に更に思い詰めていると、そこに右近がやってき

た。

「右大将殿のお手紙を、なぜにお返し申し上げるようなことをなさったのですか。それはもう不吉な忌《い》み事《ごと》でございますのに……」

「だって、どうみてもなにか書き間違いでもあるような文面だったので、宛先を違えたものかと……」

浮舟は必死に抗弁する。

じつは、右近は、どうもこの手紙の様子に納得のゆかぬところがあったゆえ、取次ぐ途中で開けて見たのであった。……まずよろしからぬ右近の行状ながら。

そして、むろん中を見たなどとはおくびにも出さず、

「やれやれ、困ったこと……。これはどちら様にも面倒なことになりました。きっと右大将殿は、ことの次第をお察しになったのでしょう」

と右近は言う。これを聞いて、浮舟はさっと面《おもて》を赤らめ、なにも言えず黙っている。

まさか文を見ただろうなどとは思わぬから、きっと誰か別の筋のほうから、薫の様子を知る人が右近の耳に語り聞かせたのだろうと浮舟は推量する。それほどに、ことが露顕に及んでいるのだろうかと思うけれど、といって、まさか「誰がそんなことを言ったの」と

も聞けはしない。〈ああ、右近が知っているとなれば、きっとみんな知っているだろう……そうなると、近侍の女房たちがどう思うだろうか〉と思うと、浮舟はひたすら恥ずかしくてならぬ。

〈宮とのことは、私の思いから始まったことではないけれど、でもほんとうに辛いばかりの前世からの因縁だこと……〉と思い萎《しお》れていたところに、侍従と右近の二人が、重ね重ね諫《いさ》め慰める。

右近、姉の身の上を物語って諫める

まず右近の言うには、

「わたくし右近の姉が、常陸の国におりましたときに、男二人と相逢《あいお》うたということがございました……身分の上下によらず、それぞれにつけて、まずこういうことはありがちなことでございましょうけれど……姉の場合は、どちらの男もいずれ劣らぬ恋慕の情《じょう》にて、ただもう頭に血が上っておりましたが、女のほうは、後から懇《ねんご》ろになった男のほうに、すこし思いが傾いておりましたので……。それを、先の男が妬《や》き立てて、ついにはその恋《こい》敵《がたき》を殺してしまったという事件が起こりました。そんな騒ぎがございましてよりは、その先の男も姉のところには寄りつかぬようになってしまいました。かくては、常陸の国としても、立派な惜しむべき武者を一人失ったという結果になりました。また、人殺しの過ちを犯したほうの男も、良い家来ではありましたが、こんな過ちを犯した人間を、なんとして仕えさせておけましょう……。とうとう常陸の国から所払《ところばら》いとなりましてね、それもこれも、みんな女の行跡不届《ぎょうせきふとど》きということで、姉も、常陸介《すけ》殿の館《たち》のうちにも置いていただけなくなり、ついには東《あずま》の人と成り果てて、姫さまの乳母であった私ども姉妹の母も、今なお恋しがって泣いております。まことに、親の往生の妨げともなる大罪とも存じますことにて……。ただいまこんなお話を申し上げますのも、いかにも不吉なようで恐縮ながら、身分の上下にかかわらず、こうした二心《ふたごころ》の筋のことで、心が乱れてしまうというのは、ほんに悪しきことでございます。ただいまの場合は、ご身分がら、やわかお命に関わるようなことはございますまいが、上《うえ》つ方《かた》にはまた上つ方のご悶着《もんちゃく》が起こりがちなことでございます。そうして、死ぬよりひどい恥をかくというようなことも、かかる高貴の御方の御身には、却ってありがちなことでございます。されば、姫さま、どちらかお一人に思い定めあそばしませ。宮さまも、お気持ちの深さは大将殿にまさって、もしあれが正真《しょうじん》の本気で仰せくださっているのでさえあるなら、宮さまのほうへお心寄せなさいませな。そうしてもう、そんなにひどくお嘆きなさいませぬように。こんなことに悩んで、痩せ衰えておしまいになるなんて、ほんとうに無益《むやく》なことでございますよ。あの母君さまとて、これほどまでに姫君のことを大事に大事に思って加持祈禱などのお世話をあそばしましたものを……。いま、ああして乳母《まま》が、右大将さまが京の新邸にお迎え取りくださいますほうのお支度に一生懸命になって、上を下へと騒ぎ立てておりますにつけても、『それよりも先にこちらへ』と宮さまが言ってくださいますことが、ほんとうに辛いし、困り果ててしまいますことにて……」

侍従も匂宮びいきの意見を述べる

と右近がこんなことを口説きかけると、もう一人の侍従は、

「おやおや、そのようにますます恐ろしくなるようなことを、申し上げなさいますな。なにごとも、結局前世からの因縁ということでございましょう。ただ、姫さまのお心のうちに、すこしでもお気持ちの傾くほうの男君を、その因縁の君とお思いなさいませ。いえ

ね、それはもう、まことにもったいないまでに、あの宮さまのほうが、一段とご執心のご様子でございましたからね、もうお一方の君が、あのように新邸などご準備遊ばしてお迎えくださろうなどということにも心が惹《ひ》かれませぬ。この上は、しばしの間《あいだ》、どこかに身をお隠しなさいまして、姫様のお気持ちのまさるほうの君に寄り添われませ……とまあ、さように存ぜられますが……」

と、もともとたいそう宮びいきの心から、一心にそう申し立てる。

さらに右近の忠告

「さあて、それはいかがなものでございましょう。この右近は、いずれの君であろうと、まずはともかく姫さまがご安穏にお暮らしなさいますようにと、そのように、初瀬や石山の仏様などに願を立てております。……が、この右大将殿の領《りよう》ぜられる荘園の人々というものは、じつはひどい無法者揃《ぞろ》いでございましてね、そんな恐ろしい一族が、この里には充《み》ち満ちております。それに、おおかたこの山城や大和で、右大将殿が領有しておられます所々の人々は、みなこの在の内舎人《うどねり》とやらいう顔役の縁に連なるものだと申します。その内舎人の婿に当たる右近の大夫という者を頭《かしら》として、大将殿は諸事万端の世話方《せわかた》をお命じになっていると聞いております。上つ方の方々《かたがた》の御仲《おんなか》にあっては、とくに乱暴なことをせよなどとは、お思いにはなりませんでしょうけれど……。でも、この辺りの分別も足りぬような田舎人連中が、この邸の宿直《とのい》役として交替で出仕しておりますほどに、自分の番の時に、ちょっとした不都合でもあっては困ると思う一心で、とかく無辜《むこ》の人に乱暴を働くような過ちが、あるやもしれませぬ。……されば、あの先夜、宮が俄かに舟に姫をお乗せして対岸の家へお出向きになった時は、それはもうおそろしく気味悪く思うたことでございました。宮は、ともかく人目に立ってはいけないというので、御供の人もろくにお連れにならず、甚だしい窶《やつ》し姿にてお出ましでしたので、もしそういう乱暴な連中が、万一にもお見つけまいらせたりしようものなら、それはもう、どんなひどいことになりましたか……」

右近は、こんな恐ろしげなことを滔々《とうとう》と弁じ立てる。それを聞いている浮舟は、〈この者たちは、私が今も宮にお心寄せ申し上げていると思い込んでいる。それでこんなことを言うのだろう。それは、でもほんとうに恥ずかしい。私の気持ちは、とくにどちらの君ということも思っていない。ただ夢のようにぼんやりしてしまって、あの宮が、あれほどに熱心に思ってくださるのを、いったい何故《なぜ》、私のようなつまらぬ者にと、かたじけなく思うばかり。でもまた、お頼み申し上げて久しくなる大将の君だって、じゃあ、今を限りとお別れしたいとも思わない……だからこそ、今の身の上を辛いと思って心も乱れている……。でも、右近の今の話を聞けば、もしかしたら、そういうとんでもない事件だって起こり得るかもしれない、万一そんなことになったら、どうしよう……〉と、つくづくと思い巡らしているのであった。

浮舟、死にたいという思いを抱く

「わたしは……もう、どうにかして死んでしまいたい……。どうあっても、世間普通の生き方などできない、辛いばかりの身の上で……。こんなに辛い目に遭《あ》うなんて例《ためし》は、下々の者のなかにすら、めったとないことなのではないかしら……」

浮舟は、そう嘆きながら、うつぶせに臥してしまった。

すぐに右近が慰める。

「姫さま、そんなふうにお思いになってはいけませせぬ。こうしたことも世間にはありがちなことでございますから、そんなに懊悩なさらぬようにと、わたくしは、そう思ってかようなことを申し上げたまででございます。母君さまと一緒にお暮らしの時分には、あの少将の君の一件などでも、ふつうなら物思いに沈むようなことに対しても、いつも平気なご様子で、のんびりとしておられましたのに、このたびの宮さまのことが起こりましてからというもの、なんだかひどく心を痛めておられるので、わたくしは、なにがどうしてこうなったのかと納得できぬ思いで拝見いたしておりましたのですよ」

と、このいきさつを知っている女房たちは、誰もみなこんなふうに心乱れおろおろとしているというのに、かの乳母ばかりは、なんの苦悩もなさそうに、自分ばかり満足そのものの様子で、京へ移り住むための用意として、せっせと染め物をしたりして忙しくしている。そうして、つい最近雇ったような女の童などのなかで、縹緻《きりよう》の良いのを呼び寄せては、

「こういうかわいい子でも、気晴らしにご覧あそばしませよ。なにか原因もわからず臥せっておられますのは、おおかた物の怪などが、おめでたいことを妨げようとするのでございましょうから」

など言って、ため息を吐く。

顔役内舎人の登場

薫からは、あの突っ返した手紙についてすらなんの反応もないまま、何日か経った。

右近が浮舟を脅かした、例の内舎人《うどねり》という者が、ほんとうに山荘にやってきた。なるほどひどく粗暴な感じのする、太り肉《じし》の老人で、嗄《しわが》れた声で話し、しかしながらそれなりに貫禄のある男であった。

「女房に物を申そう」

と、その男が取り次ぎの者に言わせる。そこで、右近が出て応対する。

「殿には、それがしをお召しありしゆえ、今朝、京のお邸まで参上いたし、たった今まかり帰ってござる。雑々《ざつざつ》のご用を仰せ付けられたついでに、姫君がここにこうしておわします限りは、夜中や暁なども、それがしらがこう控えておることを、殿にはご安心に思し召してな、それゆえ、わざわざ京から宿直《とのい》の役人を差し遣わしなさることもなかったものを、この頃お聞きになられたことは、なんでもこなたの女房のもとに、どこの馬の骨とも知れぬ男が通うやら、さようなことをお聞きになった由《よし》じゃ。まことにあるまじきことよなあ。『宿直《とのい》に侍《はべ》っておる者どもは、そのあたりの仔細《しさい》を存じておるであろう。かかることを、知らなんだではすまされぬことじゃ』と、殿よりご糾問《きゅうもん》があってな、いや、それがしとても、まったく承知しておらぬことなれば、『それがしは身中《しんちゅう》の病《やまい》が重うござるほどに、宿直を仕《つかまつ》ることは、ここ幾月かはご免を被《こうむ》っておりますゆえ、仔細は存じませぬ。さりながら、しかるべき宿直番《とのいばん》の男どもには、怠慢《たいまん》なく相務《あいつと》めるよう、よくよく督励《とくれい》仕っております。さればもし、さようの曲事《くせごと》がござろう場合には、なんとして、それがしの耳に入らぬはずがございましょうぞ』となく、まあさように取り次ぎの者をして言上せしめたのじゃ。さるほどに、殿からは『くれぐれも用心して仕えよ。万一にも不束《ふつつか》なることの出来《しゅったい》せるにおいては、重く処罰させようぞ』という旨を、仰せ下されたのでな、それはいったい、どういうことを指《さ》して仰せられたことなのかと、はなはだ恐れ入っているところじゃ」

内舎人が、そんなことを言うのを聞くと、深夜にあの不気味な梟《ふくろう》の鳴くのを聞くよりも、いっそう恐ろしい気がする。右近は、この男にはろくろく答えもやらず姫君に囁く。

「それそれこのとおり、わたくしが申し上げたのと少しも違わぬところを、よくお聞きくださいませ。この分では、やはり大将殿は、おおかたのところをご存じとみえます。だから、お手紙も下さらないのですね、きっと」

右近は、そういって、またため息を吐いた。

しかし乳母は、ことの片端だけをちらりと耳にして、

「まあなんて嬉しいことを仰せくださいました。この辺りはとかく盗人《ぬすびと》が多く出没するとかや申しますのに、宿直の番人も、初めの頃のようにきちんと詰めて見張りもせず、皆、だれそれの身代わりに参った、などと申しつつ、いいかげんな下男ふぜいばかりをお遣わしになるので、その者どもときたら、ろくに夜回りすらできぬ始末でしたからね」

と、単純に喜んでいる。

浮舟自身は、〈ああ、もう今すぐにでも、ひどい目にあうことになるような我が身の上と見える〉と思って悲観している。

そこへ、ちょうどまた宮から、「どうなのだ、どうなのだ」とばかり、あの「あふことをいつかそのひとまつの木のこけのみだれてこふる此《この》ころ（逢えるのを、いつであろうかと、その日を待（ま）つ私は、松（まつ）の木の苔が乱れているように、心乱れて恋いわたっているこのごろなのだ）」という歌さながら、心を乱して恋い慕っている辛さを、縷々《るる》書き送ってくる、

そのことがまた、ひどく厭わしくてならぬ。

〈さあ、宮さまに靡くか、右大将さまのお世話になるか、どちらにしても、どちらか一方に身を寄せれば他方が黙っていまい。いずれ、ひどく嫌なことが出来《しゅったい》するに違いない。もはやこうなれば、私一人が死んでしまうことだけが、唯一の穏当《おんとう》な方法であろう。昔には、懸想する男たちの愛執《あいしゅう》のほどが、どちらも優劣なきことに思い煩《わずら》ったその果てに、それだけのために身を投げたという女の例《ためし》もあったことだし……。ここでいたずらに生き長らえなどすれば、きっととてもとても辛い目に遭わなくてはならない我が身の宿命だもの……死んでしまうことなんか、なんで惜しいことがあろう。母上も、私が死んだら、その当座こそ嘆き悲しみ、きっと心惑いされるだろうけれど、それでもたくさんいる子どもたちの世話に気を紛らして、自然自然と忘れ草を摘んで、悲しみを忘れることもあるだろう……。でも、このまま生きていて、とんでもない生き恥を晒《さら》し、人の物笑いになるような有様で彷徨《さまよ》っていくようなことになれば、それこそ死ぬにもまさる辛い物思いとなるに違いない……〉などと思うようになった。

……この浮舟という人は、人柄が擦《す》れていなくて、おっとりして、いかにもたおやかな様子に見えるけれど、心ざまも気高《けだか》く、世間の有様などを知ることも少ないままに、かの母君が懸命に育て上げた人であったから、死んでしまおうなどと、いささかおぞましいことまで、ふと思いついたりもするのであったろう。

死ぬ準備をする浮舟

そこで、浮舟は、人に見られては困るような文反故《ふみほうぐ》などを破り捨てなどしたが、それも、人目を驚かすようにいちどきに始末したりせず、一枚ずつ、目立たぬように灯明台《とうみようだい》の火にくべて焼き捨てたり、あるいは破いて川に投げ入れさせるなどして、少しずつ少しずつ処分したのであった。なにも事実を知らぬ年かさの女房たちは、姫君が京のほうへ移るについて、この山里の暮らしで所在なきままに幾月もかけて、ただなんとなく書き捨てた手習いの紙などをお破りになると見える、くらいに思っている。

侍従などは事情を知っているだけに、浮舟が文を始末しているところを見つけると、

「どうしてそのようなことをなさいます。しみじみと愛しあっておられる御仲《おんなか》で、心を込めて書き交わしなさったお手紙は、人にお見せになることはないといたしましても、なにか文箱《ふばこ》の底にでも秘かにしまいおかれて、ときどき取り出してご覧になったら、これから

先、幾つになられましても、その身相応に心に感ずるものがございましょうに。それに、あのようにすばらしいご料紙使い、またもったいないようなお言葉やお歌などを、筆を尽くしてお書きくださったものを、こんなにあっさりと破り捨てられるなんて、ほんとうに心無いなされかたかと……」

と諫《いさ》めなどする。しかし、浮舟は、

「とんでもないこと……そんな、残しておいては面倒なことになりましょう。どうせわたくしはもう長くは生きていられぬ身と見えます。もし死んだ後《のち》になって、こんなものが散《さん》逸《いっ》して人目に触れるようなことがあれば、いずれは右大将さまのお耳にも入りなどして、宮さまにとっても、たいへん厭わしいことになりましょう。そんなことになったら、宮さまが、きっと『なんと、こざかしくも、そんな手紙を残しておいたのか』など、漏れ聞きあそばすでしょう、それこそ恥ずかしいかぎりですよ」

など答える。

これから先、一人で死出《しで》の旅に出るなどと心細いことを思い続けるにつけても、さていざとなれば、なかなか自殺を実行するということは出来がたいのであった。

〈……しかも、親を後に残して先立つ子は、不孝の罪がたいそう深いと聞くものを〉などと、いかに世間知らずに育った姫とは申せ、それでもどこかで聞きかじった知識なども、ちらりと心に浮かぶ。

匂宮、必ず迎えに来る、という文を送り来る

三月《やよい》も二十日《はつか》を過ぎた。

いつぞや宮に留守宅を貸した家主が、その月の二十八日に、遠い任国に下る予定である。

宮からは、

「その二十八日の夜に、必ず迎えにまいりましょう。されば召し使っている者どもなどに、断じて気取《けど》られぬように気を付けなさるがよい。私のほうからは、この話が漏れるなどということは決してありますまい。どうかお疑いのないよう」

などと書いた文が届いた。

〈でも……〉と浮舟は思う。〈もし……このお手紙のとおりに、無理算段をしておいでくださっても、こんなに厳しく警固のものが固めていて、もうお目にかかることなどできな

いのだから、今一度お話しさせていただくことも叶わないし、気がかりなままお帰ししなくてはならないのだもの……。また、ほんの暫くだって、なんとしてもこの部屋へお入りいただくこともできないし、それで結局、来てくださった甲斐もなく、恨めしいお気持ちのままお帰りになるだろう……〉と、その時の宮の様子などを想像するだけでも、またいつものように、懐かしい宮の面影が脳裏を離れず、堪えがたく悲しくて、宮からのこのお手紙を顔に押し当てて、しばらくは堪《こら》えていたけれど、ついにはどうにもならなくなって、ひどく泣きじゃくる。

「ささ、姫さま、このようなご様子は、しまいに誰かの目に立ってしまいます。そしたら、やがては変だなと思う人だってございますでしょう。そんなに思い詰めあそばさずと、差し障りのないようにお返事をなさいませよ。この右近がついておりますからね。そしてたとえ身の程知らずだと思われようとも、なんとか計略を巡らしましたならば、これしきの小さなお体の一つくらい、空を飛んででもお連れ出しいたしましょうほどに」

右近は、こんなたいそうなことを言って浮舟を励ますのであった。

それからしばらくあって、浮舟は、かつがつ涙を抑えると、

「そんな……宮さまの許《もと》へ行くようなことばかり言うのね、ほんとうにいやになってしま

う。本気でそんなふうになってもいいと思っているのならともかく、実際にはあってはならないことだと、すっかり分かってるのに……。ああ、でも困ったわ、宮さまは、わたくしが宮さまをお頼りすると思い込んで、こんなふうにお迎えに来るとおっしゃる。さあ……宮さまがどんなことをなさろうとしているのか……そしたらどんな騒ぎが起こるか……考えれば考えるほど、それもこれもわたくしのせいなのだから……この身がつくづくいやになってしまいます」

と言って、ついに宮への返事は書かぬままになってしまった。

匂宮、宇治へ乗りこんでくる

宮は、〈こんな調子で、依然として言うことを聞いてくれる気配もないし、だいいちこちらの文に対して返事すらこのごろは滅多と来ない。さては、あの男が、なにかうまく言いくるめたかして……それで、身分がら多少は心安いあちらのほうに心を決めたものとみえる。いや、それも無理からぬところはあるけれど……〉と思うものの、それでもやはり、薫にしてやられたのは、口惜《くちお》しいし妬《ねた》ましいしで、〈たとえそうだとしても、あれほどまでに私を心底慕ってくれていたものをな……やはり、逢うことができぬまま時が経って、そのあいだに側仕えの女房どもがあれこれ吹き込んで、それであの男のほうに心を寄せたのであろうな、そうに違いない〉などと、物思いに沈んでいると、まるであの「わが恋はむなしき空に満ちぬらし思ひやれども行くかたもなし（私の恋はあの虚空《こくう》に充《み》ち満ちているにちがいない。どんなに恋しい人のほうへ思いをやっても、行くべき方角も分からない）」という古歌に嘆いてあるように、どこへ向かってこの思いを晴らしたらいいのか分からなくなり、ついには、また例のごとく無理の上にも無理なる算段をして、思い切って宇治へ出向いていった。

前と同じように、宇治の山荘の西面《にしおもて》なる葦垣《あしがき》の破れから忍び込もうと、時方が様子を窺ってみると、以前は誰もいなかったそのあたりに番人どもがいるとおぼしくて、

「あれは誰かっ」

と見咎める叫び声が、一斉に上がる。どうやらすぐに目を覚ます番人連中のようである。

あわててそこを立ち退くと、案内役の時方は、内情に明るい下仕《しもづか》えの男を偵察《ていさつ》に送り込

んでみる。すると、その男までも誰何糾問《すいかきゅうもん》するのであった。

こういうことでは以前の様子とは大違い、これは煩わしいことになったと思って、偵察の男は、

「京より、お急ぎのお手紙がございます」

と言う。そうして、右近の手の取り次ぎの侍女《じじょ》を指名して面会した。

右近は、いかになんでも面倒なことと、苦々しく思う。それで、

「なんとしても、今宵はいけませぬ。たいそう恐縮なることながら……」

と取り次ぎの侍女に返答させる。

これには、宮も、〈なんだ、どうしてこんなに自分を避けるのであろう〉と思うほどに、無二無三《むにむさん》に思いが募って、

「まず、時方、そのほうが先に入って、侍従に会って、なんとか上手に手だてをしてまいれ」

と時方を遣わす。この男は、なにしろ小才《こさい》の利く男ゆえ、なんだかんだと言い拵え、侍従を尋ねて面会した。侍従は言う。

「いったいどういうわけでしょうか、あの大将殿の仰せごとがあったとかで、宿直の番人たちが、このごろはばかに偉そうにのさばっておりまして……ほんに弱り果てております のです。姫さまも、なんですか、とてもお悩みになっておられますようで……こんな状態ですので、せっかくお出でいただきましても、お目にもかかれぬままお帰しするようなことになるのを、ほんとうに恐れ多いことと思い煩っておられるのだろうと存じます。それはもう、胸が痛くなるような思いで、私どもも拝見しておりまして……。なんとしても今宵は都合が悪うございます。万一にも、このことに番人どもが気づいたりいたしましたら、それはもう却ってとんでもなくひどいことになりましょう。どうぞ今宵のところはこのままお引き取りくださいまして、先日のお手紙に何日何時《いついつ》とお心配りいただきましたその夜に、万事はお願いいたします。さすれば、その夜はこちらにても、人知れずうまく取り計らいましたる上で、しかるべくお知らせ申し上げることになろうかと……」

こんなことを言うついでに、かの乳母はちょっとした物音でもすぐに目を覚ます人であることも言い添える。

これには時方も困ってしまった。

「こうして宮さまがお出ましになる、ここへの道のほども、決して容易なことではないぞ。それを凌いででも、なんとしても逢いたいというご熱意なのだ。それが、今宵は逢えませぬなどと、なんの甲斐もないことを申し上げるのは、それはいくらなんでも以ての外のことであろう。ああよし、それではな、それがしの口からはとうてい申し上げられぬゆえ、そなた一緒に参れ。そしてそなたの口から詳しく諸事情を申し上げい」

とて、侍従を連れて行こうとする。侍従は閉口して、

「さようなことは、まったくご無理と申すもの」

と、かれこれ言い合っているうちに、はや夜はいたく更けていく。

匂宮、諦めて帰途につく

宮は、すこし離れたところに騎乗《きじよう》のまま待っていたが、田舎くさく野蛮な声で吠《ほ》える犬どもが出てきて騒ぎたてるのも、まことに恐ろしい。もともとたびは、随行の者も少なく、ごくお忍びの通い路《じ》とあって、もしここに思いもかけぬ輩《やから》が走り出てきたりしたらどうなってしまうことであろうと、お供の衆は誰もみな内心はらはらとしているのであった。

が、時方は、

「まあともかく、さあさ、早くこれへ参れ」

と、うるさく言いののしって、ついにこの侍従を連れていってしまう。

侍従は、長い髪を脇から前へ回し持って付いていく。たいそう姿形の美しい人である。時方は馬に乗せようとするけれど、これは侍従がいっかな肯《がえ》んじない。そこで、時方が侍従の衣の裾を持って付き従っていく。時方は、自分の沓《くつ》を侍従に履かせてやったので、自身は供の下人《げにん》の履いていた粗末な物を履いている。

やがて宮の御前に着くと、かくかくの次第、と時方が言上《ごんじょう》する。しかし、騎乗のままではなかなか語りあうこともできぬゆえ、山賤《やまがつ》の家の垣根のぼうぼうと生い茂った雑草の蔭に、障泥《あおり》とて馬の鞍下《くらした》にかける敷物を敷いて、そこに宮を下ろしたのであった。

宮は、我と我が心にも、〈ああ、なんだかわけのわからぬ有様になったな。どうやらこんな色恋沙汰のせいで怪我をしたりなどして……もうこれから先、栄《は》えばえしい人生はとても期待できぬ身の上と見える〉と、くよくよ思い続けるほどに、ただただ泣きに泣くばかりであった。心弱き女人の侍従ともなれば、まして、ひたすらに悲しいと思ってこの有様を見ている。

見るほどに宮の姿の美しいことは、ここに怨み骨髄《こつずい》の仇敵《きゅうてき》を連れてきて、さらにそれを鬼の形に作ったとして、そんな輩《やから》でも、とても見捨てることができぬくらいのすばらしさであった。その宮が、ようやく涙を抑えて、

「なあ、たった一言でもいいのだ。それだけでも申し上げることはできぬのか。いったいどういう訳で、今さらにこういうことになったのだ。ああ、やっぱりお付きの女房たちが、なにか吹き込んだのだな」

と言う。侍従は、ここに至る前後の有様を詳しく説明して、

「もしこのまま京へ迎えようと思し召されますなら、その日を、それ以前に決してよそに漏らさぬように、よくよくご按配《あんばい》くださいませ。今こうして、恐れ多くも御自《おんみずか》らお出ましくださって、かほどの思いをなさったご様子を拝見いたしておりますれば、わたくしは、この身を捨てても、きっとお考えのとおりになるよう、せいぜい心を尽くしてお計らい申し上げましょうほどに……」

と言上する。

じっさい、宮自身としても、人目を恐れていることは事実ゆえ、こんな状態で逢えないからとて、ただ一方的に女を恨むわけにもいかない。

夜はひどく更けてゆく。かの咎めだてする犬の声も絶えず、宮の供の者が追い払いなどすると、こんどは見回りの番衆《ばんしゅ》が、ブーンブーンと弓の弦を引き鳴らしながら接近してきて、得体の知れぬどら声で、

「火の用心、火の用心」

など叫ぶのが聞こえてくる。これには、宮もたいそうおろおろと慌てふためいて、帰ろうとしたが、その心中はいかばかりであったろうか、ことさらに言うまでもあるまい。

「いづくにか身をば捨てむと白雲《しらくも》の
かからぬ山もなくなくぞゆく

　さてどこにこんな身は捨ててしまおうかと、その捨て場も知(し)らず、白(しら)雲の
　かからぬ山も無(な)く見える道のほどを、泣(な)く泣(な)くさまよって行くことだ

さらば、すぐに……」

と言葉をかけて、この侍従を帰してやる。

その宮の風姿《ふうし》は、清雅《せいが》そのもので心に沁みるばかり、この深夜に降《お》りた露に湿った衣の

袖の香《か》の芳《こうば》しさなど、まさに譬《たと》えようもない。

侍従は、かくして泣く泣く帰ってきた。

匂宮は空しく帰り、浮舟は苦悩する

宮に対して逢うことは叶わぬ旨をきっちりと言い切ったということを、右近が浮舟に報告していると、それはそれで、姫君はますます思い乱れることが多くて臥してしまった。そこへ侍従が戻ってきて、いままでの経緯を物語る。これには、いちいち答えることもせぬけれど、ただ涙が溢《あふ》れに溢れて、枕も次第に涙に浮くばかりになってしまう。かたがた、〈こんなことをしていると、この人たちはなんと見ることでしょう〉と、浮舟はそんなことも憚る気持ちになる。

やがて夜が明けての朝《あした》になっても、泣き腫《は》らしてみっともなくなっているだろう目許《めもと》を思うと、とても閨《ねや》から出ることができず、浮舟はいつまでもそうやって臥しているのであった。

浮舟は、ほんの形ばかりの掛け帯（注、仏事のときに肩背に掛け結ぶ帯）をして経を読む。

その心中には、ただ親に先立つ不孝の罪障《ざいしょう》をお消しくださいと仏に祈るばかりであった。

それから、あの宮が手ずから描いて見せてくれた絵を取り出して見て、それを描いた時の宮の手つきや、顔の輝くような美しさなど、今もすぐ目の前に向かい合っているように感じる。すると、昨夜せっかく来てくださったものを、ただの一言すら申し上げぬまま終わったことが、昨日よりまたさらに痛切に悲しく思われる。

それからまた、薫の大将のことも……〈あの、「誰にも邪魔されぬ住まいでのんびりと落ち着いて逢おう」と言って、これから先もずっと末長き契りを仰せくださった人も、もし私が死んでしまったら、どんなふうにお思いになるだろう……それもおいたわしい。きっと私の死後、あることないこと嫌なふうに言いふらす人もあるかもしれない……それを思うと恥ずかしいけれど、でも……このまま生きていて、「あれは浅はかでとんでもない女だ」と笑い物にされるのを、かの人に聞かれ申すよりは、まだましだし……〉など、それからそれへ思い続けて、一首の歌を詠んだ。

なげきわび身をば捨つとも亡き影に
憂き名流さむことをこそ思へ

　嘆いて世をはかなんで、この身を捨てて死んでしまったとしても、その亡き跡に、
　嫌な評判を流されることが、ほんとうに辛いと思います

母親もとても恋しいし、ふだんなら取り立てて思い出しもしない常陸介のところの弟や妹のぱっとしない者たちも恋しい。宮の上(中君)を偲び申すについても、誰もかれもみな今一度《ひとたび》会ってから死にたいと思う人が多くある。

女房たちは、皆それぞれに京移りの準備のため、染め物にいそしむやら、なにやかやと大騒ぎだが、そんなのは浮舟の耳にも入らない。

夜になると、〈……さてこれからどうやって、女房たちに見つけられないように、ここを出て行こうか〉と、その方便を思案しては、寝られぬままに、気分もすぐれず、もうすっかり人が変わったように呆然となってしまった。

やがて夜が明けると、浮舟は、宇治川のほうを見やりながら、〈人の命は屠所《としょ》に牽《ひ》かれ行く羊のように一歩一歩死に近づいて行くのだ、と経典にあるけれど、もっとすぐそこに死が迫っている……〉という気がしている。

宮はまた、それはそれはひどく恨みがましいことをあれこれ書いた文をよこした。が、浮舟のほうでは、〈今さら何を言ってもしかたないし、万一にはあの警固の者などに見つけられるかもしれないし……〉と思うゆえ、その返事とて、思うままに書き綴ることもできず、ただ、

からをだに憂き世の中にとどめずは
いづこをはかと君もうらみむ

亡骸すらも、この心憂き世の中に留めないでおけば、
どこに見当をつけて、君もわたくしをお恨みになれましょう

と、この歌のみを書いて、文の使いに持たせてやる。

かの右大将殿にも、もう今を限りの思いを知らせまいらせたいとは思うのだが、〈でも、宮さまにも、大将の君にも、あちこち書き置きなどしておいたら、もとより縁近い御仲《おんなか》のこと、いずれはそのことを互いにお聞き合わせになって、お二人とも嫌な思いをなさることだろうし、この上はとにもかくにも、あれはどこでどうなってしまったのであろうと、誰も分からぬまま消えてしまうようにしよう……〉と思い返す。

母君から不吉な夢見を案ずる文至る

　京からは、母親の手紙を持って使いがやって来た。

「昨夜寝ての夢に、たいそう胸騒ぎのするような形で現われなさったので、無事を祈ってお経を上げてくださるよう、あちこちのお寺に頼みなどいたしましたが、それからその夢のあとは寝られなかったためでしょうか、たった今昼寝をしておりました、その夢にも、世間の人が忌むということが見えましたので、はっと目を覚ましてすぐにこの文を差し上げます。どうかよくよくお慎みください。そのように人里離れた寂しいお住まいにて、しかもときどきお立ち寄りになる君のご縁のお方（薫の正室女二の宮）のお怨みも恐ろしく、かねてご体調もすぐれずにいらっしゃった折も折、こんな良からぬ夢見を致しまして、さてこれはどういうことだろうと、あれこれ案じわびております。宇治のほうへも参上いたしたくは存じますが、少将に縁付いた娘のお産が、今もなお不安心な様子にて、いささか物の怪めいた気配で苦しみもいたしますので、『片時でもそばを離れるなど、どういうつもりだ』と常陸介に言われておりまして……。そちらのお寺にもどうかお経を上げさせなさいませ」

文にはそうあった。そして、その誦経《ずきよう》の布施《ふせ》としていくばくのお金やら衣やらあれこれ、誦経の依頼状などを書き添えて、使いのものが持参していた。

これを読んで浮舟は、〈ああ、もう間もなく捨ててしまう命だとも知らず、母君は、私の身を案じて、このように細々《こまごま》と書き送ってくださったのも、たいそう悲しい〉と思い沈む。

その京からの使いに、布施や依頼状を持たせてそのまま山寺の阿闍梨《あじやり》のもとへ遣わしておき、戻ってくるまでの間に、母君への返事を書いた。

言いたいことは山ほどあるけれど、やはりありのままに書くのも憚り多いことゆえ、ただ、

のちにまたあひ見むことを思はなむ
この世の夢に心まどはで

どうか、後の世にまた再会できることを思ってくださいませ。
この世(よ)の、子(こ)の夜(よ)の夢見の悪さに、お心惑いなされませずに……

とばかり書く。

やがて山寺のほうから、ただちに誦経を開始したと見えて、その合図の鐘の音が風に運ばれて聞こえてくるのを、浮舟は、つくづくと聞きながら臥している。

鐘の音《おと》の絶ゆるひびきに音《ね》をそへて

わが世尽きぬと君に伝へよ

あの鐘撞(つ)きの音《おと》の消え行く響きに、私の泣く音《ね》を添えて、

私の命は尽(つ)きてしまったと、母君に伝えておくれ

そこへ、山寺から使者が戻ってきた。阿闍梨から、巻数《かんず》と称して読誦《どくじゅ》する経巻の名号や度数を書きつけた目録を持ち帰ってきたので、その余白に、これらの歌を書きつけた。

使者が、

「このように遅くなってしまいましては、とてもこれから京へは戻れませぬ」

と言うので、ともあれその巻数を何かの枝に結びつけて置いた。

乳母は、

「どうも、妙に胸騒ぎがしてなりませぬ。母君のお手紙にも夢見が不吉であったと仰せであったし……。宿直の人、よくよく警固なさいませ」

とそんなことを、女房に言わせている。その声が聞こえてくるのを、浮舟は、〈困ったな……〉と思いながら臥している。

乳母は、なおも姫の身を案じて、

「なにもお召し上がりにならぬのは、ほんとうに妙な按配じゃ。せめてお湯漬《ゆづ》けなりとも差し上げて」

など、あれこれ言いつけている。これを聞いて浮舟は、〈ああして、我こそはと思っているけれど、あんなふうにひどく醜く老いかがまって、もし私が死んでしまったら、あの者は、どこでどうして過ごすのであろう〉と、乳母の身の上を思い遣るにつけても、たいそう哀れなる気持ちになるのであった。

せめて、自分がどうしてこのまま、この世に生きていられないのか、という仔細を、ほんのちらりとでも言っておこう……などと思うのだが、いざ乳母を目の前にすると、まずは胸が一杯になって、ほろほろと涙が先に立ち、何ゆえの涙かを見咎められるのも憚られるので、ついにはそのまま何も言うことができぬ。

右近は、姫君の側近くに寝るというので、

「こんなにまで思い詰めていらっしゃっては、そういう人の魂は、体から脱け出して彷徨《さまよ》ってゆくと申しますゆえ、それで母君さまの夢見も穏やかならぬものがあるのでございましょう。どうか、どちらかお一方《ひとかた》にお決め遊ばしまして、あとは運を天にお任せなさってくださいませ」

と言いながら、ふっとため息を吐いた。

そのとき、姫君は、着馴らして糊気《のりけ》の落ちた衣《ころも》を顔に押し当てて、泣きながら臥していたということである。

蜻蛉《かげろう》

薫二十七歳の三月から秋

浮舟失踪す

宇治の邸では、女房たちが、浮舟の姿が見えなくなったのを探し求め、大騒動になったが、なんの甲斐もなかった。このあたりは、昔の物語の姫君が、男に盗みだされた、その翌朝のような按配であるから、ここはこれ以上詳しく言い続けることはしない。

京の母君のほうでは、昨日宇治へ遣わした使者が帰らぬままになっているというので、ひどく案じて、再び別の使者をよこした。

「まだ一番鶏《どり》の鳴く暗い時分に、京のお邸を出発させなさいまして……」

と使いの者が言うのに、さてなんと返事をしたものかと、乳母をはじめ、みなみなおろおろと慌てふためくこと限りもなかった。が、あの右近と侍従、内情を知っている二人は、姫君がひどく思い沈んでいたことを思い出すにつけて、〈もしや、身を投げなさったのでは……〉と、そこに思いが至る。

そこで、泣きながら、母君からの手紙を開いてみると、

「あまりに案じられますことにて、まどろむこともできませず、そのせいでございましょうか、今宵は、夢のなかですらうちとけて会うことも叶わず、その上、なにかに魘《うな》されるようなこともありましたほどに、気持ちも常になく厭《いや》な感じが募っております。思えばやはりなにかと不吉なことでもありはせぬかと恐ろしく、京のほうへお移りになる日も近くなったやに聞きますが、なおそれまでの間は、わたくしのところへお迎えいたすことにいたしましょう。今日は雨が降りそうでございますから……」

などと書いてある。母君は、薫の正室方の呪詛《じゅそ》などを恐れて、雨が止《や》んだら早く手許《てもと》に迎え取りたいというつもりと見えた。

そこで、右近は、昨夜浮舟が母君に宛てて書いた手紙をも開いてみた。そしてそこに、辞世めいた歌が書かれているのを読んで、泣き崩れた。

〈ああ、そういうわけだったのか……。こんな心細いことを母君に申し上げていたというのに……私には、どうしてなにひとつ打ちあけてくださらなかったのであろう。幼かった時分から、なんの気がねもなく心親しくしていただいて、塵《ちり》一つの隔てもなく過ごしてきたのに、今生《こんじょう》もこれが限りの死出《しで》の道……この大切な時に、私を置いてきぼりにして、そんなそぶりさえお見せくださらなかったことが、悲しく恨めしい〉と思うにつけて、身を揉《も》み地団駄でも踏むように悶《もだ》え泣くさまは、まるで年端《としは》もいかぬ子の泣きじゃくるようであった。

〈……姫君がひどく思い沈んでいらっしゃる様子は、かねて拝見していたけれど、これほど常軌を逸してびっくりするようなことまで、お思いつきなさろうとは、ゆめゆめ思えなかった姫君のご性格だったが……それがいったいどうなってしまったのであろう……〉

と、どうしても合点がゆかず、右近はひたすら悲しみにくれる。

乳母は、却って何を考えることもできず、ただただ、

「どういたしましょう、どういたしましょう」

と譫言《うわごと》のように口走るばかりであった。

匂宮の焦慮と対応

匂宮も、昨夜届けられた浮舟からの返事が、ただごとではない歌だけを書いたものであったので、〈これはそも、どう思ってこんなことを書いてよこしたのであろう。私のことは、それでもたしかに思うてくれている様子ではあるが、しかし、浮気な心根《こころね》だとばかり

深く疑っていたから……もしや、どこかへ身を隠してしまおうとでもいうのであろうかな……〉と胸騒ぎただならず、すぐにまた宮から文の使いが遣《つか》わされる。

その使いの者は、宇治の邸内の人々が誰も誰もみな泣き惑うているところへやってきてしまったゆえ、なかなか文を差し出すこともできぬ。

「これはいったい、なにがあったのでございましょう」

と、あたりに取り次ぎの女房すら見えぬゆえ、使者は、下働きの女に尋ねている。

「上さまが、今宵俄《にわ》かにお亡くなりになられましたゆえ、邸内では、みな途方にくれていらっしゃいます。たまたま今は、お頼みする方もこなたにはいらっしゃいませぬ折節《おりふし》にて、お側仕《そばづか》えの人々は、ただおろおろと右往左往していらっしゃいます」

と下女は言う。この文の使いは、ことのいきさつをよくも弁《わきま》えぬ男ゆえ、それ以上に詳しいことまでは聞かぬままに帰参した。そうして、

「かくかくしかじかのことにて……」

と取り次ぎの者に言上《ごんじょう》せしめると、宮は、〈まさか……悪い夢ではあるまいか〉と思うばかりで、どうにも納得できぬ。

〈さてさて、重病だとか、そういうことも聞いていないし、この頃《ごろ》はとかく調子が悪いとは言っていたものの、昨日の返事は、そんな様子もなかったし、常にも増して恋の恨み深い歌など詠んでよこしたくらいだったものをなあ……〉と、なにがなにやら見当もつけられずにいる。そこで、

「時方、すぐに行って様子を見てまいれ。そうして、万《ばん》間違いのないところを問い質《ただ》してまいるのだぞ」

と、腹心時方に命じた。時方は、

「じつは、あの右大将殿が、どんなことを耳にされたのでございましょうか、なんでも、かの邸の宿直《とのい》をするものが怠慢であるとやら仰せで、きつく御注意を頂戴《ちょうだい》した由にて、たとえ召し使っている者一人でも、かの邸から退出いたしますのを、宿直警固の番人が見咎めて誰何《すいか》するとやら申します。されば、これよりこの時方がこれという口実になる用件もなしに下向《げこう》仕《つかまつ》りまして、あなたへ参りました場合、そのことがなにかのはずみに漏れ聞こえなど致しますと、大将殿のほうでは、なにかお気付きになることなどもございましょうか……。しかも、そのように俄かに人が亡くなられたご家中にては、それはもう間違いなく騒動になっておりましょうし、人の出入りなどもさぞ繁《しげ》くございましょうほどに

……」

と、しり込みの体《てい》である。しかし、宮は、

「そんなことを申しても、このままなんのいきさつも分からぬままにしておいてよいものでもあるまい。ここはやはり、いつものようになんとかしてうまく工夫を巡らしてな、あの、例の気心の知れた侍従とやらに会って、なにがどうなってこんな騒ぎになっているのかと、よく尋ねてまいるのだ。下女ふぜいの者は、とかく間違ったことなども申すものだからな」

とこう言ってなお時方を督励《とくれい》する。さすがに時方としても、宮のお気の毒そうな様子を見るも恐れ多く思って、その夕方、宇治へ急行する。

時方、宇治に下り侍従から事実を聞く

時方ごときは身軽な身分ゆえ、宇治へもさっさと行き着いた。

雨は少し降り止んだが、例の悪路を辿《たど》り辿り、どこぞの下人風に身を窶《やつ》してやってきてみると、宇治の邸のあたりでは、人々が大勢立ち騒いで、

「今宵すぐにもご葬送申しあげるとのことです」

などということを言うのを聞く時方の心地は、ただ啞然とするばかりであった。

すぐに右近に来意を告げたけれど、会うことはできぬ。ただ、取り次ぎの女房を介して、

「ただ今は、ひたすらぼんやりしてしまっておりまして、起き上がることもできぬような心地でおります。さるほどに、もはやこのようにお立ち寄りくださいますのも、今宵が限りでございましょうものを、なにも申し上げることができぬのは、残念に存じます」

と伝達させたばかりのことであった。しかし、時方もそれでは帰れぬ。

「だからといって、このように何一つ状況が知れぬままでは、どうしておめおめと帰参ができましょうぞ。せめては、もうお一方《ひとかた》のほうにお取り次ぎを」

と切《せつ》に頼み込んだところ、あの侍従が応対に出た。

「まことに呆れるほどのことにて、姫君さまご自身もなにがなにやらお分かりにならぬほど俄かにお亡くなりになられましたので、悲しいともなんとも言い尽くせませず、まるで夢を見ているようなことにて、誰も誰も途方にくれているということを、どうぞ宮さまにご報告くださいませ。少しでも心を落ち着かせましてから、姫君さまが、ここのところず

っと物思いに沈んでおられましたさまや、また、先夜のことは、心から胸を痛めて申し訳ないと思っておられたご様子なども、ゆるゆる申し上げることにいたしましょう。されば、この死の穢《けが》れなど、誰もが忌《い》み申します時期をともかくも過ごしてから、今一度お立ち寄りくださいませ」

侍従は、こう言ってひどく泣き崩れる。

邸内でも、ただもう泣く声ばかりがしていたが、その中に、乳母の声であろうか、

「わが君や、わが君や、いったいどこへ行っておしまいになったのでございましょう。お帰りくださいませ。このまま空しい亡骸《なきがら》すらも拝見できませぬのは、なんの甲斐もなく、悲しいことでございます。毎日明け暮れ拝見しておりましても、すこしも見飽かぬここちがいたしまして、いつかきっと、こうしてお仕えしてきた甲斐もあったというような、ご立派な方の北の方となられたご様子を拝見させていただこうと、朝に夕にお頼み申し上げておればこそ、この命も延びてまいったことでございますに……。そんなわたくしをお見捨てになって、こんなふうに行方《ゆくえ》もお知らせくださらぬとは……ああ。たとえ鬼神《おにがみ》といえども、わが君をば決して奪い取りまいらせることなどできますまい。世に、人が心から大

切に思うている人は、きっと帝釈天《たいしゃくてん》さまがお返しくださるものと、ありがたいお経にもお教えがございます。わが君を奪い取り申したのが、たとえ人であれ鬼であれ、お返し申し上げよ。せめて、御亡骸《おんなきがら》だけでも拝見いたしとうて……」

などと、くどくど言い続けるのを聞けば、どうも合点のゆかぬことどもが混じっている。時方は、〈うーむ、なにやら納得できぬぞ〉と思って、

「どうかどうか、ありのままに仰有《おっしゃ》ってください。もしや、誰かが隠しまいらせたというようなことなのか。よいか、私は、宮さまが確かなことをお知りになりたいとて、宮ご自身に代わってお遣わしになったお使いの者じゃ。こうなった今は、それが亡くなったのであろうと、誰かが隠しているのであろうと同じこと、姫君がここにおられないのでは、しょせんなんの甲斐もなきことではあるが……、しかし、宮さまが後日《ごじつ》において万端《ばんたん》お聞き合わせなさることのござる場合に、万一それがしの報告と違う事実が混じってなどいたならば、それはこうしてやってまいった使者の罪ともなろう。また、どんな事情であろうとも、きっと真実のところを話してくれるだろうと頼みに思うて、宮さまは、とくにそこもとたちに対面してまいれと、こう仰せになったのじゃ。そのお気持ちのほどももったいないこととお思いにならぬか、どうじゃ。君《きみ》たるものが女の色に迷うということは、異国の

朝廷《みかど》にも古い前例があるがな、しかし、わが宮さまほどに心を尽くして思いを懸けられたということは、この世にまたとあるまい……とな、そう拝見しているのじゃ」

と、くどきかけると、侍従は〈なるほど、ほんとうに心深いお使いの趣、かくては、たとえ隠そうとしても、このように類例のない事件の実相は、やがて世間に漏れ聞こえることであろう〉と思って、

「なんのそのようなこと……。もしいささかでも、誰かがいずこかに姫君をお隠し申したのだろうと思い当たる節《ふし》がございますのなら、こんなにまで、皆々こぞって悲しみ惑いなどいたしましょうか。そんなことではございませんで、じつは、このところ、姫君にはたいそうひどく何かをお悩みにて、それもずいぶん思い詰めておいでのご様子でございましたから、あの右大将殿が、なにやらうんざりするような調子で、ちらりとあてこすりを申しなさるようなことなどもございました。御母《おんはは》でいらっしゃいます人も、またあのように泣き喚《わめ》いておりますす乳母なども、ともかく最初から思し召しを賜っておりました方（薫）の許《もと》へお移りになるものとばかり思って、その準備にいそしんでおりましたが、宮さまとのご縁につきまして姫君は、ただただ秘かに胸のうちに秘めて、恐れ多くもお慕い申し上げておりました。そのために、ついにはご乱心あそばしたのでございましょう。呆れるほ

どのことながら、ご自分の心から、身を亡きものにしてしまわれたようなことでございますので、あの乳母は、こうも心惑いのあまりに、なにやらくどくどとつまらぬことばかり言い続けなさっているものと見えます」

などなど、さすがにすべてをありのままにも言わず、ちらりと仄めかす。

それでも時方はなお得心が行かぬ。

「それではな、またゆるゆる参じましょう。こうして立ち話で伺うのも、いかにも疎略な仕方のようだからな。いずれ、宮さまが御《おん》みずからお出ましになりましょう」

と言うと、侍従は、せめてこう返答する。

「まあま、それは恐れ多いこと。今更に、宮さまのお出ましによって、人の噂に立つようなことがありましたら、亡き姫君の御為《おんため》には、かえって嘉《よみ》すべきご宿縁と見えるようなことではございますけれど、でも、姫君さまご自身は、このことをたいへん深く秘めていらっしゃいましたから、この上、他にお漏らしあそばしませず、このままそっとしておいてくださいますのこそ、ほんとうのお心配りと申すものかと存じます」

もとより、この邸では、こんな世にも稀な形で主《あるじ》が亡くなってしまったということを、なんとかして人に知られまいとして、せいぜいごまかしているものを、時方に長居をされて、万一にも、ことの実相を知られなどしては一大事だと思うゆえ、こうして侍従は必死に時方を促し帰らせたのであった。

母君も駆けつけてくる

雨が土砂降りになったのに紛れて、母君も宇治へ駆けつけてきた。

もはや言うべきこともなく惑乱して、

「目の前で死なれたときの悲しさは堪えがたいかもしれぬ。けれども、それは世の常というもので、いくらもたぐいのあることじゃ。……が、これはいったい、どうしたことぞ」

とおろおろしている。

このたびのことは、宮と薫との板挟みになったというような面倒な事情があって、浮舟がひどく懊悩《おうのう》していたということを母君は知らない。それゆえ、川に身投げをしたらしいというようなこととは思い付きもせず、〈はて、これは鬼が喰ったのであろうか、さてまた狐のようなものが攫《さら》っていったのでもあろうか、それこそ昔物語の妖怪変化《ようかいへんげ》のしわざとでもいうようなたとえ話には、そんなことも言うのを聞いたことがあるが……〉などと思い出す。はては、〈さもなくば、あの恐ろしいと思い申しているご正室の側近《そばちか》くの、心根《こころね》悪《あ》しき乳母などのような者が、大将殿がこたび我が姫君をお迎えになるらしいと聞いて、不愉快なことと憎らしがって……それで、攫ってしまおうとか、なにか悪巧みをした人があるのでもあろうか〉などと、その悪巧みの手先となって邸にもぐり込んでいた下人《げにん》などがありはせぬかとも疑い、

「のう、近ごろ新参《しんざん》の、気心《きごころ》の知れぬ者はいないか」

と質《ただ》すけれど、

「さあ、たいそう辺鄙《へんぴ》な所だというので……このお邸に仕え慣れませぬ者は、ここではろくろく仕立てものなどもできぬとあって、『すぐに帰ってまいります』など言いながら、なんですか、お支度の品々などを携えて、実家《さと》のほうへ帰っていってしまいました」

と、そこなる女房が内情を答える。いや、新参者どころか、むかしから仕えている古株の女房でさえ、すでに半分くらいは立ち退《の》いて、今では、もはやすっかり人少なになっているのであった。

侍従、右近と語らって浮舟の葬式を行なう

さるほどに、侍従などは、浮舟の日ごろの様子を思い出して、「もうこの身を亡きものにしてしまいたい」などと、泣き泣き思い詰めていた折々の有様や、書き残した文のたぐいを見てゆくと、「なげきわび身をば捨つとも亡き影に憂き名流さむことをこそ思へ（嘆いて世をはかなんで、この身を捨てて死んでしまったとしても、その亡き跡に、嫌な評判を流されることが、ほんとうに辛いと思います）」という辞世のような歌が書き散らしてある紙片が、硯の下にあったのを見つけて、ハッと川のほうを見やる。すると、轟々《ごうごう》と音高く流れる水音を聞くにつけても、なにやら不気味な、そして悲しい思いがする。

侍従と右近は、寄り寄り語りあう。

「あんなふうにお亡くなりになった人を、ああでもないこうでもないと、大騒ぎをして言い立てられる……」

「ほんに、乳母といい、母君といい、いずれもいずれも、姫君はいったいぜんたいどうなってしまわれたのであろうかと言って……わたくしどもを疑わしく思っておいでのようじ

や。なんとしても困ったことにて……」

そうしてまた、

「いや、あの宮との密《み》か《そ》ごととても、なにも姫君のお心から引き起こされたことではない。仮にあのことを、亡きのちになってお聞きになったとしても、それは親として、別段に肩身の狭いようなことでもなし……いっそ、ありのままを母君に申し上げて、あのようになにがなにやら訳の分からぬことまでも、ああかこうかと思い惑うておられるところを、少しでも分かっていただけるようにしようではないか」

「いかにも亡くなられた人とは申せ、亡骸を安置して丁重にお弔い申すのこそ、世の常道であろうに、こんな奇妙な有様のまま、何日も経ったなら、いよいよ以て真実を隠しおおせることはないはず。されば、やはりここははっきりとお知らせ申して、せめて世間の体裁くらいは繕うようにしなくては」

と二人で相談をした結果、かの秘密のお通いのことを、すっかり母君に話して聞かせた。そのことを言うほうも気の遠くなる思いにしばしば話し泥《なず》み、聞くほうもまた、ひどく惑乱し、〈それでは、このたいそう荒々しいと思うあの川に、身を投げて、流されて亡くなったのか……〉と思うにつけて、もうそんなことなら、いよいよ自分も同じ激流に落

ち入ってしまおうかというような心地がして、

「それでは、流されていかれたほうを探し求めて、せめて亡骸だけでも、きちんと取り収めてあげたい」

と母君は焦がれるが、右近や侍従は、

「そのようなことをなさいましても、なんの甲斐がございましょう。もうすでに、行方《ゆくえ》も知れぬ大海原へ流されていってしまわれたことでしょう」

「それなのに、大仰《おおぎょう》に捜索などなさいましては、それを見た人々が、なにかと噂を立てましょうほどに、それはとても聞くに堪えませぬこと……」

とせめて母君を諌《いさ》める。母君は、ああでもないか、こうでもないかと、思い惑いするうちに胸が締めつけられるような心地がして、どうにもこうにも、なすべきことを知らぬという有様になってしまう。

右近と侍従は、二人して、浮舟がいつも乗る車を近く寄せさせると、そこに、日ごろ用いていた畳や座布団など、また手許《てもと》使いの調度かれこれ、さらに、昨夜そっくり脱ぎ置いて出ていった夜着などのものをば、せっせと車に運び込んで、あたかもそこに浮舟の亡骸を積み込んだように見せかけ、乳母子《めのとご》に当たる僧侶や、その叔父の阿闍梨《あじゃり》、またその弟子の僧たちのなかに気心の知れた人々、昔から懇意にしている老法師《おいほうし》など、死後三十日の間忌《い》み籠《ごも》りに奉仕する僧たちだけで、法要を営んでは、人が亡くなったらしく装って、やがて葬送の車を出立《しゅったつ》させる。その一部始終を、乳母や母君は、なんと不吉な、そして悲しいことだろうと臥《ふ》しまろび泣き騒ぐ。

右近の大夫や、その舅《しゅうと》内舎人《うどねり》など、強面《こわもて》で警固に当たっていた者どもも参集して、

「ご葬送のことは、右大将殿に、しかるべく申し上げて、そのお指図にてきちんと日を定めて、立派にして差し上げたいものじゃが」

などと言うけれど、女たちは受け入れない。

「いいえ、どうでも今夜じゅうに済ませてしまいたいのです。じつは、ごくごく秘密にしておきたい訳《わけ》がございますれば……」

と、こう言って、くだんの車を、山荘の向かいの山の前なる原に送り遣ると、そこで、誰も近くに寄せることなく、ただこの事情を知っている法師だけに命じて、すぐに茶毘《だび》に付させた。すると、あまりにもあっけなく燃え尽き、煙も消え果ててしまった。

田舎の人々は却ってこういうことを大げさにするもので、忌み言葉なども都の人よりや

かましくて、

「どうも妙な具合よのう。こういうときは納棺やら骨拾《こつ》いやらの、しかるべき作法というものがあろうに、なにやら下々のように、なにもせぬままあっけなく片づけられたものよな」

と誹《そし》りなどする者がある。するとまた、別の者が、

「いや、なんでも兄弟衆のいらっしゃる人は、ことさらにこういうふうに簡略にな、とくに京の人はそうなさる由じゃ」

など、さまざまに心安からぬことを評定するのであった。

右近と侍従、必死の隠蔽工作

右近や侍従は、とつおいつ考える。

〈こういう田舎の者たちの言ったり思ったりすることだけだって、はらはらしてならぬのに、ましてや、良からぬ噂はたちまち広まってしまうのが世の常だから、もし万一、右大将殿のあたりで、「宇治の姫君は亡骸も無く死んでしまわれた」などということをお聞き

及びになりでもしたら、それこそきっと、誰か他の男と出奔《しゅっぽん》でもしたのではないかと疑心暗鬼になられることもあるにちがいない。さりながら、匂宮も大将殿も、もとより同じお血筋の間柄ゆえ、さような「隠し人」がおいでか否かなどということは、ほんのしばらくならどこかに身を隠しているのだろうとお思いにもなるだろうけれど、いずれは本当のところが露顕するにちがいない。また、そういう場合に、大将殿は必ずしも宮だけを疑い申すとも限るまい。そして……いったい、どんな奴が連れ出して、隠したのであろう……などとあれこれ思い合わせなさるに違いない……〉、〈……されば姫君は、ご存命のあいだのご宿縁はあれほど高貴な殿方と結ばれていらっしゃったのに、なるほど、あの辞世のお歌に「亡き影に憂き名流さむこと（我が亡き跡に、嫌な評判を流されること）」がほんとうに辛いと心配しておられたとおり……〉など、思い思いするゆえ、この邸の内に仕える下働きの者どもにも、今朝のてんやわんやの騒動の紛れに事件のあらましを見聞きした者には、きつく口固めをし、またなにも知らずにいる者には、なんとかして聞かせないようにしよう、などと工夫を巡らすのであった。

その上で、右近と侍従は、

「もうとても長くは生きていられぬ思いがいたしますが、それでも万一長らえたなら、いずれ後々《のちのち》には、どちらの殿方にも、穏やかにすべての事実を申し上げましょう。でも、ただ今のところは……」

「いかにも、死別の悲しさがすっかり醒《さ》めてしまうような、興ざめなことを、なにかの拍子で人伝てにお聞きになられでもしたら、それこそよけいにお気の毒なことでございましょうから」

と、よくよく語らって、こうなったについては自分たちにも責めの一半《いっぱん》はあるという深い自責の念もあることとゆえ、必死に隠すのであった。

翌日、薫より弔問使至る

折しも薫の右大将殿は、母入道の宮(女三の宮)の体調が悪いというので、石山寺に参籠《さんろう》して、祈禱するやらなにやらの騒ぎの真っ最中であった。

そういう事情で、宇治のほうのことも、もちろんたいそう心配はしていたのだが、はっきりと「かようの次第にて……」と明確に報告する人もなかった。そのため、姫君の逝去というような一大事だというのに薫は何も知らなかったのだが……、ともあれ大将のほうからなんの弔問使も遣わされて来ないのを、宇治の人々は外聞上も情無《なさけ》いことと思っている。

しかるに、薫の所領の荘園の人々が石山まで行き、取り次ぎの者を通じてしかじかと言上させたので、薫は呆然たる思いがして、さっそく使者を遣わしたのであった。

その弔問使は、葬儀の翌日、それもまだ早朝の時分に宇治へ下ってきた。

「かかる一大事は、我が耳に入りしだいに、みずからお見舞いに出向くべきところながら、母宮にはしかじかご不予《ふよ》の御事《おんこと》ありしにより、謹慎いたして、かかる山寺に日限《にちげん》を切りて参籠いたしておるゆえ、参ることかなわず。昨夜の葬儀のことは、本来しかるべく我がほうにお知らせあって、日を繰り延べてもきちんと挙行すべきものを、なにゆえ、さように軽々しい仕方にて急ぎ済ましてしまわれたるか。いずれにせよ、姫亡き今となっては何を言うも甲斐なきことながら、人の命の最後のけじめたるべき一大事を、軽々しい致しようにより、山賤《やまがつ》どもからの誹《そし》りさえ負う結果となったのは、我がためにもまことに遺憾なること」

など大将の言葉の通り規矩準縄《きくじゅんじょう》に申し伝える。使者は、かねて腹心の家来大蔵大夫仲《おおくらのたゆうなか》信《のぶ》その人であった。

仲信がかかる弔問の使者としてやって来たことだけでも、右近たちにはますます悲しみの増すことであったが、それにつけても、なんと返事の申し上げようもなきことであったから、ただただ涙にくれ惑うていることにかこつけて、ついにははかばかしい返事もできずにしまった。

薫の悲痛な思い

薫は、宇治からの返事を聞き、やはりあまりにもあっけなく悲しく感じられて、〈ああ、あそこはほんとに厭な所柄だったな、もしかして鬼でも住んでいるのではなかろうか。それなのに、なんだって今まであんなとんでもないところに住まわせておいたものだろう……たぶん、なにか思いもかけぬ筋の間違いなどもしでかしたようだったが、それもこれも、あんな状態で放置しておいたがために、かの宮も、心安いことに思われて、無理やりに言い寄って手を出されたものにちがいなかろう〉と思うにつけても、我と我が心ながら、いかにも迂闊《うかつ》でその道に不案内なところが悔やまれて、胸のうちはなにやら掻《か》き毟《むし》られるようであった。が、まさか母宮の病臥《びょうが》中に、慎むべき清浄《しょうじょう》の仏域《ぶついき》で、かような手弱女《たわやめ》の惑いに心を乱しているのもよろしからぬことゆえ、薫はすぐに京へ帰った。

しかしながら、正室二の宮のもとへは顔も出さず、ただ、

「もとより大げさに申すほどの身分の者でもございませぬが、不吉なことをわが身近の者について聞きましたゆえ、心も乱れております間《あいだ》は、いずれご遠慮申し上げるべきことと存じまして……」

などともっともらしい挨拶を申し送る。そうして、その内心には、大君といい、その身代わりのはずの浮舟といい、どこまでも儚く辛《つら》い男女《おとこおんな》の縁《えにし》を嘆いている。かの浮舟が生きていた時の姿形、ずいぶんかわいらしいところがあったこと、そして、女としての魅力を湛《たた》えた物腰など、なにもかもたいそう恋しく悲しくてならず、〈あの姫が、現《うつ》し世《よ》にあった時分には、どうしてあんなにも思いを込めることなく、のんびりと過ごしていたのであろう。こうなってしまった現在、もはやこの思いを鎮めるすべとてもないほどにな……ああ、悔やまれることばかり数限りもない。自分は、きっとこういう男女の方面については、どうあっても辛い思いをしなくてはならないように宿命づけられているのであったな……。思えば、世間の男たちとは事変わり、仏道に深く志していた我が身だったはずが……思いがけず、こんな世俗の人生を長く送ることになってしまったのを、仏なども憎ら

しくお思いになるからだろうか、私に一念発起させようとして、ほかならぬ仏さまのなさる方便に……大慈悲あるその御心《みこころ》も隠して、敢《あえ》てこんな辛い目をお見せになるのでもあろうな……〉と、思い思いしては、ただ勤行《ごんぎよう》ばかりに心を砕く薫であった。

匂宮の悲嘆消沈

一方、かの宮はまた、まして当座の二、三日は呆然として前後不覚、ほとんど正気を失うばかりの有様となり、周囲の人々は、〈いったい何の物《もの》の怪《け》のしわざであろう〉と騒いでいたが、次第に涙も涸《か》れ果てて、宮の心も鎮まりゆくほどに、却って、浮舟生前の面影が恋しく切実に思い出されてくるのであった。しかし、女房たちにはただ、病気篤《あつ》しきもののように見せかけて、こんなわけもわからず泣き腫《はら》した目の有様を知られぬようにしようと、自分では巧みに隠しおおせたと思っていた。けれども、どんなに隠したところで、これほどの哀痛ぶりはおのずから露顕する道理にて、

「さて、宮さまは、いかようなことにこれほどお心惑いなさって、はやお命も危うきまでに伏し沈んでおられるのであろう」

と言う人もあった。されば、薫のほうでも、よくよくこの宮の様子を聞いてみるにつけて、〈やはりな……。どうしたって、よそよそしい手紙のやりとりだけってはずもなかったわけだな。……あの宮のことだ、もしご覧になったが最後、必ずやお手をつけようと思われたに違いない、そういう姫だったな、あれは。もしこれで、あの姫が生き長らえていたとしたら、さぞさぞ安からぬことになったに違いない。なにしろ、相手は私にとっての甥《おい》にも当たる匂宮だ……宮にとってももちろんだが、私にとってもよほど外聞の悪い、愚劣なことも出来《しゅったい》したことであろう〉と思ったところで、やっと恋い焦がれている胸のうちの熱も少しは冷める心地がしたことであった。

薫、遅ればせに宮の見舞いに赴く

宮の病気見舞いとて、日々に参上せぬ人もなく、それが次第に公家社会における囂《かまびす》しい話題になっていたころ、〈しょせん大仰《おおぎょう》にするほどの身分でもない女を喪《うしな》ったことを嘆いて引き籠り、宮の見舞いに行かないというのもひねくれ心というものであろう〉と薫は思って出かけていった。

そのころ、式部卿《しきぶきよう》の宮という方も亡くなったところだったので、これは薫にとっての叔父御に当たるゆえ、三か月の間、薄鈍色《うすにびいろ》の喪服を着ていたのも、ただ心の中で、浮舟の死への服喪のような思いになぞらえて、なにやら似つかわしい服装のように思える。

宮は少し面瘦《おもや》せして、その分飾り気を去った美しさがまさって見える。

ちょうど見舞いの人々がみな退出して、ひっそりとした夕暮れであった。

宮は、いつも病床に臥し沈んでばかりいるというほどの重病でもないので、たいして親しくもない人にこそ会わぬが、常日ごろから御簾内《みすうち》に招《しよう》じて応接するほど親しい人には、かならずしも対面せぬということでもない。が、こたびは事情が事情でもあるゆえ、薫に面と向かうのも具合悪くて気が引けるし、〈……じっさいに対面しなどすれば、次から次へと溢れ出る涙を塞《せ》き止めがたいだろうな〉と思うけれど、そこはまず、ぐっと気を鎮めて、

「いや、そう驚かれるほどの重病でもないような心地なのですが、誰もが皆『謹慎すべき病状だ』とばかり言うものですから、内裏の帝にも母中宮にも、ひどくご心配下さるのが心苦しいばかりで……それにしても、いや、世の中というものは、なるほど無常なものだということを心細く思っておりまして……」

と、ふと浮舟を喪《うしな》った痛みらしいことを口にする。そうして、必死に袖で押し拭《ぬぐ》って紛らすらしく思える涙が、拭っても拭ってもはらはらと滞ることなく流れ落ちる。宮は内心に〈こんなに涙でぐしゃぐしゃになっているのは、なんとしても体裁が悪いけれど、しかし、必ずしもこれがあの宇治の姫君のゆえだと気付かれもすまい。ただ女々《めめ》しくて、病気にすっかり心が弱ってのこと、と見えるのではなかろうか……〉と都合よく思っているが、そうは問屋が卸さぬ。薫のほうでは、〈ははぁ……やはりな、これはひたすらあの姫のことを思って泣くのであろう。……さても二人の関係はいつから始まったことであろう、私を出し抜いて、『あれはとんだあほうだ』などと、二人でさぞ笑い物になさる思いで、もう何か月も過ごしてこられたのであろうかな〉と思う。こんなことを思っているくらいだから、薫の君の表情は悲しさなど忘れてしまったように見えて、宮はまた思う。〈なんとまた、情味に欠けたお人よな。まともな人間ならば、いや……こんな恋人との死別などという重大なことでなくたって、なにかこう痛切に胸を痛めているような時は、空を飛ぶ鳥が鳴き鳴き渡ってゆく、という程度のことにつけても、しみじみと物思いが催されて悲しいものだが……、いま私がこんなにわけもわからず心弱く泣いているのを見るにつけても、もし、もしもだ……ことの真相を大将が知ったとしたら……ここまで知らん顔をするほどに、情《なさけ》知らずという人でもあるまいが……。いや、とかく大将のように現《うつ》し世《よ》の無常などということを心底《しんそこ》思い込んでいる人は、ここまで平気な顔でいられるものかな……〉と、薫の態度を、羨ましくも、また心憎いまでに悟り切った人だとも思う。とはいいながら、かの「吾妹子《わぎもこ》がきては寄り立つ真木柱《まきばしら》そもむつましやゆかりと思へば（私の愛しい娘《こ》がいつもそこに来ては寄り添って立っていた槙《まき》の柱、ああ、それにも愛着を覚えるな、あの娘の縁《ゆかり》の柱と思うと……）」と嘆じた古歌の真木柱さながら、この大将こそがあの姫にもっとも親しかった人と思うと、やはり親昵《しんじつ》なものを感じてしみじみと胸に応《こた》える。そうして、あの姫がこの大将に差し向かいでむつまじく過ごしただろう姿を思い遣るにつけても、〈大将は、あの姫の形見なのだな〉と感じて、宮はじっと見つめている。

薫、あえて浮舟のことをチクチクと宮に語る

それから、段々と四方山《よもやま》の話などをするうちに、薫は、そうそうだんまりを決め込んでいるのもいかがなものかと思い直して、

「昔から、心のなかにわずかの間でも押し込めて、お耳に入れ申さぬことを残しておりま

すうちは、どうも気になってすっきりしない思いでいたものでしたが……今は、わたくしもなまじの高官に成り昇りまして、なにかと不自由ではあり、まして宮さまはいとも貴きご身分にて、ご公務に寸暇なきご様子とありましては、かようにのんびりとお過ごしになっておられる折とてもございませせぬゆえ、わたくしも宿直のお役目などの折に、特段のご用でもなければ、とうていお話しをしに上がることもかなわず、ただもう取り留めもなく過ごしておりましたもので……。あの……昔お出《い》であそばしました宇治の山里に、命のほども儚く、亡くなってしまった姫君がございましたろう……その姫君の血縁に連なる姫が意外なところに居りますよと、そういうことを聞き付けまして、……それでは、まずときどき気が向いた時に逢《お》うてもみようか、などと愚考いたしておりましたのですが、たまたま……生憎《あいにく》と、わたくしのほうは、万一そのような女にかかずらっていることがよそに漏れ聞こえでもすれば、甚だよろしからぬ誹りを受けるべき折節……ま、つまり二の宮との縁組み時分のことでございましたからね……で、結局あの宇治などという、いかがかと思うようなところに放置しておいたのでございました。そのまま、ろくろく逢《あ》いにもゆかぬということにもなり、またあちらのほうでも、もともとそれがし一人だけを頼みにしようと固く思っていたというほどでもなかったのでございましょうか……、そんなふうにわたくしは観察申しておりましたけれど……。ともあれ、その姫をちゃんとした重々しい身分の女としてお迎えしようとでも存じておりましたならともかく、まさかそんな者ではございませぬから、適当に世話してやる分には、別段いずかたからも非難を被るようなこともございますまいと愚考いたしまして、気安くかわいがってやろうかという程度に存じていたような……そういう女が、まったく……儚くも急死してしまったのでございます。それやこれや、おしなべて世の中というものは、かくも無常なものかと思い続けますに、つくづくと悲しくなりまして……。ま、いずれお耳には入っておられることもございましょうな……」

薫はこんなことをチクチクと言いながら、このときになって初めて泣いた。

〈まずいな、こんなところで、かように心弱いところを宮にお見せすべきではあるまい、愚かなことだ〉と思いはしたけれど、いったんこぼれ始めた涙は、なかなかどうして、止めることは叶わない。

薫の、様子がなにやらただならず取り乱して見えるのを、宮は〈変だな……さては、この男に知られてしまったかな、さて弱ったぞ〉と思ったが、せいぜい平気らしい顔を作っ

て、

「なんとそれは、まことにかわいそうなことであった。いや、そのことは、昨日ちらりと聞きましたが……。されば、いかがなされたかと、お悔やみの一つも申し上げたくは存じながら、なにぶんことさらにご内密にされていること……とさように仄聞《そくぶん》いたしましたので、ご遠慮申し上げたような次第で……」

と、さりげない表情で言ったものの、内心はたいそう堪《た》えがたいことであったから、口数も少なく対座している。

薫は、

「いえ、その姫は、いずれ宮さまのしかるべきお遊び相手としてお目にかけようか、などと愚考いたしておりました人でございます。……が、もしや自然の成り行きにて、お目に留まるようなこともございましたろうか……二条のお邸のほうへも折々参上すべき縁故などもございましたゆえな」

と、小出しに当てこするようなことを言い、また、

「おっと、このようなお加減の悪い時には、くだらない世俗の事などをお聞きあそばして、お耳を驚かせなさいますのもよろしからぬことで……。では、くれぐれもお大事にあ

そばしませ」

などと見舞いの言葉を申し置いて、そのまま帰っていった。

薫、帰邸の後、浮舟の宿命を思い、又思い乱れる

帰り着いて、薫はつくづくと思った。

〈いやはや、たいそうなお嘆きであった……。あの姫はまことに儚い命であったが、そうはいっても高貴の宿命《さだめ》を持って生まれてきた人であったな。なにしろ、あの宮は、ただ今の帝と后が、あれほどに大切にお世話を申し上げなさっている皇子《みこ》の身だ。それにあの、顔・容貌《かたち》からはじめて、当今の世の中に肩を並べる人など一人としておられまいというほどの美男。これまでに妻として面倒を見ておられる人とて、生半可の姫君がたでない。ご正室は左大臣の六の君、ご側室には宇治の八の宮の中君と、それぞれにこの上もなき御方《おんかた》が控えておられるというに、それらの女君がたを差し置いて、この宇治の姫君にとことん思いを尽くされた……。世の人々が大騒ぎして、やれ修法《ずほう》だ、やれ読経だ、祈禱だ、祓《はら》えだと、さまざまの道に騒ぎ立てているのは、結局、その姫に熱を上げられるあまりのご悩

乱ということであろうぞ。いや、私とて、権大納言に右大将を兼ねるという身分にて、正室に今上《きんじょう》陛下の御娘を頂戴いたしておきながら、この宇治の姫を手にかけてかわいく思わずにはいられなかったという点では、どうだ、あの宮に劣ることがあったろうか……いやいや、断じてそんなことはあるまい。まして、今はもうこの世には居ないのかと思うについては、心を鎮めようすべもないことだ……。さはさりながら……いくらなんでも愚かなことではないか、もはや思いもすまい、嘆きもすまい……〉などと、せいぜい隠忍自重してみるけれど、そのそばから、また恋しい逢いたいと思い乱れて已《や》まぬ。そうしてついに、

人《ひと》、木石《ぼくせき》に非《あら》ざれば皆情《みななさけ》有り
如《し》かじ、傾城《けいせい》の色《いろ》に遇《あ》はざらむには

人は木でも石でもないのだから、誰も皆、情というものを持っている、だから、城を傾けるほどの美女の色香には遇わぬに越したことはない。

という漢詩《からうた》の一節を口ずさみながら、臥している。そしてまた、薫は〈亡くなって後の葬送の処置なども、ばかに簡単に済ませてしまったものだが、あんなことでは、二条の宮

の中君のほうでも、どうお聞きになったであろう……〉と思っている。
〈あれは、いかにもお気の毒であった、また、あんなことではなんの張り合いもなかったに……いや、あの母親はしょせん受領《ずりよう》ふぜいの身分であり、兄弟のある子の葬礼は簡素にすべし、などと下々の連中は言うことがあるようだから、おそらくそんなことに配慮して、あそこまで簡略に致したのであろうな、きっと〉と、いかにも気にくわぬ思いでいる。

それやこれや、どうも得心のいかぬことばかり数限りもないことゆえ、薫は、〈……その時実際にどういうことがあったのか、みずから乗り出していって直接聞いてみたい〉とも思うけれど、といって、あの死後三十日の忌み籠りをしている宇治に出かけていけば、三十日はいっしょに籠らなくてはならぬ。〈さまでの長籠りに付き合うのもなにかと不都合だ、……が、ただ行くだけ行って、立ったまま話しただけで帰ってくるというのも、心苦しいし……〉などなど、とつおいつ思いあぐねている。

四月十日、薫と匂宮、歌の贈答

月が改まり、四月《うづき》の十日になった。

〈ああ、あの姫が生きていれば、ちょうど今日、こちらへ移ってくるはずであったが……〉と思い出され……薫にとって、その夕暮れは、またいっそう悲しみが身に沁みるのであった。

御前の庭のこなた、橘《たちばな》の花が咲いて、「五月《さつき》待つ花橘《はなたちばな》の香《か》をかげば昔の人の袖の香ぞする（五月を待つ時分の、花橘の香を嗅《か》ぐと、昔馴染《なじ》んだ人の袖の香がする）」と歌った古歌の心にも似て懐かしく、……と、そこへ時鳥《ほととぎす》が二声《ふたこえ》ばかり鋭く鳴きながら飛び渡ってゆく。

薫は、つい、

「亡き人の宿に通はば時鳥かけて音にのみ泣くと告げなむ（死んでしまったあの人のところへ行き通うのだったら、時鳥よ、『俺はおまえのことを心にかけては声をあげて泣いてばかりいるのだ』と、そう告げてやっておくれよ）」

と、独りごとのように古歌を低吟《ていぎん》してみたけれど、それだけではなんだか物足りなく思った。折しも二条院に匂宮が渡ってくる日に当たっていたので、三条の薫邸から二条院までは北へすぐのことでもあり、庭先の橘を一枝折らせると、一首の歌を付けて贈った。

忍び音《ね》や君もなくらむかひもなき
死出《しで》の田長《たをさ》に心かよはば

季節柄、時鳥もまだ声を忍ばせて、シデノタヲサ、シデノタオサ、と鳴いて渡りましたが、それを聞いて、あなたも声を忍ばせて泣いておられることでしょうね。どんなに泣いたとてなんの甲斐もない、あの死出の道に出《い》で立ってしまった人に、心を通わせておいでだとしたら……

宮は、折しも、中君の容姿物腰が浮舟にたいそうよく似ているのを、しみじみと悲しく思いながら、二人揃って物思いをしているところであった。薫から届けられた文を、〈なかなか意味深長な文面よな〉と見て、

「橘のかをるあたりはほととぎす
心してこそなくべかりけれ

橘の香るあたりでは、時鳥も、もしや昔の人を偲んで鳴くのではないかと疑われるかもしれぬゆえ、心して鳴くべきところであろうに

煩わしいことにて……」

と返事をしたためた。

中君自身は、この一件について、じつは一部始終すっかり承知しているのであった。そうして、〈……あの姉君といい、こたびの妹姫といい、いずれ身に沁みて呆れるばかり儚い生涯であったけれど、それぞれに苦しみ悩みが深かったなかにあって、自分一人だけは、ろくに物を思い知ることがないから、こんなふうに、今まで生き長らえているのであろうか。……でも、そんな私の命だって、いつまで続くものだろうか……〉と、心細く思う。

宮も、もう浮舟とのことは公然のこととは申せ、それについて、何も言わずに心隔てしているのも心苦しいゆえ、浮舟とのいきさつあれこれを、少し都合よく脚色など加えながら、中君に語って聞かせる。

「そなたが、あの妹姫のことを隠し立てして話して下さらなかったのが、辛かったな」

など、泣きみ笑いみして、浮舟のことを物語るについても、もとより同じ血を引く姉妹ゆえ、赤の他人より親しみ深く感じられて心に沁みる。

一事が万事大仰で格式張っていて、宮の病気などということについても不必要に大騒ぎをする、あの正室六の君の御殿のほうでは、お見舞いの人々も絶えずやってくるし、六の君の父夕霧の左大臣といい兄の君達といい、次から次へと現われて、それはもう煩わしいけれど、こなた二条院のほうは気の置けない親しみ深い所だと宮は思うのであった。

匂宮、右近を召さんと使者を宇治に遣わす

こたびのことは、宮の心には、まるで夢のようだとばかり思えて、〈やはりな……いったいどういうわけで、あんなに俄かに亡くなってしまったのであろう……〉と、そのことが不審でならぬ。そこで、例の、時方やら大内記やらというお供衆を召して、右近を迎えに宇治へ遣わすのであった。

母君も、今更ながらに、この宇治川のたぎり落つる瀬音を聞けば、自分も転《まろ》び入ってし

まいそうな気がして、悲しくやりきれぬ思いを慰められそうにもないので、すっかり悲観して京へ帰って行った。

宇治の邸では、ただ念仏の僧ばかりが頼みになる存在に過ぎぬというほどの、火の消えたように人気《ひとけ》のないところへ時方らがやってきたので、先に宮がお忍びで来たときには、えらくものものしく警備に立って固めていた宿直人《とのいびと》たちも、今日はもはや見咎めようとしない。

〈思えばあの時限りであったのに、さても思うにまかせずして、その最後の時に宮さまをお入れできずじまいになってしまったなあ〉と、あの夜さりのことを思い出すにつけても、宮にはまことにお気の毒なことであったなと時方らは思う。〈それにしても、ほんらいあるまじきことには、ばかにご執心なさるわけだからなあ、宮も……〉と、見るに見かねる思いもあるけれど、こうして宇治の里へやってきてみると、あの宮が通ってこられた夜な夜なのありさまや、姫君が宮に掻き抱《いだ》かれて舟に乗る様子が、貴《あて》やかでかわいらしかったことなどを、彷彿と思い出すにつけても、誰一人気強いことを言える人もなく、みなしみじみとした哀れを感じるのであった。されば、出て応対するうちに、右近がひどく泣いたのも道理というものである。

「かくしかじかと宮さまの仰せにて、それがしらがお迎えの使者として参上いたしました」

時方がそう口上を述べると、右近は、

「さて……お召しに従って宮さまの御許《おんもと》へ参上いたしますれば、せっかくこれまで宮さまのことは深く秘してまいりましたのに、今更ながらに、これなる邸の朋輩衆《ほうばいしゅ》が、わたくしの上京に不審を立ててとやかく言いなどいたしましょう。そのことが気掛かりでもございますし、また仮に参上いたしましても、宮さまに一部始終きちんとお分かりいただけましょうほどには、物を申し上げられようとも思えませぬ。せめてこの御忌《おんいみ》が果て、ちょっとそこまで用足しに、などと人を言いくるめるのにいくらか似つかわしい頃合いになりましてから……いえ、万一その頃まで、この思いもかけず死なぬ命が生き長らえておりましたならば、いささか心の鎮まりましょう折節に、ご下命がなくとも、こちらから推参《すいさん》申して、まことにまことに夢のようであった一件のくさぐさのことどもも、洗いざらいにお話し申し上げることにさせていただきたく存じます」

と、こんなことを申し立てて、今日のところは梃子《てこ》でも動く気配がない。

左衛門《さえもん》の大夫《たゆう》時方も泣いて、

「それがしも、お二人の御仲《おんなか》について、細かなことはいっこうに承知いたしておりませんのです。……いや、もとよりよろずの情など弁えぬ不調法者《ぶちようほうもの》ではありますが、ただ、宮さまの類いなきまでのご愛着をよく承知の上で、なにかとご用を承っておりましたことにて、……されば、せめて姫君のお側にあった貴女《あなた》たちにも、なにもそうそう急いでお親しく口をきかずともいいだろう、いずれ姫君がこなたへお輿《こし》入れなさる暁《あかつき》には、親しい側近どうしで仲良くさせていただくことになるのは必定だから……と思っておりましたほどに……それが、あの言う甲斐もないほど悲しいお別れの後《のち》は、却ってそれがし個人としてのいいいいひそかな思いが、深まってまいりましたことでなあ……」

と口説きかかる。そして更に、

「宮さまが、わざわざ御車などをお心遣いあそばされまして、こうしてこなたへ遣わされましたのに、そのご厚意を無にするようなことでは、使者に立ったそれがしが困った立場になります。右近殿が参られぬなら、せめてもうお一人の君なりとも、参上なさいませ」

と侍従を呼び出させた。そして、

「こう仰せですから、そなた参上なさい」

と右近が勧めると、侍従は、

「右近さまが申し上げられぬということを、ましてわたくしごときが、何を申し上げられましょう。仮に御意《ぎょい》に従うと致しましても、この御忌《おんいみ》が明けぬうちは、なんとしてもむずかしゅうございます。宮さまは、穢《けが》れを忌《い》まれることはないのでしょうか」

と抗《あらが》う。

「いや、このところずいぶんご体調がお悪いのでな、加持だ祈禱だと、大騒ぎじゃ。そのためさまざまのお慎みをなさっておいでのようだが、姫君のことだけは、お慎みなされかねるというご様子なのだ。また、これほど深い御仲とあって、いっそ御自らもご一緒に忌み籠りなさりたい……というほどのことであろう。ともあれ、その忌みも残り僅かの日数ではないか。ここは曲げてお一方、参上なさいませ」

時方はそういって責める。

侍従は、いつぞや見た宮の美しい風姿もたいそう恋しく思うているわけゆえ、〈ここで参らなければ、今後はどんな場合にお目にかかることができようぞ、せめてこんな折に……〉と強《し》いて思うようにして、宮のもとへ参上したのであった。

黒い喪服に身を包み、お化粧もきちんとして、顔形もたいそうさっぱりと美しげに見える。裳《も》の腰は、女主人の浮舟がいなくなってしまった今、服喪の裳をつけて出るべき主人もいないため、ついうっかりして喪中の色のそれを染めておかなかったので、こたびは代わりに薄紫の裳を侍女に持たせて参上する。それにつけても、〈もし姫君がここにおいでになったら、この道を通《とお》って、そっと京へお出ましになったことであろう。……私なども、人知れずあの宮さまにお心寄せをしていたものを〉などと思うては、悲しみが募る。京へは、道すがら、泣き泣きやってきた。

侍従、匂宮のもとへ参上

宮は、宇治の侍従が参上した、ということを聞くだに早や胸を締めつけられる。中君に対しては、あまりに具合のわるいことゆえ、あえて何も告げない。そうして、自分は西の対から寝殿へと渡ってゆき、侍従は渡殿《わたどの》で車から下ろさせた。宮が、浮舟最期の日々の有様など詳しく下問すると、この頃はなにかと思い沈み、ため息ばかり吐いていたこと、その行方知れずになる当夜にはひどく泣いていたことなど物語り、

「姫君は不思議なほどに口数少なく、あまりはきはきとしないお人柄でいらっしゃいまし

て、内心に辛いとお思いになっている事があっても、それをわたくしどもにお打ち明けになることはほとんどございませんでした。そうして、ただただご自分の胸一つになにもかもしまっておかれたせいでございましょうか、わたくしどもに、なにかを言い残されるようなこともございませんでした。されば、このようにきっぱりとしたことを思っておられたとは……夢にも存じ寄りませぬことでございました」

など、詳しく告白すると、ますます宮の悲しみは募り、〈なにか避けがたい病気などで落命するというようなことだって悲しかろうけれど、ことはそんな程度ではない……いったいあの姫は、どれほど痛切に物を思い詰め、心を決めて、あんな激しい川水に身を投げ、溺れて死んだのであろう〉と思い遣るに、〈もし、もしも、身投げをしようとしている姫を見つけ得て、それを塞き止めることができていたらな……〉と宮の胸には、ますます悲しみが激湍《げきたん》さながら湧きかえるような心地がするけれど、どんなに嘆いても悲しんでも甲斐のないことであった。

「最後の夜に、お手紙をお焼き捨てになっておられたことに、なぜもっと注目してお心を推量申さなかったか……」

侍従は、その夜一夜、宮の問いかけに、こんなふうに答え申すなどして明かした。そうして、あの山の阿闍梨から送られてきた巻数《かんず》の端に書きつけた母への返事の、姫の辞世の歌二首などのことまでもすっかり話したのであった。

しょせんは姫に仕える女房、なにほどの者でもないと思っていた侍従も、こうして語り合ってみれば、心親しく惹かれるものがあるように宮は思って、

「そなた、ぜひわが邸に仕えよ。あの西の対の人もそなたの主《あるじ》の姫君とは無縁というわけではないのだからな」

と勧める。しかし、侍従はこう答えた。

「いずれは御意《ぎょい》のままにお仕えいたしますにしても、しばしは悲しいことばかりであろうかと存じますゆえ、いずれ姫君の一周忌のご法事などすっかり終えましてから……」

「では、また参るのだぞ」

宮はそう言いながら、この侍従とさえも別れがたく思うのであった。

やがて、暁に帰るに際して、姫君のお召し料としてかねて用意しておいた櫛《くし》の箱一式、衣《ころも》箱《ばこ》一揃いを贈り物にさせる。浮舟を迎える用意に、さまざまの趣向で調《ととの》えておいた品々は多かったが、あまりに大仰なことになってもいけないので、この侍従に持たせるの

に相応《ふさわ》しい程度の物ばかりを賜ったのであった。

それでも、侍従にしてみれば、〈そんなつもりもなく、なにげなく参上したのに、このように多くのご褒美を持ち帰れば、お邸の朋輩たちはどう見るであろう。さてこれは、いい加減煩わしいことになったな〉と思い、困惑していたけれど、といって、やわかお返しすることなどできはせぬ。右近と二人してこっそりと眺め、喪中の無聊《ぶりょう》の慰めに、細密で最新流行の細工を施した品々を見るにつけても、ひどく泣く。装束なども、たいそうきちんと仕立てられたものばかりなので、

「かような服喪中と申すに、こんな華やかな品々を、どうやって隠したものであろう」

などと言って持て余している。

薫、ついに宇治に下って右近に面会

薫も、やはりどうしても気になってしかたがない。その思いのあまりに、ついに宇治に下ってきた。その道すがらにも、昔のことどもをあれこれと思い出しては、〈いったいぜんたい、どのような前世からの因縁があって、あの父親王《みこ》八の宮の御許《おんもと》へ通《かよ》い始めたもの

であったろうか。……このように、思いもかけなかった末の姫までお世話をすることになり、八の宮ゆかりの姫君がたについては、物思いに駆られることばかりだ。……こんな筈ではなかったに、あのたいそう敬虔《けいけん》な修行者《しゅぎょうじゃ》でいらした宮のもとへ、ただその仏のお導きで、後世《ごせ》を願うことだけをお誓い申しておったのに、女色に惑うなど心の穢《けが》れたところへ道を外した……それを、こうして仏が思い知らせてくださるものと見ゆる……〉と、そんなことも薫は思った。

宇治に着くと、すぐに右近を呼び出して、

「姫のご最期がどんなふうであったのかも、はっきりとは聞いていないのだから、やはりなんとしても思いがけない、そしてあまりに儚いことでな、……もはや忌み籠りの日数も残り少なくなったことゆえ、それを過ごしてから、とは思ったのだが、しかしな、どうしてもそれまで心を鎮めきれずにやってきたのだ。姫君は、いったいどんなご病状で、お亡くなりになったのか」

と尋ねる。

右近は心中にあれこれと思いを巡らす。

〈このことは、あの尼君なども大概のところは見知っていたゆえ、ここでごまかしを申し上げたところで、いずれそのあたりへお聞き合わせになることであろう……そうなれば、中途半端に隠し立てをしても、かれこれ食い違ったことをお聞きになって……なにもかもぶちこわしになろう。いや、私はほんらい嘘など吐《つ》かぬ人間なのに、ただ、あのけしからぬ筋のことについて……宮さまのためにこそ、止むを得ず、嘘も考え考えさんざんに吐いたけれど、今こんなにも真剣な面持ちの大将殿に面と向かって申し上げるということになると……〉とて、右近は予《かね》て、こんなときはこう言おう、あんなときはああ言おうなどと、考えておいた言葉もあったのだが、もうすっかり忘れ、〈ええい面倒な……〉と思って、あの日、姫君は辞世の文を残して姿を消したので、入水《じゆすい》して果てたのではないかということなどを、ありのままに話した。

それはもう、薫にとっては吃驚仰天《びっくりぎょうてん》するような、思いもかけぬ筋の話であったので、啞《あ》然《ぜん》として言葉にならぬ。

〈まさか、そんなことがあるはずはないと思えるぞ。もとよりあの姫は、ふつうの人がなんでもなく思って口にするようなことだって、この上もなく口数少なく黙っているくらいであったし、ほんとうにおっとりとした人であった。それが、なんでまたそのような、激《げき》端《たん》に身を投げるなど、おどろくべき行動を思い立つことがあろう。……もしや宮がどこかに隠しているのではあるまいか……はてさて、いったいどういうつもりで、この女房どもは、そんな見え透いたごまかしを言うのであろうか〉と、ますます心も乱れに乱れるけれど、〈……といって、先日面会した時のことを思ってみれば、たしかに宮も物思いに伏し沈んで、いたくお嘆きになっていた様子も明らかであったし、この山荘の人々も、もしそのような隠しだてをして平気を装っているのだとしたら、そんな気配が自然と見えるものだが……〉と薫は思う。ところがこうしてはるばるやって来てみれば、〈ただ悲しく辛いことを、身分が上の者も下の者もこぞって集まって、ああして泣き騒いでいるものなあ……〉と、その哀泣《あいきゅう》の声々を聞くばかりだ。そこで、

「姫君のお供をしていなくなった人があるかね。どうもおかしい。もっとその折のことをはっきりと言えよ。姫君が、私を冷たい男だと思ってお見捨てになるなんてことは、よもやあるまいと思うのだ。さていったい、なにがどのように、突如として、曰《いわ》く言い難いことがあって、そんな行動に走られたのであろうか。……そんな話はとうてい信ずることができぬぞ」

と糾問《きゅうもん》すると、右近はたいそう困却し、〈ああ、やっぱりこんなことになった〉と、煩

わしいことに思って、一生懸命に弁じ立てる。

「自然にお耳にも達しておりましょうけれど、姫君は、最初から思うに任せぬお育ちをなさった方でございました。そして、宇治の世離れたところにお住まいなされての後は、四六時中物思いにばかりくれておられるようでございましたが、それでもごくたまに、こうして右大将さまがお渡りになりますのを、いつもお待ち申し上げることで、ご幼少のころからの不如意であったお身の上の哀しさまでもお慰めになっておられました。でも、もっとゆったりとした心で、ときどきはお姿を拝見できますように……そんなふうにしてくださるのは、いつのことになるだろうかと、まずそうはっきり口に出しては仰せになりませぬけれど、常々お思いになっているらしゅうございました。さるところ、そのご本懐の叶《かな》うような按配に承ることどもがございましたようでしたから、そんなご様子をば、わたくしどももお仕えする者たちも、ほんとうに嬉しいことに存じまして、せいぜいお支度などさせていただき、かの筑波《つくば》山《やま》あたりの御方（母君）も、ようように満足なされたような様子で、ひたすら姫君が京移りなさいますことを、あれこれとご用意申し上げておりましたのです。ところが、そこへ、あの『波越ゆるころとも知らず末《すゑ》の松待つらむとのみ思ひけるかな（そなたが他の人に心を移したために、もう末の松山（まつやま）を波が越える頃にもなっているとも知らず、私はただそなたが待(ま)つとばかり思い込んでいたことよ)』などと、とんと心得がたいお手紙を頂戴いたしまして、困惑しておりましたところへ、またこの邸の警固の番にお仕えいたしております者どもも、大将さまから『女房たちにみだりがわしいことがあるやに思える』などとお叱りを頂戴したことなどを申し立てて、なんの情宜《じょうぎ》も弁《わきま》えぬ荒々しい田舎人どもが、わけもわからぬようなやり方で騒ぎ立てたりすることなどがございました。そして、その後ぱったりとご消息なども頂戴できませず、姫君は、『情無い身の上と、幼い時分からつくづく思い知っているものを、なんとかして人並みの良縁を得させたいと、よろずに手を尽くしてくださっている母君が、これで大将さまになまじっかのご縁を頂戴したがために、却って人に笑われるような結果にでもなったら、どんなに悲しまれるだろう……』と、敢てそんなふうに悪く悪く考えては、いつもいつもため息ばかり吐いておられました。その筋のことより他には、さて、何ごとがございましたろうかと、せいぜい考え申してみましても、なにも思いつくところがございませぬ。仮にこれが、鬼が隠し申したなどということでございましょうとも、そこはそれ、いささかの証跡《しょうぜき》くらいは残っておりましょうものを……」

と、こんなことまで弁じ立てて泣く右近のさまも痛々しいばかりであったので、〈さて、どういうことなのであろうか〉などと、宮を疑ったりすることで悲しみを紛らしていた心も消え失せ、薫はもはや涙をせき止めることができなくなった。

「私はね、心のままに行動することもできぬし、とかく人目に立ってしまうような身の有様なのだから……それは、どうしているかと気にかかる折々もあったが、遠からず京の新邸のほうへ迎え取って、姫が心置きなく過ごせるよう、また誰の目にも体裁の悪からぬようにして、行く末長く共に暮らそう……とな、そういう思いは山々だったが、しかし逸《はや》る心を必死に我慢して過ごしてきた……それが、姫からすれば、私が冷淡に放置していると、そんなふうにご覧になったのであろう。それはしかし、却って私を分け隔てするところがあったのだ……と、そういう気がする。今となって、こんなことだけは言うまいと思うけれど、ここでは他に人の耳があるというわけでなし、敢て聞こう……あの宮の御ことだが……いったいいつからそういう関係になったのだね。……そのことがあったればこそ……いや、あの宮は、まったくけしからぬくらい、女心を惑わしなさる人だからな、ひとたび宮が通われて後、そう常にもお逢い申さぬことの嘆きから、身を亡きものになさった……のか、と思うのだ。さあ、すっかり話せ。私には、もう何も隠し立てなどするでない」

と、こう詰問する薫に、右近は、〈やはり宮との一件は、たしかにお聞きになっているのだわ〉と思って、ますます返答に窮する。

右近、辛うじて返答す

「ずいぶんやりきれないようなことを、お聞きあそばしたのでございますね。なんの、この右近は、四六時中姫君のお側にお仕えしておりましたものを……」

とまずはそう言ってから、しばらく黙考し、

「当然お聞きになっていらっしゃいましょう。この二条の上の御方（中君）の御許《おんもと》へ、姫君が秘かにいらっしゃったことがございましたのを、呆気《あつけ》にとられるほど思いもかけぬ時に、宮が入っておいでになりましたが、お側の者どもが、やいのやいのとひどいことを申し上げたために、諦めて出ていかれた、とそういう次第でございました。そのことにすっかり怖《お》じ気《け》づかれまして、姫君は、あの三条あたりの見苦しゅうございました家にお移りになったのでございます。その後《のち》、すっかり消息を絶ってしまいたいと思い切って、そのままお過ごしになっておられましたのに、どこでどうお聞きつけになったものでございま

しょうか、ついこの二月《きさらぎ》の頃から、宮さまがご消息をくださるようになりまして……。そのお手紙は、たいそう頻繁にお届けくださったようでございますが、姫君はご覧になることもございませんでした。しかし、それはあまりに恐れ多いことゆえ、この右近らがお諌め申しまして、一度二度くらいはお返事など差し上げたようでございました。それ以上のことは、なにも存じておりませぬ」

　と、もっともらしく答えた。

〈ま、こんなふうに言うだろうな〉と、薫は思い、そこを強いて糾問《きゅうもん》するのも気の毒な気がして、つくづくと考え込みながら、内心に思い巡らしている。〈宮を、すばらしい方だとしみじみとお慕い申したとしても、私のことだって、やはりそうそう疎略にも思いはしなかったことであろう……が、もともとあの姫は、物事の黒白《こくびゃく》をはっきりつけたいという人柄でもなく、どこか頼りないような心ざまであったから、この川がすぐ近くにあることを幸い、こんなとんでもないことを思いつかれたのでもあろう。ああ、私が、こんなところに放って置くようなことをしなかったとしたら……〉と思うにつけても、あの「世の中の憂きたびごとに身を投げば深き谷こそ浅くなりなめ（世の中、辛いことがあるたびに身を投げて死んでいたなら、それこそどんな深い谷だって身投げ人の亡骸ですっかり浅くなってしまいましょう)」の古歌も思い寄せられて、〈……どんなに辛い世に身を置いていようとも、なんだってまた選《よ》りにも選ってあんな深い谷を求めて身を投げなどするであろうか……ひどく辛いばかりの、川水との宿縁よな〉と、この宇治川の水を疎んじたくなる気持ちはまことに深い。

この宇治の里は、もうここ何年来、八の宮への憧憬《しょうけい》といい、大君や中君への恋慕《れんぼ》といい、しみじみとした愛着に惹《ひ》かれて通ってきたところであったが、あのように悪路の山道を行きつ帰りつしたことも、今はまた辛いばかりの思い出となり、この里の名を聞くことすらとても堪えがたい心地がするのであった。

そして思えば、宮の上(中君)がかの浮舟のことを、姉姫の身代わりという心で、「人形《ひとがた》」などと呼んだことも、今となっては不吉なことであった。年々《としどし》の祓《はら》えに身の穢れを撫《な》で付けて川に流すのが人形……と思い合わせると、〈……ただ自分の過ちのせいで、まさに祓えの人形のように川に流して失ってしまったのだ〉と、それからそれへ薫は考え続けてゆく。

そして薫は、〈あの母親がやはり軽々しい身分の者で、死んだ後《のち》の葬送の儀礼なども、なにやら妙に簡略に済ませてしまったものとみえる……〉といささか不満を覚えていたものが、こうして詳しく事情を聞いてみると、〈さて、あの母親は、どんなに悲しく思っているだろう。あれしきの者の子としては、ずいぶんすばらしい姫だったものを……、あの宮との密かな恋の一件について、母君は必ずしもよくは知ることもできぬままに、私のほうの正室にからんでなんらかの出来事があったのであろうか……とか、きっとそんなふうに恨めしく思っているであろうなあ〉などと、なにもかも困ったことだと思う。

薫は、死の穢れに触れるといけないからという用心でもあるまいけれど、お供の人たちの人目もあることとゆえ、邸内には上がらず、車の榻《しじ》（注、牛車の長柄《ながえ》を置く台）を持ってこさせると、そこに腰掛けて廂の隅の開き戸の前あたりにいるのも、やはり身分を考えると決して見良い佇《たたず》まいではない。そこで、みっしりと茂り合った木の下に苔《こけ》を御座《おまし》として、しばし座っていた。そうして〈今からは、この邸を訪れて眺めることも、きっと辛く感じることであろうな〉とばかり、あたりを眺め回している。

われもまた憂《う》きふる里をあれはてば
たれやどり木《き》のかげをしのばむ

これより、私までがこの辛い思いの残る旧地から離（あ）れはてて、荒（あ）れるに任せたならば、だれがいったい昔よく宿としたこの木の蔭を思い出すことであろう

薫は、ふとこんな歌を詠んだ。

薫、阿闍梨に面会してから帰京

山の阿闍梨は、今は律師になっている。そこで、召し出して、この浮舟の法要のことをかれこれ取り計らわせる。念仏僧の数なども追加させなどする。女人の上に投身入水《とうしんじゅすい》とあってはいっそう罪深いしわざだと思うゆえ、その罪が軽くなるような追善法要をなすべく、七日七日に読経し仏の供養をすべきことなどを、薫は事細かに命じおいて、すっかり暗くなった頃に帰京する際にも、〈もしも、あの姫がここに生きていたとしたら、まさか今宵のうちに帰るなんてことがあるものか……〉と、そんなことばかりが心に去来してやまぬ。

弁の尼君にも一言挨拶をさせなどするのだが、尼は、

「まことにまことに、不吉な我が身とばかり思うては、伏し沈んでおりますほどに、ろくろく何も考えることなどできませんで、ただぼんやりとしてうつ臥《ぶ》しております」

と返事を申して、出てこないので、薫は強いてその部屋へ立ち寄るまではしない。

帰る道すがら、さっさと迎え取らぬままにこんなことになってしまったことがなんとしても悔やまれ、かの川の瀬音が聞こえているあいだは、ひたすら心が騒いで、〈それにしても骸《むくろ》だけでも探し得ぬまま、呆れ果てた結果になってしまったことだな。今は、さてどんな姿となって、どのあたりの川底の空貝《うつせがい》に交じっているのであろうか〉など、心遣りをするすべもなく思っている。

薫、母君に弔問使を遣わす

かの母君は、京のほうで子を産むはずの娘のことがある関係で、死の穢《けが》れについてはやかましく慎んでいるゆえ、例の常陸介の邸にも帰ることを得ず、いつまでともあてのない仮住まいを、あの三条の寓居《ぐうきょ》で送りつつ、物思いを慰める折とてもない。そこで、あのお産の娘はどうなっているのだろうと気を揉んでいるけれど、そちらのほうは無事お産が済んだのであった。しかし、やはり穢れの身ゆえ、その娘のもとへも立ち寄ることはできず、まして残余《ざんよ》の子どもたちのことなどは、なにも思わず、ぼんやりとして過ごしているところへ、大将殿から、お使いが秘かに遣わされてくる。母君は、呆《ほう》けたような心地のうちにも、たいそう嬉しく心に沁みる。

薫からの手紙には、こうあった。

「呆れるばかりの事件については、まずはお見舞いなど申し上げようと存じておりましたが、私の心も鎮まらず、涙に目もくれるばかりの心地が致しまして、まして、『人の親の心は闇にあらねども子を思ふ道にまどひぬるかな（人の親の心が闇だというわけではないけれど、ただ子を思うときの親心ばかりは闇に惑うてしまうことよ）』と古歌にもございますごとく、いかなる心の闇に惑うておいでかと思いつつ、その当座のほどを過ごしておりますうちに、あっという間に日数《ひかず》も経ってしまいましたことに驚かされます。現《うつ》し世《よ》の無常ということも、かかる現実に際会《さいかい》しては、ますますのんびりとは構えていられない思いでございますが、それでも思いがけず馬齢《ばれい》を重ねることがございましたら、亡くなられた姫君の忘れ形見ともお思いくださいまして、しかるべき折々には、かならずご消息をくださいませ」

かようなことを、懇篤《こんとく》に書き綴《つづ》って、その文の使いには、かの大蔵大夫仲信が遣わされてきた。使者の口上として、

「悠長な心構えにてなにごとも思いつつ、姫君の宇治住まいもいつしか年を越えてしまいましたもので、姫君には、必ずしもわたくしに誠意があるようにはご覧にならなかったかもしれませぬ。しかしながら、今より後《のち》は、なにごとにつけても、そなたのことは決して忘れ申しますまい。また、そなたのほうでも、内心そのようにお思いおきくださるように。聞けば幼きお子達などもおいでの由、これより先、そのお子達が朝廷《おおやけ》に出仕なさるなどという折節には、かならずわたくしが後見役を務めさせていただきましょう」

などと、申し伝えさせる。

母君からの返事

浮舟は、宇治の邸で死んだのでもないから、母君が直接に死の穢れに触れたというわけでもなく、厳格に忌むべきほどのことでもないゆえ、

「さして深く穢れに触れたわけでもございませせぬほどに」

と母君は言いなして、仲信を強いて邸に呼び入れて着座させる。そして泣く泣く、お返事に、

「かくも辛い目に遭《お》うてなお、死ぬに死なれぬ我が命を、ただ情無く存じながら嘆いておりますが、それも、これほどにありがたき仰《おお》せ言《ごと》を拝見するべくして長らえておりましたものかと、さように思い当たりました。ここ数年来、娘の心細い身のほどを見申しておりながら、それはわたくしの取るに足りぬ身のほどのせいかと、敢て思いなすなどいたしておりましたが、あの京へお迎え取りくださろうとの、かたじけない御一言《おんひとこと》をば、行く末長くお頼み申し上げておりました。それが、なんとも言いようのないような結果を見ることとなりまして、かの宇治(うじ)の里との縁《えにし》も、まことに悲しく心憂(う)しとばかり存ぜられます。さるほどに、こたびはまた、さまざまに嬉しい仰せ言を拝し、命も延びますことにて、いましばらく長らえておりましたならば、これより先もなお、お頼み申し上げますことと存じますにつけても、目の前の涙にくれるばかりにて、これ以上は何を申し上げることもできませぬ」

などと書いた。お使者には、平時と変わらぬ褒美を遣わすのも、こんな不祝儀の折とて体裁がよくないし、といって何も出さぬのも飽き足らぬ思いがすることとゆえ、あの浮舟に

持たせてあげようと思って手許《てもと》に用意していた、良い斑犀《はんざい》の帯（注、男子の正装に用いる斑《まだら》の犀《さい》の角《つの》の飾りの付いた革帯《かわおび》）やら、一風情ある太刀やら、かれこれ袋に入れて、使者が車に乗る間際《まぎわ》に、

「これは亡き姫のお気持ちでございますほどに」

と言って贈らせたのであった。

仲信が、帰参してからこの贈り物を披露すると、薫は、

「なんと、わけもないことをしたものよ」

と切り捨てる。なおまた、返事の口上には、

「かの母君は、ご自身で会うてくださいまして、たいそう泣きに泣きながら、かれこれのことどもを仰せになりまして……、殿さまより幼き子らの将来のことまでも仰せくださいましたことが、まことにもったいないことでございますのに、また受領《ずりよう》ごとき物の数でもない身分の者にとりましては、かえって気の臆《おく》することでございます。が、周囲にはどういうご縁でこうなったのかということは伏せておきまして、みっともないような豚児《とんじ》らをば、みなお側近くに差し上げまして、近侍《きんじ》致させましょう……と、かように申しておりました」

と言上《ごんじょう》する。

〈かかる分際《ぶんざい》の者となると、まことにぱっとしない姻戚《いんせき》づきあいではあるがな、しかし、帝にだって、そのくらいの身分の人の娘を差し上げぬものでもなし……。それに、しかるべき前世からの因縁があって、その娘を帝がご寵愛あそばすということを、他人がとやかく譏《そし》るべきことであろうか。臣下の分際ともなれば、まして出自《しゅつじ》の怪しげな女やら、出戻りの古びた女などを妻として持っている、などというたぐいもたくさんある。されば……あれは、たかが常陸介ふぜいの娘だと、世間の人たちが言いそやすことがあろうとも、なにかまうものか。そもそもあの娘をいきなり正室に据えようなどということであったなら、それは大いに我が名誉を汚す仕方だと言わねばなるまいが、もとよりそんなことではない。ただ、一人の娘を亡くして悲歎にくれている母親の心に、なおその娘の縁《えにし》によって栄えばえしいことになった、と嬉しく思い知るほどの、しかるべき配慮は必ず見せてやらねばならぬことだから……〉と薫は思う。

常陸介、母君のもとに来たる

その三条の寓居へ、常陸介がやってきたが、穢れに触れることを厭《いと》うて着座もせぬ。

「娘のお産という重要な折というに、よくもまあ、こんなところにのうのうとしておられることじゃ」

そんなことを憎々しげに言って腹を立てている。

浮舟のことは、今までずっと、どこにどうしているということも、ありのままに夫に知らせずにいたゆえ、介のほうでは、さぞ頼りないような暮らしをしているのであろう、と思いもし言いもしてきた。それを聞いて母君は、〈大将殿のお心寄せで京へお迎えくださって後、面目《めんもく》を施《ほどこ》すような晴れ晴れしいことになったら、知らせてやろう〉と、そう思っていたものを、今こんなことになってしまっては、もはや隠し立ても無用なことと観じて、これまでの経緯を泣く泣く物語る。大将殿からのお手紙もとり出して披露すると、貴《き》顕《けん》の人と見れば無条件に恐れ入って、田舎人らしく感激してしまう人ゆえ、驚き恐懼《きょうく》して、何度も何度も繰り返して読んでは、

「こりゃまず、まったくすばらしいご幸運を捨てて亡くなられてしまった人よな。俺も、あちらの御殿に家来として参上しお仕えしたものだけれど、お身近に召し使ってくださることもなく、そりゃもうずいぶんと雲の上の人のような殿じゃったな。このお手紙に、俺がところの若い子らのことまで仰有《おつしや》ってくださっておるのは、頼もしいこっちゃぞ」

など大喜びをしているのを見るにつけても、母君は〈まして……もし姫が生きていてくださったら〉と思うて、身を揉み、臥《ふ》しまろぶほどに泣けてくるのであった。

それを見て、介もおいおいと泣いた。

……と、こんな按配であったけれど、実際には、もし姫が生きていたならば、却ってこの程度の人をわざわざ尋ね出して懇《ねんご》ろに言葉をかけたりするはずもないのであった。ただ、自分の過ちによって姫を死なせてしまったのは気の毒なことをした、と薫は良心の呵《か》責《しやく》を感じて、せめて慰めてやろうと思うがゆえに、〈なんとかしてやらねばな、それがために人から後ろ指を指されようとも、深くは気にしないことにして……〉と考えたようなわけであった。

浮舟四十九日の法要を営む

四十九日の法要を営ませるに際しても、薫は、〈しかし、じっさいどういうことであったのだろうな〉と不審はなお消えぬ。あるいは生きているかもしれぬ、とも思うのだが、生きているにせよ、死んでいるにせよ、法要そのものは姫の罪障《ざいしよう》となるはずもないことゆえ、ごく内輪に、かの律師の山寺で執行《しゆぎよう》させることになった。

こうした場合の通例に従って、大般若経転読《だいはんにやきようてんどく》のための六十人の僧を招じ、その布施など立派にするようにと、薫は命じておいた。

法要には母君も参列して、さらに布施の品々を添える。匂宮からは、右近のもとへ銀《しろがね》の壺に黄金《こがね》を入れて、これも布施として賜った。が、人が見たら怪しむような大げさなことはできず、右近がみずからの志《こころざし》として供養したかのように見せかけたので、前後のいきさつを知らぬ人は、

「なんだとて、女房の身であのように仰々しいまねを」

と言い謗《そし》りもする。

法要の手伝いとして、薫は、自邸の家来衆のなかで日頃から気心の知れてある者どもばかりを選んで数多く派遣したが、そのなかには、

「なんだか妙な、噂にも聞いたことのない人の法事じゃが、ここまで懇ろな手当てをなさるとは、そもいったい誰の法事なのであろう」

と、今の今知って驚く人ばかり多かった。しかもそこへ、常陸介がやって来て、無神経に主《あるじ》ぶった顔をしているのを、どうも妙なことだと皆思うのであった。

常陸介は、ちょうど婿の少将の子を娘に産ませて、その誕生の祝いを威儀厳然と挙行しようと夢中になり、家のうちには、あらゆるものを取り揃えて、しまいには唐土新羅《もろこししらぎ》から舶来の品で飾り立てようかという勢いであったが、世には分際というものがあるから、実際には、貧相な祝いに留《とど》まった。それがこの法事を目《ま》の当たりにすると、ごく内輪にという大将の思いにもかかわらず、実際はこの上もなく立派であったのを見るにつけ、〈これでもし、姫が生きていたなら、とうてい俺と肩を並べるどころではない、はるかにすばらしい前世からの因縁をお持ちの姫であった〉と介は思う。

宮の上(中君)も誦経《ずきよう》の布施をし、その上、法会《ほうえ》に奉仕する七人の高僧に供養する食事のことなども引き受けた。

今や、右大将がこういう寵姫《ちょうき》を持っていたのだ、ということは上聞《じょうぶん》にも達し、帝も〈疎《おろそ》かならず思うていた人を、あの二の宮に遠慮申して、宇治などというところに隠しおきなさっていたのか、かわいそうに〉と、思し召したことであった。

薫と匂宮と、この二人の心のうちは、悲しみがいつまでも薄れるということなく、なかんずく宮のほうは、思うに任せぬ横恋慕《よこれんぼ》の燃え上がった気持ちの真っ最中に、ふっつりと絶えてしまったことゆえ、その悲しみもひとしおであったが、もともと移り気な性格ゆえ、〈せめてもの慰めになるかもしれぬ〉などと思って、他の女たちを試みに口説いてみるというようなこともだんだんとするようになった。

いっぽうの薫のほうは、あの手紙にも書いたとおりに、姫に連なる一族のことを心にかけて、なにやかやと配慮しては、あとに残った人々に恵みを垂れるところとなったが、しかしなお、言うて甲斐のないあの姫君のことを、今も忘れ難く思っている。

明石中宮の女房小宰相より薫に文到来

明石中宮は、叔父《おじご》式部卿の宮薨去《こうきょ》に伴う三か月の服喪の間は、なお六条院に下がってきていたが、やがて匂宮の同腹《どうふく》の兄二の宮が式部卿に補《ふ》せられた。そうして、その重々しい身分のゆえに、そうそう母宮のところへ参候することもしない。

匂宮は、心中索漠《しんちゅうさくばく》として哀しみは身に沁むばかりであったが、せめて姉君女一の宮の許《もと》を心の慰めどころとしている。が、この姉宮に仕える女房たちには見目形《みめかたち》の美しい人が多いと聞きながら、まだまともに見たこともないのが、遺憾千万というところであった。

また薫大将は、厳しい周囲の目をかい潜《くぐ》って、ごくごく隠密裏《おんみつり》に逢瀬の機会を持っていた女房があった。件《くだん》の女一の宮に仕えている小宰相《こざいしょう》の君という人だが、この人は容貌《かおかたち》などもすっきりと美しげで、またなかなか才気のある人だと、薫は思っていた。同じ琴《こと》や琵琶《びわ》などを掻き鳴らしても、その爪音《つまおと》、撥音《ばちおと》ともに人には勝《まさ》り、文章を書き、なにかちょっとした物の言い方でも、どこか人とは違った一風情を添えるというところがあるのであった。

そこで、匂宮もまた、この小宰相をば、もう久しいこと〈あれはなかなか大した女だ〉と思って、なんとか自分に靡《なび》かせようと、例によってまた、薫の悪口めいたことを言ったりもするのだが、女のほうは〈なんだって、みんな宮に簡単に靡くのであろう。私は、そうすぐ宮の言いなりになるものか〉と思って、さっぱり靡かず、小憎らしいまでの様子であったのを、実直男《まめびと》の薫は、〈なかなか他の人よりはすぐれて見どころがあるな〉と、そんなふうに思っているのであった。

この小宰相は、薫が浮舟のことでこんなふうに鬱々《うつうつ》と物思いに沈んでいることを見知っていたので、そのことを胸一つには収め切れなくなって、文を送った。

「あはれ知る心は人におくれねど
　数ならぬ身に消えつつぞ経《ふ》る

　人の哀しみを知る心は決して他の人に後《おく》れを取りはしませぬが、でもわたくしは物の数でもないような身分の者ゆえ、お悔やみを申すような差し出たまねはいたしませず、ただ、その哀しみに命も消えるばかりの思いで時を過ごしております……

『かへたらば』という心にて」

と、こんなことが、いかにも風趣豊かな紙に書いてあった。いにしえの歌に「草枕紅葉《くさまくらもみぢ》蓆《むしろ》にかへたらば心をくだくものならましや（草を枕の旅にあって、この美しく散り積った紅葉を臥所《ふしど》の蓆と思い替えたなら、どんな辛い旅路も心を苦しめるものではなかろうに）」とあるのを思い寄せつつ、小宰相は、浮舟に代わってこの私が死んだのだったら、そんなに心を苦しめはなさらなかったでしょうと、薫の関心が自分に厚からぬことを甘く嘆いて見せたのであった。

こんな文を、しかもいかにも心に沁みるような夕暮れのしんみりした頃合いを、よくもまあ見澄ましたように言ってよこしたのも、憎からぬ心配りであった。

常なしとここら世を見る憂き身だに
人の知るまで嘆きやはする

現し世はみな無常なものと、もう幾度も思い知らされてきた辛い身だということを、しかし人に気づかれるほどに嘆きなどしただろうか……そんなことのないように、うわべは平静にしてきたつもりだが、よく私の心を推し量ってくれたね

薫はこんな歌を詠み、小宰相が、文をくれたお礼として「折しもしみじみと心に響くこ

んな時に、お手紙はひとしおであった」と言いに、小宰相の局《つぼね》へ立ち寄る。

その姿を見れば、はたが恥ずかしくなるほど堂々とした風采《ふうさい》で、しかも通常そのように女房の許《もと》に立ち寄るなどということは滅多としない、人柄も重厚な薫である。それが、まことにささやかな住まいで、局などと呼ぶ狭くて取るに足りないような部屋の引き戸のところに寄り掛かっている。小宰相は、なんだか見るに見かねる思いがしたが、それでも過度に卑下《ひげ》することもせず、そこそこほどのよい程度に言葉を交わしなどする。

〈あの亡き姫君よりも、こちらのほうが、よほど心憎いばかりのところが見えるな。これほどの女が、なぜにこんなふうに女房として出仕したものであろう。前もって知っていれば、しかるべき側室として、私が面倒を見てやってもよかったものを〉と、薫は思う。けれども、もちろんそんな思いはおくびにもださぬ。

中宮の法華八講の折、薫が女一の宮を垣間見

その年の夏、蓮の花の盛りの季節になった。

中宮は、法華《ほっけ》八講《はっこう》を催された。六条院の光源氏のため、紫上のため、などなどそれぞれ

故人ごとに日を分けて、経典や仏像などを供養させなさって、それはそれは荘厳《しょうごん》にして崇《すう》高《こう》な法会《ほうえ》であった。とりわけ法華経五の巻、女人成仏《にょにんじょうぶつ》を説く「提婆達多品《だいばだったぼん》」の講説や薪《たきぎ》の行道《ぎょうどう》などさまざま特段の行事のある日は、たいそうな見《み》ものとあって、あちらからこちらから、女房の縁《えん》を辿《たど》って参会し見物《けんぶつ》する人が多かった。

やがて五日目の朝の法座を以て法会は終了し、寝殿の飾り付けも取り下げ、部屋全体のしつらいをすっかり改めたが、それまで北廂《きたびさし》との境の障子なども取り払ってあったゆえ、家来どもが一斉に立ち入って元の通りに立て直す。その模様替えの間、女一の宮は西の渡《わた》殿《どの》に移って待っていた。

さしも長々とした法座の講説に聴き疲れて、女房たちもおのおの局に引き取って休んでいたので、一の宮の御前《おまえ》はたいそう人少《ひとずく》なになっていた。そんな夕暮れに、薫大将は、正装の束帯《そくたい》から通常服の直衣《のうし》に着替えて、今日奉仕して退出しつつあった僧侶たちのなかに、どうしても言っておかなくてはならない用事があるというので、釣殿《つりどの》のほうへやってきた。ところが、もう皆退出してしまっていたので、池に向いたところで涼んでいたのだが……。

西の渡殿あたりは折しも人影も少なかったところに、一の宮のほかには件《くだん》の小宰相の君などが、かりそめに几帳《きちよう》などを立てただけのしつらいで、中宮の御前に伺候した折の一時的な休息所にしていた。

〈お、ここに誰かいるのであろうかな。女たちの衣擦《きぬず》れの音がするぞ〉と、薫は好奇心を起こして、西の対の馬道《めどう》（板敷きの通路）の障子が細く開《あ》いているところから、渡殿のあたりをそっと覗いて見た。すると、常は女房どもの休息所などに狭苦しく仕切ったりしているのとは様子がまるで違い、向こうのほうまで広々としつらえられているので、却って、几帳をあちこちと立て違えてある合間から、ずっと奥まで見通すことができて、内部はまことに露《あら》わになっている。

氷を櫃《ひつ》の蓋などに載せて割るなどといって大騒ぎをしている人々……大人の女房が三人ばかりと、女の童たちもいた。女房どもは、貴人の前に出るときに着る表着《うわぎ》である唐衣《からぎぬ》も着ず、童たちも同じく汗衫《かざみ》など着ていない。皆すっかり気を許している様子であったので、薫は、まさか女一の宮がそこにおいでとも思わず見ていた。するとそこに、白い薄物《うすもの》の御衣《おんぞ》を着た人が一人見えた。その前で女房どもが手に氷を持ちながら、こんなふうにきゃあきゃあ言い合っているのを、ほんのりと笑って見ているその人の顔が、言いようもなくかわいらしげであった。

その日は、暑さも暑し、堪えがたいほどの日であったので、ふっさりと豊かな御髪《みぐし》が重苦しく思うのであろうか、すこし薫のいるほうに靡かせて長く引いているその美しさは、まことに譬《たと》えようもない。今まで薫もたくさんの美女を見てきているけれど、とてもとても、誰一人この女君に似るべくもない……という思いがする。その御前に仕えている女房たちなどは、この美しい女君に比べたら、まるで土塊《つちくれ》かなんぞのように思えた。……このとき、薫の脳裏に思い浮かんでいたのは、「上《みかど》の心油然《ゆぜん》として悦《きよう》すること、遇《あ》へること有るが如し、左右前後を顧《かへりみ》るに粉色土《ふんしよく》の如し（温泉に沐浴する無数の宮女《きゆうじよ》たちを見て、玄宗皇帝の心中に湧き起こり驚いたことは、何かに遇《お》うたような気がしたことであった。が、よくよく左右前後の宮女どもの容姿を顧みると、その風儀容色《ふうぎようしよく》いずれも土のように見えた）」とて、楊貴妃の美を賛嘆《さんたん》する唐土《もろこし》の文《ふみ》であった。

しかし心を鎮めてよく見ると、もう一人……黄色い生絹《すずし》（注、練らぬままの夏用の薄絹）の単衣《ひとえ》に、薄紫色の裳《も》を着けた人が、楚々《そそ》として扇を使っている様子など、〈まことに心用意ある人だな〉と、ふと目にとまった。その人が、

「氷は、冷たいけれど、つるつるするので、扱うのに難儀して却って大汗でもかきそうで

すね。もう割ったりしないで、そのままでご覧なさいましな」

などと言いながら笑って見せたその眼差しが、いかにも愛嬌たっぷりであった。そうして、その声に薫は聞き覚えがある……〈あ、あの小宰相だな、この人が〉と分かって、初めて顔を見知ったのであった。

それでも女房たちは、小宰相の言うことも聞かず、せっせと氷を割っては、手に手に持っている。そして、なかには、頭上にちょいと置いてみる者があるかと思えば、胸に差し当てなどして、ずいぶん見苦しいことをする人もあるようである。また別の一人は、氷を紙に包んで一の宮の御前にも同じようにして差し上げたけれど、宮はそれをちょっと持ってみてから、たいそうかわいらしい手をそっと差し出して、側仕えの者にその手の滴《しずく》を拭《ぬぐ》わせる。

「いえ、わたくしは持ちたくありませぬ。滴がいやですもの」

と、そう言う声が、ちらっとだけ聞こえるのも、薫には限りなく嬉しく思われた。

〈あれは、この一の宮がまだたいそう幼くおわしました頃であった……私も、まだ物心も付かずお顔を拝したとき、なんとすばらしく美しい姫君のお姿だろうと拝見したものだったが、それから後《のち》には、まったくこの姫君のことは物を隔てのお気配すら聞かなかったものを……さてこれは、いかなる神仏《かみほとけ》が、こんな好機を与えてくださったものであろう。いや、待て待て、これはまた先の幾度かの経験のように、私に苦しくも物思いをさせようという、試練を与えられているのでもあろうかな〉と、そんなことを思って心は落ち着かず、しかし、やはりこの宮を立ちながらじっと凝視せずにはいられない。

すると、この西の対の北面《きたおもて》の廂に局《つぼね》して住んでいる下仕《しもづか》えの女房が、薫の垣間見《かいまみ》をしている障子を、なにか急ぎのことがあって、つい閉め忘れたまま局へ下がってしまったことを思い出し、〈しまった、誰かが見つけたら大騒ぎになるわ〉と心配して、おろおろとこちらのほうへ駆けてくる。

そして、薫の直衣姿を見つけては、〈はっ、あれはいったい誰だろう〉と胸騒ぎを覚え、おのれの姿が丸見えになっていることなどどこ吹く風で、簀子《すのこ》のほうからばたばたとやって来た。

薫は、すぐさまさっと身を翻《ひるがえ》し、〈自分が誰であるかを見られてはなるまい。こんな垣間見などは、いかにも色好みめいていていけないからな……〉と思って物陰に隠れた。

この下仕えの女房は、〈ああ困った、とんでもないことになってしまった。障子ばかりか、御几帳《みきちょう》までも、なかが見えるほどに引き寄せたままだ。あの直衣の殿方は、きっと左大臣さまのところの御子息のどなたかかもしれない。まるで無関係の人が、こんなところまで来るはずもないし……。大変だ、万一こんなことが人に知れたら、「誰が障子を開けたのですか」と、かならず詮議《せんぎ》を受けるであろう。単衣《ひとえ》も袴も、生絹のように見えたあのお姿だから、やわやわして衣擦れの音もせぬに、女房たちも人の気配をお聞きつけにならなかったのであろう〉と、すっかり困却しきっている。

かの薫大将は、〈やれやれ、次第に俗心を去って修行者らしい心になってきたところだったのに、あの大君を知りそめて一つ掛け違いをしてからというもの、あれやこれやと物思いばかりしている人間になってしまった。あの大君に先立たれたときに、いっそ世捨て人になってしまっていたなら、今ごろはきっと深い山に行ない澄まして、こんな乱れ心などありはしなかっただろうに〉と、それからそれへと思い続けるのも、まことに心安からぬ仕儀であった。そうして、〈それにしても、どうして今まで多年の間、あの一の宮を拝見したいと思ってなどいたのであろう。たとえそんなことができたとしたって、却って心を苦しめるばかりで、なんの甲斐もないことであろうに〉と思いもする。

薫、女二の宮と一の宮を比べて考える

その翌朝、起きてきた正室、女二の宮の容貌を改めて見るにつけて、薫は、〈ああ、この宮もたいそうお美しいように見える。あの一の宮のほうが、こなたよりかならず勝《まさ》っていると言えるだろうか……そうも思えぬけれど、しかし、それにしてもちっとも似ておられぬなあ。一の宮のほうは、おどろくほどの気品が香りたつようで、なんともかんとも筆舌に尽くしがたいご様子であったな。そのように見えたのは、もしや私の気のせいだろうか、それともあのような折に見たからだろうか……〉と思って、

「ひどく暑いな。これよりもっと薄い御衣《おんぞ》をお召しなされよ。女は、いつもとは風情の違ったものを着ているのこそ、その時節時節につけて趣《おもむき》深いというものぞ」

と言うと、お側の者に、またこんなことを命じた。

「あちらのほうへまいってな、大弐《だいに》（女房の名）に、『薄物の単衣の御衣を、縫ってまいれ』と伝えよ」

と伝言させる。それを聞いて、二の宮の御前に仕える女房たちは、〈宮さまのお顔お姿

の美しさがほんとうに盛りでいらっしゃるのを、さらに際立たせてさしあげようとなさって……〉と愉快がっている。

薫、戯れに二の宮に一の宮の服を着せてみる

それから、薫は日課になっている念仏のための自室に移って余念なく読経し、昼ごろになって二の宮の御座《おまし》へ行ってみると、さきほど申し付けた御衣が早くも縫い上がって届けられていたが、宮は着ずに、そこの几帳にうち掛けてあった。

「せっかく仕立てさせたのに、なぜお召しになりませぬか。もし人がたくさん見ている時であったなら、透けている薄物を着ているのはだらしなく思われる。しかし、ただ今は差し障りもございませんでしょう」

薫はこんなことを言いながら、手ずから宮にこの衣を着せかけた。

袴も、昨日一の宮が着ていたのと同じ紅《くれない》のそれであった。

たしかに二の宮の御髪《みぐし》もふっさりと多い。またその毛先が裾に広がっている姿などは、いずれ劣り勝りもないのだが、やはり人はさまざまなのであろうか、同じ出で立《た》ちをさせ

てみても、まるで似るべくもないのであった。

薫は、氷を持って来させて、女房たちに割らせてみた。そしてその氷塊《ひょうかい》を一つ取って二の宮に差し上げなどしてみながら、心中ひそかに興がったりもする。

〈昔、恋しい女の姿を絵に描いて眺めたという人だってあったではないか……。ましてこれは、あの一の宮の身代わりに眺めて心を慰めるのに不似合いなことのない、実の姉妹ではないか〉など、薫は、漢の武帝が亡き李夫人《りふじん》の面影に恋して絵に描かせた、という故事を思い寄せてみたりもするのだったが、そうは思いながらも、〈しかしな、昨日こんなふうにして、あの一の宮の一座に私も交じっていて、思いのままにあのお姿を拝見できたならよかったのに……〉と、そんな思いに駆られるにつけても、知らず知らず大きなため息が漏れた。

「姉上一品《あねうえいっぽん》の宮（女一の宮）にお手紙など差し上げられますか」

薫はそんなことを尋ねる。聞かれた二の宮は、

「まだ内裏におりましたころ、お上がそのように仰せになりましたときには、お手紙も差し上げましたが、その後は、久しくご無音《ぶいん》に打ち過ぎております」

と答える。

「なんと、わたくしと結婚して臣下の身分になってしまわれたからとて、あちらからなんのご消息もくださらないとは、情無いことでございますな。こんど、大宮(明石中宮)の御前にて、あなたさまがそのことをお恨み申していましたよ、と申し上げましょう」

薫はこんなことを言った。二の宮は驚いて、

「なんの、わたくしがお恨み申すなどということがございましょう。そんなひどいことを……」

と言う。薫は、これを聞いてニヤリと笑うと、

「もうすっかりこなたさまが下々《しもじも》の身分に成り下がったからと、一の宮はお見下げになっておられるように拝見いたしますので、こちらからもお便りを差し上げるのを遠慮しております……と、さように申し上げましょうかね」

と言い戯《たわむ》れるのであった。

その日は一日過ごして、翌朝に大宮明石中宮のもとへ参候する。

いつものように、匂宮も来ていた。

丁子《ちょうじ》染めに色濃く染めた黄褐色《おうかっしょく》の薄物の単衣《ひとえ》を、色濃い縹《はなだ》染めの直衣の下に重ねている

宮の姿は、たいそう趣味良く見える。

先日の女一の宮の風姿のまことに美しかったのに勝るとも劣らず、色は真白《ましろ》に汚れなく美しく、そのうえ、以前より面瘦《おもや》せして、たいそう見る甲斐がある。〈ああ、やはり姉宮によく似ておいでだ〉と見るにつけても、まずは一の宮が恋しく思われて、〈いや、そんなことを思うなど、あってはいけないことだ〉と自分の心を鎮めようとする。しかし、こうやって一度姿を見てしまってからは、見ぬうちよりはずっと苦しい。

匂宮は物語絵などをたくさん持たせて中宮のもとへ来ている。その絵の一部を、お付きの女房に持たせて、女一の宮のかたへ進上すると、それについて宮自身もそちらへ渡っていった。

薫、女一の宮の文を中宮に頼み込む

薫大将も、中宮の御前《おまえ》近くに参候して、かの法華八講の尊《たつと》かりしことや、父六条院生前のことなど、ぽつりぽつりと話しながら、中宮の手許に残っている絵を見るついでに、

「わたくしの家においでになる皇女《みこ》二の宮が、内裏を離れて、すっかり心ふさいでおられ

ますのは、まことにお気の毒に拝見いたします。されば、姉君一の宮の御方から、お手紙も頂戴できませぬのを、このように臣下の身分に堕ちてしまったために、もうすっかり思い捨てあそばされたように思って、毎日気分の晴れぬ様子をしてばかりおられますので、かかる絵のごときものを、お慰みのためにときどきはお見せになってやってくださいませ。ただし、それがしふぜいがお預かりして持参いたしましたのでは、これまた見る甲斐もないと申すものでございます」

と言い出した。中宮は驚く。

「そのように分からぬことを……。どうしてあの皇女《みこ》を、姉宮がお見捨て申すなどということがございましょうぞ。内裏では、お住まいが近かったことでもあり、ときどきお手紙など通わせておられたらしゅうございますが、その後《のち》、離れ離れにおなりになった折節に、文の通いもだんだんと途絶えたものでございましょう。すぐに書くように一の宮にお勧め申しましょう。……それよりも、どうして二の宮のほうから差し上げないのですか」

中宮はそんなことを言い出した。

「あの二の宮のほうからは、とうていさようなことは……。二の宮は、今は物の数にもお数えいただけませせぬような身分でございますが、こう親しくこちらへ伺候させていただくわたくしと中宮さまの、姉弟《あねおとと》の縁をもちまして……人数《ひとかず》のなかに数えてくださることがございましたら、まことに嬉しいことでございましょう。まして、以前内裏におられました頃には、常々お手紙などを書き交わしておいでになった由でございますのに、今こうしてお見捨てになられますのは、辛いことでございます」

とこんなことを薫が言うについて、その下心に色めいた魂胆《こんたん》があろうなどとは、中宮は夢にも思わぬことであった。

薫、下心をもって西の渡殿へ

中宮の御前を立ち出でると、先夜のお目当ての人、小宰相の君に逢おう、さてまた、あの時の渡殿あたりの景色も気慰みに見ようかなと思って、薫は中宮の御前《おまえ》の寝殿南面《みなみおもて》の簀子《すのこ》を歩み過ぎて、そのまま西面《にしおもて》の女一の宮の御座所《おましどころ》のほうへ向かってゆくのを、一の宮付きの女房たちは、廂の御簾《みす》の内から目で追い、万一にもおのが姿を薫に見られはすまいかと、さっと緊張している。

その薫の風姿も物腰も、なるほどまことにすばらしいことこの上もない。

かの西の渡殿のあたりには、左大臣の子息たちが来ていると見えて、女房どもになにか口をきいている気配があるので、薫は、敢てそちらへは近づかず、廂西面の南端《なんたん》に設けられている開き戸の前に座って、中の人に物を言いかける。

「なにかにのご用で、六条院のほうへ参候することはございますが、こちらの御方々《おんかたがた》にお目通りの叶うこともございませぬうちに、うかうかと時が経って、すっかり爺《じじ》いになってしまったような心地が致しますなあ。しかし、今日からは心を入れ替えましてな、こうして参上したような次第です。ははは、爺さんのくせに似合わぬことをすると、あちらに見える若い連中は思うておることでございましょうな」

薫は、こんな戯れを、渡殿のほうに詰めかけている左大臣の子息の甥御《おいご》連中を見やりながら言い入れる。

中から女房の返事がある。

「さようなれば、今よりは、こなたへどうぞいつもお通いになられませ。そうしたら、ほんとうにお若くなられましょうほどに」

など、わけもない戯れを言い返し、笑いさざめく女房たちの気配も、不思議に雅《みやび》やかで風情ゆたかな、この一の宮のあたりの有様であった。

薫は、とくに何というのでもなく、世の中の四方山話《よもやまばなし》などしつつ、物静かな様子で、いつもよりゆっくりと居続ける。

このとき、一の宮自身は中宮の御座のほうへ渡っていっていた。

中宮が、

「さきほど、右大将が、そなたのほうへ参ったようですが……」

と不審げに問う。一の宮のお供についてきている大納言の君という女房が、

「それは、小宰相の君に、なにかお話しがあって、おいでになったようでございます」

と報告すると、中宮は、

「あの実直《まめ》な大将が、それでも誰かに思いをかけて物語するとあっては、機転の利かない人だったら、さぞ弱ることでしょう。心の底まで見透かされてしまうでしょうから。でも、小宰相だったら、なんの心配も要りませんね」

など言いつつ、姉弟ながら薫の君には気後れを感じて、女房たちも心の用意もなくうかうかと応対しないでほしいものだと思っている。

大納言の君がまた、

「大将殿は、他の人とは格別に、あの小宰相の君に思いをお寄せなさいまして、折々局などにお立ち寄りになっていると存じます。そういうときは、なにか心濃《こま》やかに物語などなさいまして、夜が更けてからお帰りになる折々もございますけれど、あれは例の、よくあるようなお遊びの恋ということではございますまい。あの小宰相という人は、匂宮さまを、たいそう薄情でいらっしゃると思って、お手紙にお返事も差し上げないようでございます。まことに恐れ多いことながら……」

と、こんなことを言い言い声を出して笑う。これには中宮も釣られて笑いながら、

「あの宮の、たいそう見苦しいご行跡《ぎょうせき》を、小宰相がすっかり思い知っているなんて、可笑《おか》しいですね。なんとかして、宮のあの浮気《うわき》癖《ぐせ》を矯《た》め直して差し上げたいものですが……。わたくしは母親として、ほんとうにあなた方の手前も恥ずかしい……」

と言う。すると、大納言の君が、不思議なことを語り始めた。

大納言の君、浮舟の死について語る

「ずいぶん妙なことを噂に聞きましてございます。あの右大将殿がお亡くしになられたと

いう人は、匂宮さまの二条の北の方のお妹御であったと申します。おそらくは異母妹でございましょう。前《さき》の常陸介なにがしの妻女が、その姫の叔母だとも母だとも世間では噂いたしているようでございますが、さて実際はどうでございましょう。その女君に、宮さまも、たいそうお忍びにてお通いになっておられました。そのことを大将殿がお聞きつけになったのでございましょうか、俄かにその姫を京へお迎えになろうというので、警固の者どもなどをものものしくお付けになられました由にて……宮さまもまた、たいそうお忍びで通っていかれましたが、とても邸内に入ることができず、なんでございましょうか、たいそう見苦しい様子にて、お馬に召されてずっと外にお立ちになったまま、とうとう逢えずにお帰りになったということでございました。その女も宮さまをお慕い申し上げておりましたのでしょうか、俄かに姿を消してしまいましたのは、おそらく川に身を投げたのであろうと申しまして、乳母《めのと》などのような人々は、おろおろ泣き惑うておりましたとか……」

これには中宮も、〈なんと驚き呆れたことを〉と思って、

「誰がいったい、そんなことを言うのです。ほんとうに厭《いと》わしくやりきれないことですね。そのように滅多とないようなことであるなら、自然とわたくしの耳に入ってきてもよ

さそうなものだのに……右大将も、そのようなことはなにも言わず、世の中の儚く厭わしいこと……あの宇治の宮のご係累《けいるい》はみな短命であったということなどを、ただひどく哀しいと思って仰有っていたばかりでしたが……」

と述懐する。するとまた大納言が、

「いえいえ、下々《しもじも》の者は、いい加減な噂を申すものと存じておりますが、じつは、あの宇治のほうに仕えておりました下仕えの童《わらわ》が、つい最近、宇治から出て小宰相の実家のほうへやってまいりましてね、いま申したようなことを、しかと間違いのないことのように申しましたのでございます。このような訳の分からぬ形で亡くなられましたことは人に聞かせまいぞ、人が聞いたらびっくりするようなおぞましい話だから、というので、あちらの邸ではひた隠しにしておりましたことどものようでございます。それで、大将殿には詳しいことはお聞かせ申し上げなかったのでもございましょうか……」

と言上すると、

「決して決して、このようなことは、二度と口外せぬようにと伝えよ。こういう色めいた筋のことで、宮ご自身も道をあやまり、よそさまからは軽薄で鼻持ちならない者と思われなさるように見えますよ」

とて、中宮は、ひどく案じているのであった。

女一の宮の手紙届く

その後、一の宮のかたから、二の宮に手紙が届けられた。

その手跡《しゅせき》などが、たいそうかわいらしげなのを見るにつけても、薫は、とても嬉しく思って、〈もっと早いうちから、こんなふうにして、ご手跡などを見ることができたらよかったに〉と思う。

さまざまに面白い絵を数多く、中宮からも二の宮のもとへ進上する。薫の大将殿は、それにもまして面白い絵を取り集めて、一の宮に献上する。なかにも、『芹川《せりかわ》の大将』という物語絵の主人公とほ君が、女一の宮に思いを懸けた秋の夕暮れに、恋慕《れんぼ》止《や》みがたく通《かよ》ってゆくところの絵、それも面白く描いてあるのを、薫は自分にぴったりと思い合わせて、〈この物語の一の宮のように、私に思いを寄せて靡《なび》いてくれる女君がいてくれたらなあ……〉と思ったりするのも、我ながら口惜《くちお》しい。

荻《をぎ》の葉に露吹きむすぶ秋風も
ゆふべぞわきて身にはしみける
　荻の葉に露を吹き結ばせる秋風も、
　こんな夕べにはとりわけ身にしみて感じられる

と、こんな歌をば、薫は件の絵に書き添えたく思ったが、〈いやいや、こんなことが露ほどでも漏れ聞こえたなら、相手が相手だけにひどく煩わしいことになりそうな間柄ゆえ、ほんの片端《かたはし》でも仄めかすわけにはいかぬ〉と自重するのであった。

かくて、あれにつけこれにつけ、なにやかやと物思いの揚げ句に、〈あの亡き大君がご存命でいてくださったら、なんとしてもかんとしても、他の女君に心を分けたりはすまいものを。今上陛下の御娘《おんむすめ》を下さろうと仰せられても、戴くことはなかったであろう。また、そのように思いを込めた人があると帝がお聞きあそばしていたなら、内親王ご降嫁などというお沙汰もなかったろうに……こうなった今も、やはりやりきれないほど、我が心をかき乱してくださった宇治の橋姫よな〉と思う心のあまりに、また匂宮の中君のことに思い至って、恋しくも辛くも、どんなに思ったところでどうにもならぬことだというに、まったく愚かしく思えるほどに、今は悔やまれるのであった。

……この中君のことを思うては悲観的な気持ちになり、その次には、あの驚き呆れるような形で亡くなってしまった浮舟が、まったく心が未熟で、よく考えて踏みとどまることもなく、身投げなどしてしまったその軽率さを思いながら、それでも未熟は未熟なりに恋の板挟みをば、とんでもないことになったと思い詰めていたということや、自分の態度がただごとではないと聞いて、良心の呵責に嘆き沈んでいたという、その有様を聞いたことも、彷彿と思い出されてくる。

〈べつに、正妻とかなんとか、そういう重々しい身分ではなく、ただ、心安く愛らしい語らいの相手として側にいてもらおう、と思った……その限りでは、ほんとうに手の内に愛玩したいような人であったものをなあ……。あれもこれも、よくよく考えていくと、よし、宮を恨むこともすまい、女を無情な人だとも思うまい。結局のところ、私自身がこういう妹背のことに不慣れだったための蹉跌《さてつ》であったのだ〉などと、薫は、ただ鬱々と考え込んでいる時が多くなった。

匂宮、思い余って、侍従の君を呼びよせる

もともと悠長な心ざまで、いつも粛然《しゅくぜん》とした態度を持《じ》している薫のような人であっても、こうした色めいた筋には、心身ともに苦しいことが自然と交じるのであるが、もとより心の浮《うわ》ついた宮ともなれば、まして心を慰めかねている。そうして、あの亡き姫を偲ぶよすがに、どこまでも尽きぬ悲しさを口に出して語らうべき相手もない。ただ、あの対の御方（中君）ばかりは、「かわいそうなことであった」くらいは言ってくれるけれど、子ども時分からずっと見馴れてきた親しさでもなく、ほんの近ごろの姉妹づきあいに過ぎぬのであってみれば、どうしてそうそう深く思いをかけることがあろう。また、宮としては、心のうちそのままに「恋しい、ひどく辛い」などと中君に言うことは、やはりきまりが悪いところゆえ、やむを得ず宇治の邸にいた侍従の君を、またもや迎えにやったのであった。

宇治の邸では、仕えていた人々はみな散り散りに去って、乳母のほかには、ただ右近と侍従の二人だけが、浮舟がとりわけ目をかけてくれたことも忘れ難くて居残っていた。右

近は乳母子であったけれど、侍従はそういう縁もなく、ただの女房として出仕していたに過ぎないのだが、それでもなお良いお話し相手として過ごしてきた。すると、あの宇治川の、世にも稀なる激流の音も、「祈りつつ頼みぞわたる初瀬川うれしき瀬にも流れあふやと〈逢いたい逢いたいと祈りながら、初瀬の観音さまを頼みにして初瀬川を渡る、やがて、逢瀬(あふせ)という嬉しい瀬(せ)にも流れ合(あ)うことがあるだろうかと〉」という古歌になぞらえられて、やがては京へ移り住むなど嬉しい瀬に遇(あ)うこともあろうかと、そればかりを頼みにしていたうちは、なんとか心を慰め得ていたが、浮舟に先立たれた今は、ただもうやりきれない、そうしてひたすら気味悪く恐ろしいと、そんな思いばかりが先立ち、とうとう我慢しきれずに上京して、近ごろはみすぼらしい家に仮寓《かぐう》していたのであった。

その寓居を、宮は、なんとかして探し出し、

「我が二条の院に出仕したらよかろう」

と勧めてみるが、〈宮さまのご親切は嬉しいけれど、……でも、あちらのお邸に仕えている女房たちが、さてなんと言うであろう……もとより姉妹ながらの色めいた筋のことも交じっているからには、さぞ耳障りなことも言われるであろう〉と思うゆえ、二条の院への出仕のお誘いには応えかねた。そして、明石中宮の許にお仕え申し上げたいという由を

申し出た。すると、匂宮は、

「ああ、それはよい。では、后《きさい》の宮にお仕えせよ。そうしたら私がそっと情をかけてやろうほどに」

と人伝《づ》てに言い聞かせた。

かくて侍従は、心細く寄る辺《べ》もない哀しさも、これにて慰めることができるかもしれぬと思って、しかるべき伝手《つて》を辿って、后の宮に出仕することになった。そこでは、見苦しいところもなく、結構な下級の女房だと、中宮かたの女房たちもおおかた見許して、とくに悪く言うこともない。

この后の宮のところへは、薫もしょっちゅう参候するので、その姿を目にするたびごとに、侍従は、なにがなし悲しくてならぬ。

中宮のもとには、その出自からして高貴な家柄の姫君がたばかりが多く伺候している御殿だと誰もが言うけれど、よくよく注意して見てみても、〈……やはり宇治でお仕えしていた姫君ほどに美しい人はないものだわ〉と侍従は思って毎日過ごしている。

故式部卿の宮の姫宮、女一の宮のもとに女房として出仕

この春に亡くなった式部卿の宮には御娘《おんむすめ》があったが、この姫宮をば、継母の北の方がとかくぞんざいにもて扱い、自分の兄の、馬頭《うまのかみ》で人柄などもたいしたことのない男が思いを懸けているのを知って、不釣り合いでかわいそうだとも思わず、縁組のことを約束してしまった。そのことを、中宮が人伝てにほの聞き、

「いたわしいことじゃ。父宮があれほど大切にお育てになった姫君を、なにもかも無駄事になってしまうような扱いをすること……」

など心配の意を姫宮のもとへ伝えさせた。折しも姫宮は、行く末をただ心細く思って、ため息ばかりついている有様であった。そこで、これを聞いた姫宮と同腹の兄の侍従も、

「ご懇篤に、ご心配くださって、わざわざ仰せくださることよ」

などと言って、最近、中宮のお手許へ迎え取られたのであった。その上で、年格好からしても身分からしても、女一の宮のお相手として格好の人であったから、一の宮付きの女房ではあるが、とくに高貴の人として格別の扱いで仕えている。しかし、女房という身分

上の一定の決まりがあるので、宮の君などという女房としての名をつけ、ふつうの女房のように唐衣《からぎぬ》に裳という出で立ちで御前に出るのでなく、一段貴い身分であることを示すために唐衣は略し、ただ裳ばかりを女房のしるしとして引き結うて勤めているのは、まことにお気の毒なことであった。

匂宮、さっそく宮の君に目をつける

匂兵部卿の宮は、〈この宮の君とやらだけは、きっと恋しい宇治の姫君に思いなぞらえることができるような容姿をしているであろうな、なにしろ父式部卿の宮はあの宇治の八の宮とは兄弟なわけだからな〉などと、また例の好き心を以て、亡き姫君を恋しく思い出すにつけても、女漁《あさ》りの心癖《こころぐせ》を蠢《うごめ》かして、〈早く、逢《お》うてみたいものだが……〉と心にかけているのであった。

薫の大将は、このことを知って、〈ひとこと批判めいたことも言いたくなるような按配だな。ついこないだまで、亡き父式部卿の宮は、あの宮の君を東宮に入内《じゆだい》させようかなどとお考えになったり、はては私にも婿とならぬかなどと仄めかされたりしたものではないか。それが今このようにあっけなく女房仕えに身を落とされるのを見るくらいなら、いっそ宇治の姫君のように水の底に身投げしてしまっても、そのほうがよほど非難を被《こうむ》らぬやりかたというものだ〉などと思いながら、他の女《ひと》よりも、この宮の君に深く思いを寄せている。

叔父御の故式部卿の服喪のために、この六条院に下がって里住まいをしている中宮は、ここを宮中よりも広くて趣があって、住みよいところと思っている。また常時侍《はべ》っているというわけではない女房どもも、みなくつろいで住んでいるので、見渡す限りはるばると数多くの対《たい》や廊《ろう》、あるいは渡殿《わたどの》などに局々《つぼねつぼね》が充《み》ち満ちている。

夕霧の左大臣は、そのかみ光源氏がここに住んでいた時分の威勢に勝るとも劣らぬ様子で、なにもかも至らぬ隈無《くまな》く中宮のため奉仕に努めている。しかも、夕霧左大臣には子どもも多く、みな栄えて、威勢厳然たる一族であるから、光源氏生前の時分よりも、却ってその華やかなこと一段まさってさえいるのであった。

この匂宮は、日ごろの心がけであれば、ここ何か月かの間にも、どれほどの色好み沙汰をしでかしたことであろうかと思われるのだが、あの浮舟の一件に意気消沈して、別人のように鎮まっているので、傍目《はため》には〈すこしは性根《しょうね》を入れ替えなさったか〉などと見えもしたのだが、この頃はまたぞろ、宮の君に対して色好みの本性《ほんしょう》が露《あら》わになり、もっぱらこの君に思いを懸けてうろちょろしているのであった。

匂宮と薫、揃って中宮の御前に参る

涼しくなったというので、中宮は内裏へ帰参しようとするのだが、

「こんな秋の盛りに、紅葉《こうよう》の頃合いを見ないでいるなんて……」

などと、若い女房たちは口惜しがって、皆中宮の許に参集してきている時分であった。池水《いけみず》に親しみ、月影を愛《め》でて、管弦の御遊びも始終催されるなど、六条院は常にもまして華やかな風情に彩られている。匂宮は、もとよりこういう音楽などの方面は好きでもあり得意でもあって、一役《ひとやく》買って盛り上げている。

この宮は、日々気安く奥向きまで立ち入るゆえ、女房たちは、朝夕に見馴れているのであるが、それでも、なお常に春真っ先に咲いた花のような新鮮な美しさを感じさせている。これに比べると、薫のほうは、そんなふうに馴れ馴れしく奥へ足を踏み入れるようなことはしないので、女房たちは、どこか気の臆するような煙たいところのある存在と、み

な思っている。

さて、例によって、宮と大将が二人揃ってやってきて、中宮の御前に伺候しているところを、あの侍従の君は物陰から覗いて見た。

〈どちらの方《かた》でも、どちらの方でも、もし亡き姫君のお世話をしていただけたなら、それはもうすばらしいご宿縁だということが誰の目にも明らかなのだから、いずれにしてもこの世に居てくださったらよかったものを。それを呆れるほどあっけないご最期で、ほんとうにやりきれないようなお心であったこと……〉と、侍従は思わずにはいられない。しかし、あの宇治あたりのことは、人には決して決して訳知り顔で口外すべきでないことゆえ、ただその心一つに納めて、どこまでも胸の痛む思いをしている。

匂宮は、中宮が里下がりしている間の、内裏での出来事を話題に、こまごまと中宮に物語っているので、薫は遠慮して退出してくる。

〈あらあら、見つからないようにしましょう。いま暫く、姫君の一周忌も過ぎぬうちに、こんなところへ来ているなど、心根の浅はかな女だと思われないようにしなくちゃ〉と思うゆえ、侍従はさっと隠れた。

薫、中宮かたの女房どもと戯れる

薫は東の渡殿のほうへやってきた。すると、寝殿のほうを向いた開き戸が開《あ》いたままになっており、その戸口あたりに女房たちがたくさん集まって、ひそひそとおしゃべりなどしているところに行き合った。そうして、

「ほかならぬそれがしをば、女房衆は親しみ深く思ってくださるべきではないかね。同じ女たちのなかにだって、これほど心安くつきあえる人間はおりますまいよ。さはさりながら、男の私として、女の知らぬあれこれを、それなりにお教え申すこともできましょうぞ。ま、段々と、私がどのような人間か、お分かりくださっているようだから、それはまことに嬉しいことで……」

などと言うので、女房たちは、〈え、なに、それは。そんなこと仰有られてもどうお答えしたものだか……〉と困惑している。すると、弁のおもととて、甲羅を経た女房がしゃしゃり出て、

「そもそもはじめからお睦まじくさせていただくご縁もないような者ならば、恥ずかしが

りもせずお話しできるのではございませぬか。とかく物事は、却ってさようなものでございましょ。わたくしなどは、必ずしもそのようなご縁の有り無しを考えてから、うちとけてお目にかからせていただく、なんてことは、とんとございませぬが、まずはしかし、このように生まれついて図々しいわたくしなどが、こういう時に一役《ひとやく》買いませぬのは、まことに居心地の悪いことに思えますので……」

と、このように申し立てる。薫は、

「おやおや、私には、まるで女として恥ずかしがるようなご縁がないと、頭から決めてかかっておられますのこそ、まことに残念に存じますが……」

などと戯れを言い返しつつ、ふと見ると、おもとは表着《うわぎ》の唐衣《からぎぬ》は脱ぎ捨ててうっちゃらかし、すっかりくつろいでなにか手習いでも書いているところらしかった。硯の蓋に置きながら、わけもないような秋の花の枝先を手折ったりして玩《もてあそ》んでいたところと見える。

そこでおしゃべりに興じていた女房たちの、半ばはあたりの几帳にさっと身を隠し、ある者は向こうを向き、押し開けてある扉のほうからは顔など見られぬようにしている。その髪格好などもなかなか風情があるな……と薫は見渡した。そして、やおらおもとの使っていた硯を引き寄せると、さらさらと筆を走らせる。

「女郎花《をみなへし》みだるる野辺にまじるとも
つゆのあだ名をわれにかけめや

女郎花の咲き乱れている野辺のような、この華やかな女房がたが集うておられるところに立ち入ったとしても、露(つゆ)に濡れた移り気な男だなどという評判を、つゆ負《お》わせることができましょうか……根っから実直男《まめびと》の私ですのに

どなたも気安く思ってもくださらないで……」

薫は、こんな戯れを書いて、その障子のところで後ろを向いていた女房に見せると、その人は、じっと身じろぎもせず、おっとりとした態度で、しかしたちどころに、

花といへば名こそあだなれ女郎花
なべての露にみだれやはする

花といえば、女郎花なんて名前からして移り気な感じですが、
だからといって、どんな露にも簡単に靡き乱れるものでしょうか……
女郎花にも矜持《きょうじ》がございますほどに、そう誰にでも靡きはいたしませぬ

と書いた、その手跡は、たったこれだけを書いたに過ぎぬけれど、それだけでも由緒ありげで、どこにも見苦しいところがないので、〈さて、この手の主は、誰であろう〉と、薫は見つめている。おそらくその人は、ちょうど今、寝殿のほうへ参上する途中で、薫に行く手を妨げられてそこに滞っていたのであろう、と思われた。

弁のおもとは、

「まあまあ、殿のお歌の、あまりにはっきり翁《おきな》ぶったこと、憎らしいばかり」

とて、

「旅寝してなほこころみよ女郎花
　さかりの色にうつりうつらず

さように爺《じじ》むさいことを仰せにならずと、まずはこの花園のような女たちのなかにお泊まりになってみて、それでも女郎花のさかりの色に染まるか染まらぬか、試みてくださいませよ

そのあとで、まことの実直男《まめおとこ》かどうか判断させていただきましょうほどに」

などと戯れる。これには薫も、

宿貸さばひと夜は寝なむおほかたの
花にうつらぬ心なりとも

もしお宿を貸してくださるのなら、よろしい、一夜は寝ることにしましょう。

たいていの花には心を移さぬ私の心でありますが……


女郎花と言い、野辺と言い、あだ名と言い、これも古き歌に「女郎花多かる野辺に宿りせばあやなくあだの名をや立つべき（女郎花がたくさん咲いている野辺に宿りをしたからといって、わけもなく浮名など立てることになるだろうか、まさか、ただの草の野に宿るのだから、浮名など立つわけもあるまい）」とあるのをよすがとして、薫は、自分はもとより実直男ゆえ、どんな花のなかでも浮名など立つまいと言ったのだが、そこの言葉尻をとらえて、弁のおもとは戯れ返す。

「おやおや、なんとしてそのような、女どもに恥をかかせるようなことを仰せになりますか。殿が『野辺に』と仰せゆえ、それでは『旅寝して……』と、さし出た戯れを申し上げたまでですのに」

かにかくに、薫が、なにかわけもないことを片端ばかり言った程度でも、女房たちは、さらにその先の先まで聞きたいと、ひたすらに思うのであった。

「おっと、これは気が利かなかった。邪魔をしていましたな、さ、道を開けましょうぞ。さきほどのお話のなかでも、とりわけ、恥ずかしがるとか仰せになったのは、今どなたかいいいいいいい、恥ずかしがるべき人が、こなたに通《かよ》ってみえる時分でもありましょうか……ともかくそれなりの理由が、必ずあるように見えますな」

薫は、こんな当てこすりのようなことを言って、立ち出《い》でてゆく。

このやりとりを聞いていた女房たちのなかには、〈私たち女房が、みんなあの弁のおもとみたいにあけすけな女ばかりだと、大将殿はご推量なさるのではあるまいか。それはまことにやりきれないわ〉と思っている人もあった。

薫は、寝殿東面《ひがしおもて》の勾欄《こうらん》に倚《よ》りかかって、夕方の光になっていくにつれ、秋草が花の紐《ひも》を解いて咲きだしてゆく御前《おまえ》の草むらを見渡している。その心はただ哀愁に満ちて、

大底四時《おほむねしいじ》心総《すべ》て苦《くる》し
中《なか》に就《つ》きて腸《はらわた》の断《た》ゆることは是《こ》れ秋の天《てん》

春夏秋冬四季の折々ごとにいつも心を痛めることはある。

しかし、そのなかでも、腸がずたずたになるほどに悲愁《ひしゅう》を極めるのは、すなわち秋の天《そら》である

と、こんな漢詩《からうた》の一節を、たいそうしめやかな声で吟誦《ぎんしょう》しながら腰を据えている。

すると、さきほど言葉を交わした女房の衣擦れの音が、はっきりそれと分かる気配で、母屋の中仕切りの障子を通って、あちらがわのほうへ入っていくようである。

そこへ、匂宮が歩み寄ってきて、

「今、ここからあちらのほうへ参ったのは誰かね」

と尋ねている。そこなる女房が答えて、

「あちらの一の宮さまにお仕えしております、中将の君でございます」

と言うのが聞こえる。それを耳にして薫の心が動く。

〈どう考えても納得がいかぬぞ、これは。かりそめにも、あれは誰なのかと、いい興味を持って尋ねている男に、ああもあけすけに女の名前をお教えしてしまうとは……〉

と、薫は、中将の君という人がかわいそうに思った。そうして、自分には心の隔てを置いている女房たちが、あの宮には、皆すっかり馴染《なじ》んだ気持ちで接しているらしいのも、ま

ことに遺憾なことに思われる。〈とかくこまめに立ち回って、押しの一手でことを運ばれる宮に、女は、あのように落とされてしまうのであろう。我がほうは、宇治のあの身代わりの姫のことといい、一の宮には手の届かぬことといい、こうも無念なことが続いて、宮のご縁辺《えんぺん》の人々には、いつも癪《しゃく》に障るやりきれぬ目にばかりあわされる。……こうなったら、ひとつなんとかして、このあたりの女房のなかに、世にも稀なる美人で、宮が例によって一心に思いを寄せているような人を、まんまと口説き落として、こちらが宮に煮え湯を飲まされたように、せめて宮に心安からぬ思いだけでもさせ申したいものだ。……まったく、物の道理というものが分かった人なら、必ずや私のほうに靡くはずだがな、しかし実際には、いるものではないな、そんなまともな心の女というものは……〉と思うにつけても、〈さても、あの対の御方（中君）が、宮の移り気な御《おん》有様を、お立場に相応しからぬものと思い申して、ついつい私との関係がまことに不都合なまでの睦まじさになってゆく……、このままでは世間の噂なども困ったことになると思いながら、しかし、それでもなお私を突っ放すことなどできない者に思っていてくださるのは、まず世の中に滅多と無いこと、身に沁みて嬉しいことだ。そういう情宜《じょうぎ》を弁えた人が、このあたりの女房たちのなかにいるであろうか。……自分は、あの宮と違って、こまめに立ち回って深く見るということがないので、よくも知らぬわけだが……。こうなれば、物思いのせいで寝覚めがちなこの頃、いっそ所在なさを慰めるために、少しは宮を見習って色めいたことでもしてみるかな〉などと思うけれど、まだ今はそこまでやる気にはならぬ。

薫、また西の渡殿に出向いて中将の君と応酬

かの西の渡殿へは、あの時垣間見《かいまみ》したのが習いとなってしまって、きょうまた、わざわざ出向いていった薫の行動も、まことに納得しがたいことである。

一の宮は、夜は寝殿のほうへ移って母中宮のもとで過ごすので、女房たちは、月を見ると称してあの渡殿に集まり、くつろいでおしゃべりに打ち興じているところであった。誰かが箏《そう》の琴《こと》を、心惹かれるような音で弾きすさむ、その爪音《つまおと》が、なんとも味わい深く聞こえる。そこで薫は、不意にその琴の音《ね》のするほうに立ち寄ると、

「なぜに、そのようにねたまし顔な（注、思わせぶりな、の意）音色《ねいろ》で掻きならしなさるか」

と歌うように声をかける。薫は「故々《ここ》にねたましがほにして、繊《ほそ》やかなる手将《ても》て、時々《よりより》に小絃《ほそきを》を弄《かきなら》す（わざと思わせぶりに、ほっそりとした手を以て、ちらりほらりと細い絃を掻き鳴ら

す)」と唐土《もろこし》の恋物語『遊仙窟《ゆうせんくつ》』(訳者注:以下本文と訓読は、康永三年写醍醐寺本による)の一節をわざわざ引いて、洒落たことを言ったつもりであった。内心、『遊仙窟』の、そのすぐ次に「耳に聞くにだも猶《な》ほ気《いき》の絶《たえ》ぬべきものを、眼《め》に見むときは若為《いかばかり》怜《をもしろか》らむ(あの音を耳で聞くだけでも気絶しそうになるのだから、もし実際に眼に見たならば、どれほどすばらしかろう)」とあるのを心に含んで……だから思わせぶりにしていないで、顔をお見せよと、そう言いかけたつもりであった。

突然に、このようなことを言いかけられて、誰もがびっくりしたはずなのであるが、なかなか敵もさる者であった。月を見るために、少し巻き上げてある簾《すだれ》を、さっと下ろしもせず、すっくと背を立てて、応える声がある。

「わたくしには、似るべき兄《このかみ》などもございませぬものを」

その声は、ほかならぬ中将のおもと(中将の君)とか言った女房であった。中将は、よほど漢籍《かんせき》に素養があると見える。これも『遊仙窟』に、「気調《きてう》のいきさしは兄《このかみ》の如し、崔季《さいき》珪《けい》が小妹《をといもうと》なればなり(その姿や声は兄に似ている、あの美男で名高い崔季珪の妹だからである)」と、この小説の女主人公十娘《じゅうじょう》の美形を述べるところがある。そこで、私は十娘ではないのだから、似るべき美男の兄とて持たず、御期待には添えませぬはず、と中将は物の見事

にはぐらかしたのであった。なかなか小癪な女房であるが、薫はついむきになって、

「わたくしこそは、その御母方《おんははかた》の叔父でございますぞ」

とわけもないことを口にしてしまった。これも『遊仙窟』に、「容貌《ようばう》のかほばせは舅《をぢ》に似たり、潘安仁《はんあんじん》の外甥《ははかたのめい》なればなり（顔形の美しさは叔父に似ている、美男で知られた潘安仁の母方の姪に当たるからである）」と言うてあるので、自分は一の宮にとっては母方の叔父に当たる、と言ってのけたのであったが、そんなことを言ってみても中将の君を口説くのに何の意味があろうか。

なにやら白けたことになった薫は、

「いつものとおり、姫宮は母宮のところにおいでのようでございますね。えー、この里住みをなさっている間には、いったいどんなことをなさっておいででしょうかな」

などと、どうでもいいことを聞いた。中将がすぐさま応える。

「どちらにおいでになられましても、特にこれを、というようなこともございませぬ。ただ、こんなふうにしてゆるゆるとお過ごしのようでございますが……」

まことに取りつく島もない返答であった。薫は、〈なるほど、それは風雅なるお暮らしぶりだな〉と思うにつけても、無意識のため息が、場所柄も忘れて、ふと漏れてしまっ

た。そこで薫ははたと我に返り、不審に思われては困るので、ごまかすつもりで、御簾の内から差し出された和琴《わごん》を、そのまま調弦もせずにさらさらと掻き鳴らした。律《りつ》の調べは、不思議にこの秋の季節柄に良く合って聞こえる音色《ねいろ》なので、聞きにくいということもないのだけれど、薫は最後まで弾かずに途中でやめてしまうのを、〈なまじ途中まで聞いてしまうと、その先が……〉と、音楽好きの女房たちは卒倒しそうなほど残念がるのであった。そこで薫は思う。

〈わが母宮(女三の宮)だって、あの一の宮に劣るべき人であろうか……。あちらは后の宮の腹、母のほうは女御《にょうご》の腹という違いこそあるけれど、朱雀院の帝といい、今上陛下といい、いずれもそれぞれの父君がしごく大切にお育てになられた姫宮には違いがない。それなのに、やはりこの一の宮のあたりは、たいそう気高い感じがするのは、どういうわけだかなあ。それにつけても、后の宮のお生まれになった明石の浦は奥床しい所よな〉などなど、思い続けるさまざまのことにつけて、〈二の宮までも頂戴して、私の前世からの因縁は、まことに結構なものだが……なおその上に、一の宮も並べて頂戴することができたなら……〉などと望蜀《ぼうしょく》の思いを抱くのは、とてもとても叶うべきものではない。

薫、西の対に宮の君を訪う

さて、宮の君は、この御殿の西の対に局を賜って住んでいる。

折しも西の対では、若い女房たちがたくさん集まっている様子で、どうやら月を賞《め》でありているのであった。その気配に、薫はまた思う。

〈さてもさても、おかわいそうに。あの君もまた同じように宮家の姫君には違いないのに……〉と思い出すにつけて、〈故式部卿の宮が、昔、私に婿にならぬかと思いを掛けてくださったものを〉と口実を設けて、薫は、西の対のほうへ出向いていく。

女の童が、かわいらしい宿直《とのい》姿で、二、三人御簾の外に出てはちょろちょろ歩き回っている。そして薫の入来《じゅらい》を見つけて、慌てて御簾の内に入る様子など、いかにも恥ずかしそうであった。が、本来、男の姿をみたらこうやって憚《はばか》り隠れるのが当たり前なのであろうと薫は思う。

西の対の東南の隅の柱のあたりに近寄って、薫はエヘンエヘンと咳払いなどしてみる。

すると、中から少しばかり年増《としま》の女房が応対に出てきた。

「こなたの君には、かねて人知れず思いを寄せておりました……などと申し上げますと、いや、却って、誰もが申し上げ古したことを、初心めいた口ぶりでそっくり真似るようなことになりましょう。『思ふてふ言よりほかにまたもがな君ひとりをばわきてしのばむ（思う、という言葉以外に、君ひとりだけを恋しく思うという格別の言い方がほしいものですが……）』と古歌にございます、『思う』とは格別の言い方が、真面目な話、欲しいものでございます」

薫は、こんなことを言ってみたが、応対の女房は、宮の君に伝えることもせず、なにやら賢《さか》しらぶって、こう返答する。

「まことに思ってもごらんにならなかった、ただ今の境涯につけても、故式部卿の宮さまが、右大将さまを姫君の婿にとお考え申しておられたことなど、つい思い出され申してなりませぬ。こんなふうに、陰ながら折々にお話しくださっている由のお言葉の趣は、姫君も喜び申し上げているやに拝見いたしております」

こんな紋切り型の挨拶ばかりでは、まるでそこらの者たちの扱いめいて、あまりにも心無い仕打ちではないかとやりきれない思いがするので、薫は、

「もとより宮の君とわたくしとは、いとこ同士にて、ご縁は切れませぬ仲だということは

それといたしまして、こうして宮仕えに降《くだ》られましたただ今は、ましてなにかにのご用向きにつけて、わたくしのことを思い出して下さったなら、嬉しゅうございます。まるで疎々《うとうと》しく取り次ぎの者を介してのおもてなしでは、なにもお話しできませぬほどに……」

と言ってみると、この取り次ぎの女房は、それもそうだと思い、慌てて宮の君を引き揺《ゆ》するらしい気配であった。そして、

「このごろは、ただただ『松も昔の……』という思いで物思いに沈んでおりますにつけても、ただいまもとよりのご縁と仰せくださいましたこと、まことに頼もしく存じますことで……」

と、人伝てでなく直接語りかける宮の君の声は、たいそう若々しく愛嬌があって、ふわりとした優しさも感じられる。宮の君は、「誰《たれ》をかも知る人にせむ高砂《たかさご》の松も昔の友ならなくに（いったい誰を知己《ちき》として過ごしたらよいだろう。あの高砂の松も昔からの友ではないのに……）」と詠《なが》めた古歌を引いて、過ぎ去った昔を共に解ってくれる人を歓迎する思いを述べたのである。

それを聞いて、薫は複雑な思いに駆られる。〈もしこれが、本来こんな局住《つぼねず》みをする程度の人の言葉だと思ったら、それはたいそう風情があるというものだが……ただこの御方

の場合は、なんだってまた、こんなふうに直接男と言葉を交わすようなことに馴れてしまわれたのであろう。こんなことでは、いい加減先が思い遣られるが……。おそらくは顔形なども、それなりに華やいだところがおありであろうから、逢うてみたいと思わせてくれるような感じがするけれど……もっとも、この人もまた、例によって匂宮のお心を悩乱《のうらん》させる種になるようだな〉と、興味津々でもあり、また〈それにしても、きちんと矜持《きょうじ》を保った女などは、ほんとうにいない世の中よな〉とも思っているのであった。

〈思えば、この宮の君こそは、限りなく高貴な父宮が、大切に大切にお育てになった姫君だ……が、しょせんこんな程度の人が世の中には多いのであろう。となると、なんとしても不思議でならぬことは、あの修行の聖《ひじり》のような八の宮のところに、しかも宇治などという山懐《やまふところ》に生まれ育った姫君たちが、一人とも非の打ち所もなかったことだ。それに比べて、あの儚い命の、軽率な人であったと思わざるを得ぬ姫も、この宮の君のように、ちょっと見には、それはそれは見どころがあったものだが……〉と、何ごとにつけても、ただあの八の宮の血縁に連なる姫君たちを思い出すのであった。

なぜとも知れず、悲しい契りばかりであったことを、つくづくと思い出しては、思いに

沈んでいる夕暮れに、蜻蛉《かげろう》が、いかにも儚げに飛び交《か》うのを見て、

「ありと見て手にはとられず見ればまた
　ゆくへもしらず消えし蜻蛉《かげろふ》
　ここにいる、と思っても手に捕らえることはできず、じっと見ていると、
いつの間にかどこへ行ったか分からぬように消えてしまう蜻蛉よ
生きているんだろうか、死んでしまったのだろうか」

と、薫はまた、いつものようにひとりごちたとか……。

手習《てならい》

薫二十七歳の三月から二十八歳の夏まで

横川の僧都の母尼君、初瀬詣で

その頃、比叡山の横川《よかわ》に、なにがし僧都《そうず》とかいう、たいそう高徳の僧が住んでいた。僧都には、八十余歳の母と五十歳ほどの妹があった。この老母は、昔、願《がん》を掛けて祈ったことがあったのだが、その願いが叶ったことへのお礼参りをしようというので、二人して初瀬《はつせ》の観音へ詣《もう》でたのであった。道中の世話のため、僧都が親昵《しんじつ》し信頼もしている弟子の阿闍梨《あじやり》を随行させ、なお仏像や経巻を寺に奉納する儀礼を執行《しゆぎよう》しもした。かれこれ懇《ねんご》ろに供養を終えて帰京の途次、奈良坂《ならざか》という山を越えるあたりから、この母の尼君は、俄かに具合が悪くなった。

「このままでは、なんとして残りの道中を無事京までご帰着なされましょうぞ」

と大騒ぎになり、幸い宇治のあたりに旧知の人の家があったので、そこにまずは足を留《とど》めて、少なくとも今日だけは休ませようということになった。

けれども、やはりひどく苦しそうにしているので、横川の僧都に急報したのであった。

僧都、宇治に急行す

僧都は籠山《ろうざん》修行の志《こころざし》深く、今年はなにがあっても山を降りまいと思っていたけれど、もはや先は長くなさそうな親が、万一道中で亡くなりなどしたら……と驚き案じて、急いで宇治まで下向してきた。

もとより、もはや命を惜しむべきでもないほどの母尼君の年齢ではあったが、僧都自身も、また弟子たちの中でも霊験《れいげん》著しい者たちにも加勢させて、一心不乱に加持祈禱《かじきとう》しているのを、その家の主が聞いて、

「当家では、ただいま吉野の御岳《みたけ》参詣のための精進《しょうじん》を致しておりますのですがな、そこにひどくお歳を召した人が、重く病み伏しておられるのは……さてな、どうしたものであろう」

と、いかにも心配げな様子で、苦情のようなことを申し入れてくる。これで万が一のことがあれば、せっかくの精進が死の穢《けが》れで台無しになるわけだから、僧都は、この主人がいかにも気の毒に思う。またそこはたいそう狭苦しく薄汚いこともあり、かたがた病状も

そこそこ落ち着いてきたので、そろそろ京のほうへ連れ帰ったほうがいいのだが、生憎《あいにく》と北の方角はその時、中神《なかがみ》が方角塞《ふさ》がりになっていて、尼君たちが普段住んでいる比叡山のほうへ直接帰ることは忌むべきところであった。しかし、〈あ、そうじゃ、故朱雀院の御《ご》領《りょう》に宇治の院という所が、たしかこのあたりじゃぞ〉と僧都は思い出した。しかもその院の預かり役人を、僧都は知っていたので、「一日二日《いちにちふつか》宿を借りたい」という旨、使いを以て言い遣った。すると、

「当院の皆さまは、昨日挙《こぞ》って初瀬のほうへお参りに行ってしまいまして」

という返事で、ただ一人留守番を仰せつかっていた、素性《すじょう》の知れぬ老翁《ろうおう》を呼んで連れてきた。質《ただ》してみると、老人は、

「もしおいでになりますなら、すぐに……。ちょうど院の寝殿が、なにも使《つこ》うておりませぬでな、そこへお宿りになったらようござりましょう。いや、物詣《ものもう》での人たちは、しょっちゅうそこにお泊まりになりますから」

と言う。

「おお、さようか。それは都合がよいようだな。お上《かみ》の御領ではあるが、誰もいないとあれば、いっそ気が楽だ」

僧都はそう言って、すぐに様子を見に人を遣わした。この老人は、常々、こんなふうに宿を借りる人を世話し馴れていたので、ともあれまずはそこそこのしつらいなどして、使者は戻ってきた。

宇治の院に怪しい若い女あり

まず最初に僧都が引き移った。

〈なんとまあ、ひどく荒れて、恐ろしげな所よな〉

と僧都は見て、

「大徳《だいとこ》たち、まずは経を読め」

と弟子僧たちに命ずる。

この初瀬に随行した阿闍梨と、同じような弟子僧が、ふと何かに目を留めた。……さて、なにかおかしなことがあるのであろうか……そこで、いかにも先払いにふさわしいような下っ端の法師に松明《たいまつ》を灯《とも》させて、誰も人の寄りつかぬ建物の背後のほうへ踏み入って行った。やがて、鬱蒼《うつそう》たる森かと見えるあたりの木の下を、〈なんと薄気味の悪いところじゃ〉と思いながら、よくよく覗き込んでみると、なにやら白いものがふわりと広がっているのが目に入った。

「あれはなんじゃ」

と、立ち止まって、火を明るくしてよく見ると、なにかものが蹲《うずくま》っているらしい姿と見えた。

「おおかた狐の変化《へんげ》したのでもあろう、憎いやつめ、正体を暴《あば》いてやろう」

と言いつつ、一人がもう少し近くに歩み寄る。今一人は、

「おいおい、そんなことはやめておけ。良からぬ妖怪のたぐいかもしれぬ」

と言って、それでも、さような変化の物を退散させるべき印《いん》を結びつつ、じっと睨《にら》みつけている。もしこの法師たちに髪の毛があったら、おそろしさに総毛立《そうけだ》ちもしようかというほどの心地がするのであったが、この火を灯している弟子僧が、恐れる気色《けしき》もなく、いっこうに平気な様子で近寄っていって、その様を仔細《しさい》に見ると、髪が長く艶々《つやつや》としていて、大きな木の根かたの、ひどくごつごつとしたところに寄り掛かって座った女人が、さめざめと泣いている……。

「これは珍しいことでござるな。ここはやはり僧都の御坊《ごぼう》にお出ましを願ってご覧いただ

る。


「こうぞや」

阿闍梨がそう言うと、

「まったく、不可思議千万のことでござる」

と言って、もう一人のほうが僧都の許《もと》へ走り、かくかくしかじかのことが……と報告する。

「なんと、狐が人に変化《へんげ》するなど、昔から話に聞いたことはあるが、未だ見たことがないぞ」

と言い言い、僧都はわざわざ下りてきた。

これからあの尼君がこちらへ移ってくるということで、下仕《しもづか》えの衆のなかで、役に立つ者どもは皆、それぞれの役目に従って調理場などに入ると、必要な仕事に追われている。とかく不如意《ふにょい》の旅先では、こうした支度をしなくてはならぬことゆえ、多くは各自の役割に掛かり切っていて、寝殿のあたりはすっかり人気《ひとけ》もなくがらんとしている。そこで、ただ四、五人ばかりの人数で、件《くだん》の木の下に座っているものを見るに、どこといって怪しげなところもない。しかし、なんでまたそんなところに若い女が泣いているのか不思議でならず、ずいぶん長いこと呆然として眺めているばかりであった。

〈こういうときは、一刻も早く夜が明け果ててほしいものだが……そしたら、あれが人か、何か、はっきり見顕《みあら》わしてやろうものを〉とただ心の内に、しかるべき真言《しんごん》を唱え、手には印を結びつつ様子を見ているうちに、僧都の胸中に、ふと明確に領得《りょうとく》するところがあったのであろうか、

「これは人じゃ。さらさら異常な妖怪変化といったものではない。だから怖がらずに近寄って問うがよい。どうやら亡くなった人ではないようにみえる。もしや、死んだ人を捨てたのが、蘇《よみがえ》ったものでもあろうか」

と、そう言う。

「どうして、さような死人を、この院のうちに捨てるようなことがございましょう。たとえほんとうに人であろうとも、狐とか木霊《こだま》とかいったたぐいのものが誑《たぶら》かしてここへ連れてきたものに相違ございますまい」

「これはまことに不都合千万なことでございますな。万一にも死の穢れなどのあるかもしれぬ所のようでございます」

弟子僧どもはそんなことを言い交わしつつ、さきほどの留守番の老人を呼んだ。すると、その呼び声に山彦が答えるのも、たいそう恐ろしい。

呼ばれた老人は、押《お》っ取《と》り刀《がたな》でやってきたとおぼしく、服装もだらしなく、烏帽子も阿《あ》弥《み》陀《だ》に被《かぶ》ってやって来た。

「ここには、若い女など、住んでおるのか。ほれ、このようなことがあるが……」

僧はそう言って、老人に件《くだん》の女を見せる。

「やや、これはてっきり狐が悪さをするのでございます。この木のもとでは、ときどきさような怪しい仕業《しわざ》をいたしますでな。一昨年《おととし》の秋も、当院にお仕えしております人の子どもで、二歳ほどになります子をかどわかして、ここまで連れてまいりましたが、いや、さようなことを見ても誰も驚くものはござりませなんだ」

老人はそんなことを言った。

「で、その子は死にでもいたしたか」

と、僧が質すと、

「いいえ、生きております。とかく狐は、さような悪さをして人を怖がらせることはございますが、ま、大したことはない奴でございます」

と言う様子は、まことに慣れっこになっているという感じであった。この老人は、おおかた腹でも減らして、あちらの調理場で深夜の食事を用意しているほうに、すっかり気を取られているのでもあろう。

僧都は、

「それならば、さようのものの所業であるかどうか、なおよく見よ」

と言って、あの物怖《お》じしない法師を近寄らせてみる。

「そのほうは、鬼か神か、さもなくば狐か木霊《こだま》か。ここにこれほど天下《てんが》に隠れもない霊験《れいげん》あらたかな高僧がおわしますからには、どうでも正体を隠すことなど出来申さぬはず。さあ、名乗りなされ、名乗りなされ」

と言いざま、衣《きぬ》を摑《つか》んで引っ張る。すると女は顔を衣のなかに引き入れて、ますます激しく泣く。

「さあさあ、なんとまあ根性の悪い木霊の鬼じゃ、そんなことをしても、決して隠れおおせるものではないぞ」

僧は、そう言いながら、顔を見ようとすると、昔物語などにあった目も鼻もないという女鬼《めおに》なんぞでもあろうかと、いささか気味が悪くなる。けれども、頼み甲斐のある剛毅《ごうき》なところを人に見せようと思って、その衣を無理にも引き脱がせようとすると、ただただうつ臥《ぶ》しておいおいと号泣《ごうきゅう》するばかりであった。

「何にもせよ、これほど奇怪なことは、そうそう世の中にあるものでない」

とばかり、その正体を見抜いてやろうと手間取っているうちに、雨がひどく降ってきそうな気配となった。

「このまま放置すれば、おそらく死んでしまうことでございましょう。院内で死なれては憚《はばか》りがございますゆえ、築地塀《ついじべい》の向こうへ放り出してしまいましょう」

弟子の僧がそう言うと、僧都は、押しとどめ、

「いや、見ればまことの人の形だ。その、いまだ命も絶えぬものを見す見す捨てるということは、とんでもないことじゃ。池に泳ぐ魚《うお》にせよ、山に鳴く鹿にせよ、人に捕らえられて死にそうになっているのを見て、助けないでいるのは、まことに悲しいことであろう。いずれ人の命などは長くはなかろうというものながら、その残りの命、たとえ一日でも二日でも大切にしなくてはなるまいぞ。鬼にもせよ神にもせよ、さようなものに魂《たましい》を取られたか、あるいは人に逐《お》われ、または悪人に騙《だま》されなどして、これこうして横死《おうし》をする運命の者なのではあろうけれど、いや、それも必ずや仏はお救いくださるはずのところじゃ。なお試みに、しばし薬湯《やくとう》を飲ませなどして、助けるべく力を尽くすがよい。それでもつい

に死んでしまうならば、それはなんとも致しかたあるまい」

と、こう言って、この弟子の僧に命じ、抱きかかえて邸内に運び入れさせる。これには、弟子の僧どものうちに、

「まことにあるまじきことじゃ。重く患っておられる尼君のお側《そば》あたりに、このように良からぬものを取り入れて、これでは死の穢れに触れることが、かならず出来《しゅったい》するであろうに……」

と非難する者もある。また、

「なにか妖怪などの変化《へんげ》したものであるにせよ、こうして目《ま》の当たりに生きている人を、こんな雨に打たせて死なせるのは、そりゃ、あまりにひどい仕打ちではないか」

と僧都を弁護する者もあるなど、みな心々《こころごころ》に言う。下々《しもじも》の者どもは、とかくこうしたことについて、あれこれかしましく大仰《おおぎょう》に言い立てるものであるから、件《くだん》の女は、さような人の目に付かぬよう人気のない物陰に寝かせたのであった。

尼君到着、妹尼は女を介抱す

やがて母尼君が到着する。車を寝殿に寄せて下りようとして、尼君がひどく苦しがるというので、みな大騒ぎをする。ややあって、少し小康を得て、僧都が、

「例のあの人は、どうなったかね」

と尋ねた。弟子僧が答える。

「は、ぐったりとして口もききませぬ。息もいたしませぬ。なにか、変化のものに魂《たましい》を取られた人でございましょう」

こう言うのを聞いて、妹の尼が、

「それは、何ごとです」

と尋ねる。

「しかじかのことがございました。いやはや、齢六十《よわいむそじ》を越えて、世にも珍しいものを見たことでございます」

僧都がこんなことを言うのを聞くやすぐに、妹尼が、

「わたくしが初瀬のお寺で見た夢がございます。それはいったい、どんな人ですか。まずはその様子を見ましょう」

と泣きながら言うのであった。

「すぐこの東の引き戸のところにおります。さっそくご覧なさいませ」

僧都がこう勧めると、妹尼は急いで行って見た。すると、そこに誰も寄りつかずに放置してあるのであった。

たいそう若くてかわいらしげな女、しかも白い綾織りの衣一襲《きぬひとかさね》に、表着《うわぎ》などは着ず、ただ紅《くれない》の袴《はかま》だけを着けている。焚《た》きしめてある香《こう》は、たいそう芳《こうば》しくて、その貴《あて》やかなる様子は限りもなかった。

「ああ、これはわたくしが恋い慕い悲しんでいる亡き娘が、帰っておいでになったものと見ゆる」

妹尼は、こんなことを言うと、泣きながら年配の女房たちを出して、抱き入れさせた。この人の発見の経緯をなにも知らぬ人たちは、すこしも恐ろしがることなく、すぐに抱き入れた。

見れば、まるで生きている感じもないのだが、ただ、目をかすかに開けて見上げている

ので、妹尼は、

「なにかものをおっしゃいませ。どういう人が、こんなふうにここにおいでなのですか」

と尋ねるけれど、女はなにも分からない様子である。そこで妹尼が、薬湯を取って、手ずから匙《さじ》で掬《すく》って口に入れなどするのだが、ひたすら弱りに弱っていって、もはや息も絶えようかという按配であった。妹尼は、

「ああ、これはなまじっかなことをして……、困ったことになった」

と言って、まずは、

「この人はこのままでは死んでしまいます。どうか加持祈禱をなさってください」

と霊験ある阿闍梨に頼む。阿闍梨は、

「だから、言わぬこっちゃない。わけのわからぬものの世話を焼かれるから……」

と口には言いながら、神の御加護を祈るとて、般若心経《はんにゃしんぎょう》などを読誦《どくじゅ》してから、祈り立てる。

僧都も、つと顔を覗かせて、

「さて、どんな按配かの。なにの仕業かを、よくよく祈り伏せて糾明《きゅうめい》するのじゃ」

と言うけれど、女は、ますます弱ってきて、まさに息も絶え絶えになるようであった。

「これは、とうてい生きてはおるまいぞ」

「そうとも、考えもなしに、かかる穢れに触れて、かようなところに籠《こも》って面倒な思いをしなくてはならぬことじゃ」

「……と申して、これはやはり、それなりにたいそう貴《たっと》い身分の人のように見受け申すぞや。これでたとえ死んでしもうたとしても、そのまま亡骸《なきがら》をお捨てになるというわけにもまいるまいて。なんとも見るに見かねるようなことになった」

などなど、人々は口々に言い交わした。

「お黙りなされ。人に聞かれぬようにせねばならぬ。万一にもことが漏れれば面倒なことになります」

妹尼は、一同に口固めをしつつ、母の尼君の病気のことよりも、この人の一命を取り留めて亡き娘の代わりに世話をしてやりたいと、ひたすらにその命を惜しんでは、ひしと付き添って看病をしているのであった。

見れば、まったく見も知らぬ人ではあるが、その見目形《みめかたち》のこの上もなく美しいこと、どうでもこのまま空しくはさせまいと、その場にありとあらゆる人を総動員して、一生懸命看護に手を尽くしたのであった。

すると、さすがにときどき目を開けてあたりを見上げたりしては、涙が尽きせず流れる。

「ああ、ああ、やりきれぬこと……。どうしても悲しく思う人の代わりに、そなたは仏様がここへお導き下さったのだと、わたくしは思い申しておりまするに……もしこのまま空しくなってしまわれたら、なまじっか、お助けした分だけ、却って辛い思いをしなくてはなりませぬ。きっとこうなるべき前世からの因縁があって、こうしてお目にかかったのでございましょう。ですから、ね、なにかものを仰有《おっしゃ》ってくださいませ」

妹尼はくどき続けるけれど、女は、

「こうして生き返ったとしましても、もとより賤しき身にて、生きていてもなんの用もない人間でございます。人に見られぬように、どうぞ夜のうちにこの川に、落とし入れてしまってくださいませ」

と、虫の息ながらに言う。

「なんと、たまさかものを仰有るのを嬉しいと思うていれば、まあまあ、とんでもないことを……。なぜにそのようなことを仰せになりますぞや。また、いかなるわけがあって、あのような所におわしましたのか」

妹尼は、こう尋ねるけれど、女は、そのまま口を噤《つぐ》んでなにも言わなくなってしまった。

体に、もしや疵《きず》でもありはすまいかと調べてみるけれど、どこといって問題になるようなところもなく、ただかわいらしいばかりなので、尼は驚くやら悲しいやらで、〈これは、まことに人の心を惑わそうというので、現われ出でた変化のものではなかろうか〉とまで疑うのであった。

二日ばかり籠っていて、母尼君のため、また件《くだん》の女のため、二人の人を祈り加持祈禱する声が絶えず、院のうちの人々はみな、なんだか訳の分からないことになったと思うては、心も穏やかならぬ。

さて、宇治の里あたりの下人《しもびと》どものなかで、僧都にかつて仕えていた者たちが、「僧都さまがこのあたりにお出でになっているそうだ」と聞いて、さっそく挨拶をしにやってくる。そうして、その者たちがなにかと世間話をするのを聞けば、

「故八の宮の御娘《おんむすめ》で、右大将殿がお通いになっていた御方が、別段なんのご病気というの

でもなしに、突如としてお亡くなりになったというので、上を下への大騒ぎでございます。その御葬送に際して、くさぐさのことをお務め致しておりましたために、昨日はご挨拶に参上することができませんでした」

と言う。これを聞いて、僧都は、〈さても、そういう人の魂を、鬼が取って持って来たのでもあろうか……〉と思う。それにつけても、今こうして目の当たりに美しい女の姿をしかと見ていながら、どうしても現実にあるべきこととも思えない。されば、〈この人の命は、まさに風前《ふうぜん》の灯《ともしび》のように頼りなく、恐ろしいことじゃ〉と思うのであった。

邸内の尼たちが、

「そういえば、昨夜、ここから望見《ぼうけん》された火……、あれはどうしても荼毘《だび》の火のようにも見えないほど、あっけなかったけれど……」

と言うと、その下人は、

「それは、ご葬儀をとくに簡素にして、盛大にはされなかったせいでございます」

と言う。

しかし、いずれにしても、それならば死の穢れに触れた者だというので、邸内には上げず、庭先に立ったまま追い返した。

さて、こんなことを下人が言うのを聞いても、尼たちには誰のこととも知れぬ。

「右大将殿は、八の宮の大君さまのところへお通いであったが、それも亡くなられて何年にもなるものを……。いったいその姫君とは誰のことを言うのであろう」

「それに、大将殿は二の宮さまというれっきとしたご正室がおいでじゃほどに、そちらを差し置いて、よもや他の人に心を移されたということもおわすまいが……」

など語り合う。

母尼君の小康を得て小野の邸へ帰還

ようやく母尼君の具合もいくらか良くなった。また、塞がっていた方角も明《あ》いたので、このように気味の悪いところに長居は無用とばかり帰京することになった。

「この人は、まだずいぶん弱々しいが……」

「これでは道中のほども、どんな按配であろう」

「まことに、気遣わしいこと」

など尼たちは言い交わしている。

車は二輛、そのうちの一輛、母尼君の乗っているほうには、近侍する尼が二人陪乗《ばいじょう》し、もう一輛、妹尼の料車には、この重病の人を寝かせて、傍らにもう一人付添いに乗ってゆくが、その道中もなかなか行き泥《なず》みつつ、しばしば車を停めては薬湯《やくとう》など参らせる。比叡山の坂本のあたり、小野《おの》という所に尼君たちは住んでいた。そこに辿り着くまで、ずいぶん遠く感じられる。そこで、

「こんなことなら、途中に中宿りを設けておくべきであった」

など言いながら、夜更けてやっと小野に着いた。

僧都は老母の介護に当たり、娘の尼君は、この知らぬ人を慈《いつく》しみいたわりつつ、みな抱き下ろしては休む。老尼のほうは、歳も歳ゆえ、つねづね具合の悪いところへ、こたびはまた、辛いと思い思いしての遠道《とおみち》とあって、その疲れでしばらくは患《わずら》いついていたけれど、次第に持ち直してきたゆえ、それを見届けて僧都は横川へ帰山していった。

このような若い女を連れて帰ってきたとあっては、もとより僧侶の行状としては褒められたことではないので、宇治でのいきさつを見ていない僧たちには何も語らぬ。妹尼君も、皆に口固めをさせつつ、〈もしや、誰ぞ、この人を尋ねて来る人でもありはせぬか〉

と思うについても気が気でない。

〈それにしても、どういうわけで、あのような田舎人の住むあたりに、こんな美しい人が落ちぶれ彷徨《さまよ》っていたのであろう。……おおかた物詣《ものもう》でなどに出かけた人が、途中で具合が悪くなったのを、継母《ままはは》などのような人が、騙《だま》して捨て置いたのでもあろうか……〉などと妹尼は想像してみるのであった。それにしても、「川に流してください」と言った、あの一言よりほかには、何一つ物を言わないので、妹尼はひどく気掛かりに思って、〈いつかはきっと、普通の体に戻してやりたい〉と思うのだが、女はただぼーっとして起き上がる時とてなく、いったいなにがどうなっているのか分からぬ様子で過ごしている。これには、〈とどのつまり、生きてはいられない人なのであろうか……〉と尼は思いながら、さりとて構わず放っておくのもかわいそうでしかたない。そうして、初瀬寺参籠中《はせでらさんろうちゅう》に見た不思議の夢の話なども打ちあけ、最初からずっと祈らせていた阿闍梨にも、そっと護摩《ごま》に芥子《けし》を焼《た》かせなどするのであった。

女の病状好転せず、祈りのため僧都下山

こうして引き続き看護につくすうちに、はや四月《うづき》、五月《さつき》も過ぎた。

妹尼は、なんだかとても悲観的になり、こんなことをしていてもなんの甲斐もないという思いに打ち拉《ひし》がれて、僧都のもとへ手紙を書いた。

「どうぞ今一度お山を下りてくださいませ。そして、この人をお助けくださいませ。こんな状態ながらなお今日まで長らえておりますのは、もともと死ぬはずもなかった人ですのに、深く取り憑《つ》いてこの人を支配している何者かが、しつこく去らずにいると見えます。どうか兄上さま、お願いでございます。これで京洛《けいらく》の巷《ちまた》までお出《で》になるのならともかく、同じ比叡の山裾の小野まででございましたら、お差し支えもなきことと存じます」

など、胸一つに納め切れぬ思いを染め染めと書いて僧都のもとへ書き送ると、僧都はこれを読んで〈うーむ、まことに理解に苦しむことよ、これまでこうして長らえている人の命を、あのときすぐにうち捨ててしまったとしたら……。しかるべき前世からの因縁があったればこそ、ほかならぬ私が見つけたものであろう。こうなれば、なんとしても最後ま

で助けてみようぞ……そう思って努力してもなお取り留めることができぬのなら、それはこの世における定命《じょうみょう》が尽きてしまったな、と思うことにしよう〉と決心して、山を降りてきた。

妹尼は、喜び拝して、このひと月ふた月のありさまを語る。

「このように長患いをする人は、とかく見苦しいところが自然と出てくるものながら、不思議なことに、少しも衰えることなく、たいそう清らかに美しげなるまま、なんの見苦しいところもなく過ごしておられます。それで、もうこれっきりかと見えながらも、こんなふうに生き長らえているわけなのでございました」

など、それはもうねんごろに泣く泣く訴えると、僧都は、

「見つけたときから、まったく世にも珍しい、この人のご様子であったな……では、どれどれ」

と、女の臥せっている部屋を覗き込んで、じっと見る。

「なるほど、たいそう眉目《びもく》秀麗なるご容貌じゃな。前世の善功《ぜんこう》の応報《おうほう》によってこそ、これほどの顔形にお生まれつきになられたものであろう。それが、なんの掛け違いによって、

かようなひどい目にお遭《あ》いになったのであろう。もしや、そういうことかと思い当たるような噂など耳にしなかったかな」

僧都は、そう尋ねる。

「そのようなことは、さらに聞こえてまいりませぬ。いえいえ、あの人は、初瀬の観音様から賜《たまわ》った人でございます」

妹尼がそう言うと、

「なんの、そもそも万物《ばんぶつ》は縁《えにし》に従ってこそ、仏もお導きあそばすというものじゃ。縁《えん》もゆかりもないものを、なにとて仏より賜るものか」

などと言いながら、なんとしても納得できかねる表情で、加持祈禱にとりかかった。

〈さりながら、兄僧都は、朝廷《おおやけ》のお召しにも従わず、深く比叡山の奥に籠っておられたものを、お出《で》になって、わけもなくこんな行きずりのような人のために加持祈禱など大騒ぎをなさっておいでだ、などと世の噂に聞こえたりすれば、それはまことに外聞も悪しきことになろうぞ〉と、妹尼は思い、また弟子の僧たちもそう言い言いして、このことが人の耳に入らぬように隠す。

僧都は、

「いやいやなんの、大徳《だいとこ》たちよ、我は破戒無慚《はかいむざん》の法師ゆえ、宗門《しゅうもん》の戒律さまざま多きが中に、すでに破ってしまった戒は多いことであろうが、ただ、女に関係したことばかりは、いまだかつて人の謗《そし》りを受けるようなことなく、なんらの過ちを犯したこともない。齢《よわい》六十《むそじ》に余り、今さらに人の批判を受けることあらば、すなわちそうなるべき前世からの因縁があったのであろう」

と言う。弟子が、

「ろくでもない連中が、物事を敢て不都合な按配に言いなして触れ回りますようなことになりますと、仏法の疵《きず》ともなりますことでございます」

と、心中 快《こころよ》からず思って諫《いさ》める。

僧都はしかし、

「もしこの加持祈禱になんの功験《こうげん》も見えぬときは、かくかくしかじか……」

と、もはや再び祈禱の壇《だん》に登るまいとか、容易ならぬことを誓言《せいごん》に立てて、決死の面持ちでその夜《よ》一夜《ひとよ》、ひたすらに心を砕いて祈り上げるのであった。

するとその暁……、女に祟《たた》っている悪霊を追い出して一人の憑りまし女に乗り移らせ、

「そもいったい、どのような物の怪《もののけ》が、このように人を惑わしているのであるかっ」

と、その祟っている経緯だけでも言わせたいと思い、弟子の阿闍梨も諸共《もろとも》に、とりどりに加持し責め立てる。この勢いに、ここ何か月も正体を見せなかった物の怪が、ついに調伏《ちようぶく》せられて口を開いた。

「わしは、ここまで参り来たって、かく祈り伏せられ申すような身の上でもないぞ。昔は、しかるべく修行を積んだ法師じゃが、この世にいささかの恨みを残して死に、ために成仏なりがたく、娑婆《しやば》に漂い巡っておるあいだに、良い女のたくさん住んでおられる所に住みついて、その内の一人は取り殺してやったが、この人は、みずから世をお恨みになって自分はなんとしても死にたい、ということを、夜も昼も仰せになっておったのを手づるとして、たいそう暗い夜に、独りでおられたところを我が手に取ったのじゃ。されどな、観音が、あれこれさまざまにお守りになっておられるゆえ、ついにはこれなる僧都に負け申したのじゃ。今はもう退散申すことにしようぞ」

と、喚《わめ》き立てる。

「そう言うそなたは何者ぞ」

僧都がそう糾問《きゆうもん》すると、この怨霊《おんりよう》を憑依《ひようい》させている女があまりしっかりした人でもなかったせいか、はかばかしくもその名を言わぬ。

浮舟、記憶を取り戻す

こうして一命を取り留めた浮舟本人は、すっかり気分が良くなって、いくらか意識もはっきりし、あたりをきょろきょろと見回している。すると、取り囲んでいる人々のなかに、誰一人知った顔もなく、皆、老いた法師、腰が曲がって老いさらばえたような者どもばかり多かったので、まるで知らぬ国にでも来てしまったような心地がして、たいそう悲しくなった。

以前のことをなんとかして思い出そうとするけれど、かつて住んでいた所も、自分はいったいなんという名であったのかということすら、たしかにははかばかしくも覚えがない。ただ、辛《かろ》うじて思い出したことは、自分はもうこれが限りと思って川に身を投げた人間だが……なのに、いまどこに来てしまったのであろう……と無理に思い出してみると、しだいに記憶が蘇ってくる。

〈あの夜……とても悲しくって、物を思い嘆いて……皆が寝静まってしまってから、開き戸を開けて、外に出てみると……風が激しく吹いていて……川波も轟々《ごうごう》と荒く聞こえていた……。たった一人で、ものすごく恐ろしかったので……もう今までのことも、これからのことも、なにもかも忘れて、簀子《すのこ》の端に足をぶらぶらさせたまま……さあ、どうしよう……どっちへ行ったらいいだろう……これで戻って部屋に入ったとしても、それも中途半端だし……心を強くもって、もうこの世から消えてしまおうと思い立ったものを、こんなにうろうろして馬鹿みたいに人に見つけられてしまうよりは……えい、もういっそ鬼でも何でもいいから、私を食い殺して……と言いながら、つくづくと思い詰めて座っていた……そしたら、とても美しげな男が寄ってきて、『さあ、いらっしゃい、僕のもとへ』といって抱きかかえられたような気がしたが……きっと宮と申し上げた人が来てくださったんだと思った途端に、なにも分からなくなってしまったみたい。でも、まったく見知らぬところに私を座らせて、この男はどこかへ消えてしまった……と見たけれど……それきりとうとう身投げをしようと思っていたことも、果たさぬままになってしまった……と思ってただただ泣いていた……そんなふうに思っていたほどに、そのあとのことは、まったくどうなったのか、なにも覚えていない。でも、この人たちの言うことを聞くと、ずいぶん多くの日《ひ》数《かず》も経ってしまっている。そのあいだ、どんなにみじめなところを、見も知らぬ人の世話を受けて、見られてしまったことだろう〉と、ひたすら恥ずかしい思いに打たれる。そして、〈そんなふうにして、最後には生き返ったのか〉と思うにつけても口惜しいので、なにもかも辛い気持ちになった。却って重く患いついていた日々には、朦朧《もうろう》とした状態でありながら多少は食事など食べる折もあったに、なまじっか正気に戻った今は、心痛のあまりほんの少しばかりの薬湯すら口にしない。

浮舟、正気に戻って出家を願う

「さてさて、いったいどうしたわけで、こんなに弱々しいばかりの様子でおわすのやら。もう長いことお熱がおありでしたが、いまはもうそれも冷《さ》めなすって、すっかりご気分もよさそうに拝見いたしますゆえ、うれしく存じておりますものを……」

妹尼はこう言って、泣く泣く、油断なく付き添って看護に明け暮れている。そこに仕えている人々も、このまま万が一のことなどあったら、いたく惜しまれるほどに美しい容貌を見ては、せいぜい心を尽くして大事に大事に介抱しているのであった。

それでも浮舟の心中には、なおなんとかして死にたいと、ずっと思い続けているのではあったが、あれほど重篤な状態でありながら生きて留《とど》まったほどの命ゆえ、それはたいそう粘り強くて、次第に元気になっていく。そして、やっと床《とこ》から頭があがるほどに回復して、食事なども食べられるようになってくると、むくんでいたような顔もすっきりとして、却って面痩《おもや》せしてゆく。

妹尼は、このうえは一日も早く元気になってと、嬉しく思っていると、

「どうぞ尼にしてくださいませ。そうなってはじめて、生きていく術《すべ》もあるように思います……」

と浮舟は言う。

「尼にしてしまうにはおいたわしいほどのご縹緻《きりよう》ですのに、どうしてそんなことをして差し上げられましょう」

妹尼は、こう言って、正式の尼削《あまそ》ぎにはせず、ただ形ばかり頭頂部の髪を少々削いで、略式に五戒だけを授けた。

浮舟の気持ちとしては、これではなんだか頼りない感じがしたけれど、もともとどこかぼんやりしている心柄ゆえ、そのことをはきはきと口に出しても言わない。

僧都は、

「今は、このくらいにしておこう。せいぜい労《いたわ》って病を治してさしあげなされよ」

と妹らに言い置いて、横川へ帰って行った。


〈ほんに、夢のお告げに見たような人を、こうしてお世話するようになったものだわ〉と妹尼は喜んで、無理に床《とこ》の上に身を起こさせ、御髪《みぐし》を手ずから梳《くしけず》る。すると、あんなに呆れるほど無造作に引き結んで枕辺《まくらべ》にうっちゃってあった髪が、ほどいてみればさほど乱れてもいない。そしてすっかり梳《す》き終わってみると、艶々《つやつや》としてたいそう清らかな髪であった。「百年《ももとせ》に一年《ひととせ》足らぬつくも髪われを恋ふらしおもかげに見ゆ（百歳に一歳足りないほど老いさらばえた老女が私を恋い慕っているらしい、なにやら面影に見えるぞ）」という古歌に歌われたような白髪の老女ばかり多くいるところとあって、浮舟の美しい黒髪は目も眩《くら》むばかり、すばらしい天女が天降《あまくだ》ってきたのを見たときのような心地がして、もしやいずれは昇天でもしてしまわぬかと、危うい思いさえするのだったが、妹尼は、

「なぜに、こうもやりきれないような、お心隔てをなさいますのか……わたくしどもは、こんなにも心底《しんそこ》からご案じ申し上げておりますのに。さてさて、どこのどなたと申し上げたお方が、あのような所に、またどんなわけがあっておられましたのか」

といっこうに打ち解けてくれない浮舟に強く問いかける。しかし、そう言われても、ただ恥ずかしいばかりだと思って、

「わけがわからなくなっておりますうちに、皆忘れてしまったのでございましょうか。以前はどうしていたのかなども、さらさら覚えておりませぬ。ただ、ちらっと思い出すこととしては、なんとしてもこの世には生きていまいと思いつつ、毎日夕暮れが来ると、端近《はしぢか》なところに座ってぼんやりと物を思っておりましたところ……すぐ目の前に大きな木がありましたが、その木の下から、人が出てきて、わたくしをどこかへ連れて行くような心地がいたしました。……それ以外のことは、我ながら、自分が誰であるのかも思い出せぬのでございます」

と、たいそう可憐《かれん》なふぜいに言いなして、なお、

「世の中にまだ生きていたのかと、どうしても人に知られとうない。ここにこうして生きていることを聞き付ける人がもしあったら、それこそ一大事です」

と泣き崩れる。これでは、それ以上強いて問うのも心苦しく思って、妹尼はもはや問い質《ただ》すこともできぬ。あのかぐや姫を見つけたとやらいう竹取《たけとり》の翁《おきな》よりも、なお珍しいものを見つけたような気がして、もしやちょっと目を離した隙《すき》にでも消えてしまいはしないか

と、妹尼はおちおちしていられない思いがするのであった。

この家の主《あるじ》母尼君も身分の高貴な人であった。娘の尼君は、上達部《かんだちめ》の北の方に納まっていたのであるが、その夫が亡くなってしまっての後、娘ただ一人を頗《すこぶ》る大事に思って育て上げ、やがて良い貴公子を婿にして諸共《もろとも》に大切に持て扱っていたのだった。しかし、その娘も亡くなってしまうと、やりきれぬ、悲しいと思い詰めて、ついに髪を削ぎ捨てて尼の姿になり、こんな山里に住み始めたというわけなのであった。しかし、いつまで経っても、恋しい思いの変わらない、亡き娘の形見にもなぞらえ得《う》べき人を、せめては見つけたいものだと、かかる所在なき暮らしの心細いこともあって、いつもいつも思い出しては嘆願していたところ、かくも思いがけぬ人を、それも顔形も物腰も亡き娘にまさっているほどの人を得たので、これはとても現実のこととは思われず、なにか不可思議な思いにかられながらも、やはり嬉しく思うのであった。

浮舟の目に映った妹尼君は、もういい歳ではあったけれど、まことに清らかな美しさがあって奥床しく、振舞いのほども貴《あて》やかに見えた。

尼君たちの住む小野の山里の秋の風情

ここは、やはり山里のようだけれど、かつて住んでいた宇治の里よりは、水の音もなごやかに聞こえる。家の造作《ぞうさく》も、由緒ある風情《ふぜい》で、あたりの木立の姿も趣深く、庭の植込みなども面白く造りなしてあるなど、隅々まで趣向を凝らして作ってある。秋になってゆくほどに、空の気配《けはい》もしみじみとして、門前の田の稲を刈るというので、かかる山里に相応《ふさわ》しい鄙《ひな》ぶりの真似ごとをして、邸に仕える若い女どもは稲刈りの歌など歌って興がっている。また、風が鳴子《なるこ》を揺《ゆす》って鳴らす音も趣深い。かかる鄙の風物詩に、かつて見た東路《あずまじ》の常陸《ひたち》あたりのことなども、そこはかとなく思い出されてくる。……この家は、あの夕霧の巻で亡くなった一条御息所《いちじょうのみやすんどころ》の隠棲《いんせい》していた小野の山荘よりは、今少し山奥に入って、山の斜面に寄せ掛けて作ったような家であった。されば所柄、松の蔭も繁《しげ》く、風の音もたいそう心細げに聞こえて、なすこともない日々の無聊《ぶりょう》に、ただ勤行のみしつつ、昼といい夜といい、いつもしんと静まっている。妹の尼君は、月など明るい夜は、古風な琴《きん》の琴《こと》など弾きすさぶ。女房として仕えている少将の尼君という人は、琵琶《びわ》を弾きなどして、合奏に興じることもある。

「こんな音楽などはなさいますか。所在ない日々でございますほどに……」

妹尼は、浮舟にそんなことを尋ねなどする。

浮舟、小野の山里暮らしの孤独

〈昔も、なんだかわけのわからない育ちかたをしてしまって、こんなふうに心のどかに、音楽などということを習い覚えるようなゆとりもなかったから……ちっとも風雅なわざを身に付けることもなく育ってきてしまったな……〉と、今目前に、かように歳長《とした》けた尼君たちが、昔取った杵柄《きねづか》とやらで、良い心遣《こころや》りとして音楽などすると見える折々に接して、浮舟はおのれの哀しい昔を思い出すのであった。〈ああ、思えば呆れるほど取り柄なき暮らしぶりであった……〉と、我ながら口惜しく思って、ほんの手習いばかりに、一首の歌を書きつける。

身を投げし涙の川のはやき瀬を

しがらみかけてたれかとどめし

身を投げた宇治川は、滂沱《ぼうだ》の涙の川のように流れの早い瀬であったに、そこに柵《しがらみ》をかけて、いったい誰が塞《せ》き止めて救ってくれたものでしょう

こんなふうに助けられてしまったことは、思いのほかにやりきれぬことであったので、この先どうなるのかも不安で、我と我が身が疎ましく思えるほどに思い遣られる。月の明るい夜な夜なに、老尼《ろうに》たちは、優艶《ゆうえん》な風情で歌を詠み、昔都で過ごしていたころの栄華を思い出しながら、さまざまの物語などするのであったが、浮舟には、これといって会話に加わるすべもなくて、ただぽつねんと空を眺めている。

われかくて憂き世の中にめぐるとも
たれかは知らむ月の都に

月が空を巡っていくように、私がかくもやりきれない世の中に生きて彷徨《さまよ》っていようとも、そのことを、いったい誰が知ってくれるだろう、あの遥かな月のような都で……

〈今はもうこれが命の限り〉と決心したあの夜のほどは、もう一度会いたいと恋しく思っ

た人も多かったけれど、こうなった現在は、他の人々はそれほど切実に思い出されもせず、ただ、〈……母君は、どんなにか思い惑うておられるだろう……。乳母は、万事につけて、なんとかして私が人並みに幸福な人生を送れるように、躍起《やっき》になっていたけれど……どれほど張り合いのない心地がしていることだろう。今ごろは、あの乳母はどこにいるのであろう……私がこの世に生きているということを、なんとして知ることができようぞ。……それに、これといって同心できる親しい友などもなかったなかで、万事心の隔てなく仲良くして、身近にいつもいてくれた右近などもどうしているだろう……〉と、折々は思い出される。

若い女房が、こんな辺鄙《へんぴ》な山里に、世俗のことを思い切って引き籠るなどということは、とても出来がたいことなので、ここには、ただひどく年老いた尼七、八人だけが、常住仕《じょうじゅうつか》えているのであった。そうして、それらの娘や孫というような者どもで、京で女房勤めをしているのやら、あるいはなにか違ったなりわいを立てているのやら、それらの者たちが、ときどきこの邸に顔を見せにくることがある。こうした若い人々がやってくるにつけて、〈もしや、あれらの者たちが、私の見知っていたあたりに出入りして、そんなところから自然に私の噂が伝わるかもしれぬ。……『なんだ、あの女はまだ生きていたのか』

と、あの方にもこの方にも知られ申すようなことがあったら、ほんとうにひどく恥ずかしいことに違いない。きっと、『どんなみっともない有様でさすらっていたのであろう』などと想像されるだろうし、そしたら、あられもないところへ身を落としていたかのように思われるかもしれない〉などと慮《おもんぱか》って、それらの若い人々には心して姿を見せないのであった。ただ、さような通いの若い人々のなかにも、侍従とこもきという二人だけは、尼君が昔から手回りの侍女として召し使ってきた者たちゆえ信頼して、浮舟の身の回りの世話役に割愛《かつあい》して仕えさせている。が、その容姿といい、心がけといい、昔見た都人たちとは似ても似つかぬことであった。

　されば、なにごとにつけても、かつて母君と「ひたぶるにうれしからまし世の中にあらぬところと思はましかば（とてもとても嬉しく思うことができましょうものを。もしここを辛い世の中から離れた別天地だと思うようにしたならば……）」「憂き世にはあらぬところをもとめても君がさかりを見るよしもがな（こんな辛い俗世ではないところ、どこかすばらしい別天地を捜し求めてでも、あなたの栄えるところを、なんとかして見ることができたらよいのに）」と歌い交わした「世の中にあらぬところ」というのは、まさにここであろうなと、心の片方で、強いてみずからを慰めなどするのであった。

これほどまでに、浮舟が、自分のことを人に知られまいと身を潜《ひそ》めているので、〈これは、きっとほんとうに煩わしい故由《ゆえよし》のあるお人にてもおわすのであろう〉と妹尼は推量して、くわしいことは、身近の人々にもいっさい知らせない。

妹尼の婿であった近衛中将来訪

さて、この妹尼の君の、亡き娘の昔の婿であった人は、今は近衛《このえ》の中将になっている。そうしてその弟の禅師《ぜんじ》の君という人は、横川の僧都のもとに弟子入りしていた。この禅師の君が山籠りをしているのを見舞うために、兄弟の君たちは、しょっちゅうこの山に登ってくるのであった。

京から横川に通う道筋に当たるからというので、中将は、この尼君のもとに立ち寄った。前駆《さきが》けを打ち追わせて、いかにも貴《あて》やかな男が入って来たのを、浮舟は御簾《みす》のうちから見やって、かつて秘かに宇治へ通ってきた薫の様子や風情を、鮮やかに思い出した。ここも宇治と同じように心細い山里で、また所在ない日々だけれど、ずっとこちらに住みついている尼君たちは、どこといって汚げもなく風情豊かに住みなしている。折しも、垣根のあたりに植えた撫子《なでしこ》も美しく、女郎花《おみなえし》、桔梗《ききよう》などもちょうど咲き始めたところへ、色とりどりの狩衣《かりぎぬ》を身に纏《まと》った若い家来どもを大勢引き連れて、中将の君が入来《じゆらい》する。この君も同じ装束に揃えているのを、寝殿の南面《みなみおもて》に招き入れて着座させると、なぜか浮かぬ顔をして外を眺めているのであった。

歳は二十七、八ほどのところで、すっかり大人びた風采《ふうさい》も整い、身分がらの嗜《たしな》みもなくはない風格ある挙措《きよそ》が具《そな》わっている。

妹尼君は、障子口に几帳《きちよう》を立てて対面する。まずはほろほろと泣いて、

「年月《としつき》が積りゆくほどに、過ぎ去った昔が、ますます遠いことのように思われてまいりますものを……こうして中将さまを山里の光として、今もなおお待ち申し上げておりますことにて、かような思いを、一時《いつとき》として忘れることもございませぬのは、我ながら、不思議なことと存じております……」

とこんなことを言うと、中将は、

「わたくしの心のうちにも、ただ悲しく、過ぎ去った昔のことどもを思い出し申さぬ時とてございませせぬ。が、こうして一途《いちず》に俗世を厭離《おんり》してお過ごしらしいご様子を拝しますほ

どに、お目にかかることをご遠慮申し上げておりました。弟禅師の山籠りも羨ましく、常々出向きなどいたしますのですが、同じことならば是非連れていって欲しいなどと同道を願う人々に邪魔立てされるような次第で、ついついお目にかからぬままになっておりました。今日は、さようの同行者はみな断って、わたくしだけでこちらへお邪魔に上がりました」

と言う。

「禅師の君の山籠りが羨ましいなどとは、ほほほ、却って当世流行の物言いの御口真似《おんくちまね》のように拝聴いたします。いえ、それでも、娘生前の昔をお忘れにならぬお心づかいは、ああ、世俗の軽薄な風潮に流されたりなさらないのだなと、疎《おろそ》かならずありがたく思い申し上げる折も多いことでございますけれど……」

妹尼は、そんなふうに軽く戯《たわむ》れたり、褒めたりする。

せめてものもてなしとして、一行の人々に、水漬《みずづ》け飯《めし》などというようなものを食わせ、中将にも蓮《はす》の実のような果物《くだもの》を供した。もともとここは来馴れたところゆえ、こんなもてなしを受けることも特段に遠慮は無用なことに思ったし、折しも村雨《むらさめ》が降り出したことにも足止めをされて、しばししんみりと物語などしている。尼君にとっては、亡き娘についてはいまさらなにを言っても甲斐のないこと、それよりもこの中将の君の気立てなど、まことに願っていたとおりであったものを、これよりはよその人の婿として強いて思うようにしなくてはならないことがたいそう悲しい。〈……どうして娘は、せめてもの忘れ形見として、子どもの一人も、この世に留めぬままに逝ってしまったのだろう〉と、恋しく思い出す気持ちであったので、たまさかに中将がこうして立ち寄ってくれるにつけても、あの……世にも稀《まれ》なるできごとども……初瀬に詣での夜の夢の告げのことや、そのあと、まるでその夢さながらに浮舟を発見したことなど、もし話したら中将もきっと感慨を以て聞いてくれそうに思われるあれこれを、問わず語りに口にしても不思議はあるまいというほどの思いであったろう。

いっぽう浮舟の姫君も、自分は自分なりに、薫のことや宮のことなど、自然と思い出されてくることも多くて、物思いをしながらぼんやりと外を眺めている様子は、まことにかわいらしい。白い単衣《ひとえ》の、いっそ殺風景なまでにさっぱりとした物を着て、袴も、出家の女人たちが身に着ける檜皮《ひわだ》（赤みがかった焦茶）色のそれに倣ったのでもあろうか、光沢もない生地の黒っぽいものを着けさせている。浮舟は、こんな身拵《みごしら》えなども、かつて馴染んでいたものから見れば、まるで変わり果ててわけのわからぬ風体《ふうてい》だと思う。とはいえ、上品にしんなりとした着物ではなくて、手触りの強《こわ》いざらざらした生地の物を着ているのは、それはそれで却って魅力的な姿でもあった。

近侍する人々は、

「まるで、亡き姫君が、帰ってみえたような気がいたしまして、中将殿をまで、こうして拝見いたしますことゆえ、よろずの思いが胸にぐっときて……」

「さようさよう、同じことなら、あの日々さながらに、中将殿を婿君としてここにお迎え申し上げたいものじゃ。そしたら、ほんとうにお似合いのお二人になられましょうものをなあ」

などと言い交わしている。そんなことを聞くと、浮舟は、〈ああ、なんとひどいことを。かかる俗世にあって、かりにどのようなお方で、どんなにすばらしい殿御であろうとも、また契りを結ぶなどということは……〉と、ふとそんなことを考えるにつけても、あの苦しかった懊悩《おうのう》の日々のことが思い出されるのでもあろう、妹背《いもせ》の仲にまつわる色めいた筋のことは、もうきっぱりと思い切って忘れてしまいたい、と浮舟は思う。

中将、浮舟をちらりと見て心惹かれる

やがて妹尼君は奥の間へ入っていった。後に残された中将は、まだ降りやまぬ雨空を眺めてはぐずぐずとしている。すると、かつて少将と呼んでいた女房、今は少将の尼となっている人の声に聞き覚えがあって、近くに呼び寄せた。

「かつて通《かよ》っていた頃のお邸にお仕えしていて、私も見知っていた人たちは、みなここにおいでなのだろうか、とそう思いながら、なかなか参上することも難しい状況になってしまった。それを、誰も誰もみな、私の薄情さのせいではないかと、さぞ思うておいでであろうな」

中将は、そう言う。あの声を聞き覚えている少将の君という人は、かつて婿として通っていた時分に、なにかと身の回りの世話をしてくれていた人であったから、あの幸せであった昔のことどもを思い出したついでに、ふとこんなことを尋ねてみた。

「あちらの廊の端から入ってきた時にな、風がひどく騒がしくて、吹き上げられた御簾の隙間から、並々の様かたちではあるまいと思われた人の、すらりと美しく垂れた黒髪が見

えたが……、俗世を捨てられた方々ばかりのこなたに、あの人はいったい誰であろうと、見て驚いてしまったのだが……」

〈こんなことを仰有るのは、あの姫君が端近なあたりから奥へ戻っていったときの後ろ姿をご一瞥《いちべつ》なさったのであろう〉と少将の尼は思って、〈あんな後ろ姿だけでも、心惹《ひ》かれておいでなのだもの、まして、もっとよくよく姫君をお見せしたらば、中将の君は、きっとお気に召されるに違いないわ。……亡くなった姫君はあの姫よりずっとご縹緻《きりよう》は劣っておられたにもかかわらず、いまだにあれほど忘れ難く思うておいでなのだもの……〉と独り合点する。

「亡くなられた姫君の御ことを、尼君はいまだに忘れがたくて、お心を慰めかねておいでのご様子に拝見いたしますほどに、こたび思いがけぬ人を、こうしてお引き取り申されまして、明け暮れのお楽しみにお思い申し上げていらっしゃるようでございますが、それにしても、そのようなお気をゆるされたご様子を、なんとしてご覧になられましたのでございましょうか」

中将は、これを聞くと、〈ふーむ、こんなこともあればあるものよな……〉とすっかり惹きつけられて、〈さても、あれは何者であろうか。まぎれもなく美しい人であったが……〉と、ほんのちらりと見ただけの姿を、却って印象深くはっきりと思い出すのであった。

これは聞き捨てならぬと、中将は、なにくれとなく細かに尋ねてみたが、少将は、ありのままに話しもせぬ。そしてただ、

「そのうちに、自然とお聞きになられましょう」

とだけ言う。こう言われてしまった以上、さらにずけずけと内実を問い糾《ただ》すというのも格好が悪いという気がして、逡巡《しゆんじゆん》している。すると、

「雨も止みました。ぼつぼつ日も暮れましょう」

と言う供人どもの声が聞こえ、それに促されるようにして、中将は出てゆく。

庭先に咲いている女郎花《おみなえし》を折って、中将は、

「ここにしも何にほふらむ女郎花《をみなへし》人のもの言ひさがにくき世に（ところもあろうに、なんだといってこんなところに咲き匂うのであろう、この女郎花は……とかく人の口さがない世の中だというのに）」

という古歌を低吟《ていぎん》しながら、あたかも独り言を呟《つぶや》く風情で立っている。つまり、こんな

老尼《ろうに》ばかりの山荘にいったいどうして、あんな若い女が……とさりげなく呟いたのであった。

ところが、古めかしい女房たちは、なかでこれを聞きながら、

「まあ、『人のもの言ひ』なんてお歌いになって……」

「やはり世の人の口を気になさるなんて、さすがに、お嗜《たしな》みが深うて……」

などとひそめきあっては、中将の風流なしこなしに見当はずれな称賛をし合っている。

「中将殿は、たいそうすっきりとお美しげな、そうして理想的に風格もおつきになられたものじゃ」

「されば、同じことなら昔のように、こなたの婿殿としてお世話を申し上げたいものじゃな」

こんなふうに悔しがっている老尼たちに、妹尼は、

「今は、なんでも藤中納言《とうちゅうなごん》の姫君のところへ、婿殿として、そこそこ途絶えなく通っておられるようだけれど、あまりご熱心でもなくて、ご実家の御殿のほうにおいでになることが多いとやらいうことを聞きましたが……」

と、その話に加わる。そして、浮舟のほうへ向き直ると、

「やりきれぬばかり、なにもかもお心隔てをなさって打ち解けてくださらないのは、ほんとうに辛いこと。今はもはや、こうなるべき因縁が前世から定まっていたのだろうと、そうお考えになって、もっと晴れ晴れとしたお振舞いをなさいませ。この五年六年《いつとせむとせ》というもの、一時《いっとき》として忘れることのできぬ、恋しい、悲しいと思い続けてきた亡き娘のことも、こうしてそなたにお目にかかってからというものは、格段と辛さを忘れられたような心地がいたします。そなたのことを、案じ申しておられるご家族などが世においでになられましょうとも、もう今では、この世にはいないものだと、次第に思うようになられたことでしょう。なにもかも、時とともに思いは変わってまいりますほどに、当初と同じように思い続けるということもございますまい」

と、こんなことを言い聞かせる。これには、浮舟もひどく涙ぐんで、

「いえ、わたくしには、心を隔て申し上げるようなつもりなど毛頭ございませぬが、不思議の命を助かって生き返りましたことゆえ、すべては夢のようにぼんやりとするばかりでございまして、もしや死後にまた別の世とやらに生まれ変わった人は、こんな心地がするのでもあろうかという気がいたします。されば、今は、わたくしを知る人などいようとも思えぬほど、誰も思い出しませせぬ。ですから、ひたすら尼君さまがたを、親兄弟のごとく

お親しく存じ上げておりますほどに」

と、こんなことを言う様子も、なるほど、隔て心などない様子で、かわいらしいのであったから、妹尼君は、ついにっこりと微笑《ほほえ》んで見つめてしまう。

中将、横川に一宿、浮舟のことを語る

それから中将は、山中《さんちゅう》の横川に到着して、僧都も稀の訪れを喜び、世の中のことどもをさまざま語り合った。

その夜は横川に一宿して、声の良い僧たちに経文などを声明《しょうみょう》に歌わせ、夜もすがら管弦《かんげん》の楽を奏でて過ごした。禅師の君と兄弟どうし腹を割ってこまごまとした話をするついでに、中将は小野でのことを口にのぼせる。

「小野に立ち寄ってきたが、心もしみじみとすることであった。尼君(妹尼)は、世を捨てておいでだが、それでもあれほど嗜みの深い人は、なかなかいるものでない」

など話すついでに、

「それでな、風がひどく吹いて御簾を吹き上げた、その隙《ひま》から、髪がたいそう長く美しげ

な人が見えたのだ。もっともあまりに丸見えだと思うたのであろうか、すぐに立って向こうへ入っていってしまった、その後ろ姿とて、とてもそこらの人のようには見えなんだ。ああいう所に、良い身分の女などは住まわせるものではないと見ゆる。なにしろ、明けても暮れても見るものは法師ばかりだ。そうするとそんなのを見馴れてなんの不思議も感じなくなってしまおう……それは、やがて若い女としての嗜《たしな》みを忘れる基《もとい》、あまりよからぬことではなかろうかな」

と、こんなことを言った。禅師の君は、

「それは、この春、初瀬に詣でて、なにやらわけのわからぬ経緯で見つけた人……とまあ、さように聞きましたが……」

と語ったが、なにぶん自分で見たことではないので、細かな経緯までは言わない。

「ああ、なにか心に響く話だね。それはいったいどんな出自《しゅつじ》の人なのであろう。おそらくは世の中を辛くやりきれぬものに思って、そんなところに隠れているのに違いない。なんだか昔物語のような心地のすることよな」

と中将は言った。

中将、帰途にもまた小野の山荘に立ち寄る

次の日、中将は、帰る道すがらにも、

「通り過ぎがたく存じまして」

と言って、小野の山荘に立ち寄る。

山荘のほうでは、もとよりこういうこともあろうかと心して用意していたので、昔中将が婿として通っていたころに給仕役を務めた少将の尼も、昔のことを思い出して御前《おまえ》に侍《はべ》るのだったが、今は喪服を着ているので、袖口の色が鈍色《にびいろ》なのも一風情《ひとふぜい》であった。

妹尼君は、また亡き娘を思い出すのか、いっそう涙目になっている。

物語のついでに、中将は、

「あの世を忍ぶ様子でこなたにおいでと見えるかたは、誰ですか」

と尋ねる。見つけられてしまったのは、いかにも煩わしく思うけれど、すでにちらりとだけであったにせよ、事実見てしまったものを、今さら隠しだてするのもおかしいと観念して、妹尼は、

「亡き娘のことを、どうしても忘れかねておりますほどに、その妄執《もうしゅう》もますます罪深いばかりに思われまして、せめての慰めに、ここ何か月か、うちのほうで面倒を見ております人でございます。いかなるわけがあるのやら、ともかくたいそう物思いのたねが繁《しげ》く有る様子で、しかも自分がこの世に生きていると人に知られるのを、ひどく辛く思っているらしゅうございますので、まさかこんな山奥の谷底まで、誰がいったい探し申すことがあろうかと、常々思うておりましたが、……これはまた、なんとしてお聞き出しになられたことでございましょうか」

と答える。中将は、

「仮に、うちつけの好き心から通ってまいりましたとしても、かほどに山深い道をはるばると分けて来たことの嘆きくらいは申し上げても罰は当たりますまい。ましてや、今伺えば、亡きお方に思いなぞらえておいでだとやら、さればまったくの余所事《よそごと》とて、わたくしを除《の》け者にしていただきたくないことでございますぞ。……されば、あのお方は、どういった筋合いで、世を恨んでおられる人でしょうかな。ひとつお慰め申したいものでございますが……」

など、もっと詳しいことを知りたい口ぶりで言うのであった。

そうして、帰る間際、懐紙《かいし》に

あだし野の風になびくな女郎花
われしめ結《ゆ》はむ道遠くとも

移り気な野風に靡《なび》きなさるな、女郎花よ、
私が占め縄を結うておこうほどに、ここまでの道がどんなに遠くても

と、こんな歌を書き、少将の尼に託して、奥へ言い入れた。

この歌を妹尼君も見て、

「このお返事をお書きなさいな。まことに憎いばかりの嗜みがおありの殿でございますから、なんのご案じになることもございますまい」

と、せいぜい勧めるけれど、浮舟は、

「ひどく悪筆でございますから、どうしてお返事など……」

と言って、どうしても聞き入れない。

「さりとて、お返事を書かぬのは、ご無礼と申すもの」

とて、尼君が、代わりに筆を執る。その文には、

「先に申し上げましたように、まことに世間離れのした、人並み外れた子でございまして、

移し植ゑて思ひみだれぬ女郎花
憂き世をそむく草の庵《いほり》に

移し植えましてから、さてどうしたものかと思い乱れております、この女郎花をば……、こんな憂き世を捨てた者どもの住む草の庵でございますほどに……」

と、そのように書いてある。〈さてもこたびは、なにぶんうちつけの、しかも最初のことであるから、返事がないのもまあしかたあるまい〉と中将は思い許してそのまま帰っていった。

中将、浮舟を忘れがたく狩を口実に再び山荘へ

さあ、それからというもの、中将は、〈どうしたものであろう。ここでわざとらしく懸《け》想文《そうぶみ》などを遣わすのは、もはや若い者でもあるまいし……といって、あの時ちらりと見た

姿は忘れることができぬ、なにやら物思いに沈んでいることがあるとやら言うておったが、それはいったい何ごとであろう。どうもよく分からぬけれど、分からぬぶん気になってしかたがない……〉と思いをかけて、ついに八月《はづき》十日過ぎの頃、小鷹狩《こたかがり》に事寄せて、小野の山荘にやってきた。

例の少将の尼を呼び出すと、

「あの姫を、一目見てから、どうしても心が静まらぬのだ」

と打ちあけた。しかし、そんなことに浮舟が答えるはずもないので、妹尼君が、

「『待乳《まつち》の山の』と、そのように拝見いたします」

と、少将を伝手《つて》として外の中将に返答する。古歌に「誰《たれ》をかも待乳の山の女郎花秋と契れる人ぞあるらし(いったい誰を待(ま)つのか、待乳(まつち)の山の女郎花は、きっと秋には逢おうと約束した人があるに違いない)」とある心を引いて、妹尼君は、姫にはきっと誰ぞ待っている人があるらしい、ということを仄めかしたのであった。

そこで妹尼君が応対してみると、中将は、

「なにか、ずいぶん胸を痛めておられるご様子でいらっしゃる由をお聞きしました、その姫君のご身上《しんしょう》について、まだ伺っていない仔細《しさい》をぜひ知りたく存じます。わたくしは、な

にごとも思うに任せぬことばかり多かったように存じますので、いっそ出家して山に籠ってでも過ごしたいと、さような希望は持っておりますのですが、そんなことをお許しになるはずもない人々のことを思いますと、それが障碍《しょうがい》になって果たせぬまま過ごしております。世になんの屈託もなく楽しげに暮らしている人は、このように鬱々《うつうつ》としたわたくしの性格のせいでしょうか、なにか相応《ふさわ》しい縁とも思えませぬ。されば、物に悩む者どうし、あの思い沈んでおられるという姫君に、わたくしの存念《ぞんねん》などを打ちあけ申したいのですが……」

などなど、いかにも藤中納言の娘との縁に飽き足らぬ一方、浮舟にたいそう心を惹かれている様子で持ちかけるのであった。

「さてさて、屈託《くったく》して楽しげならぬ人とのご縁をというお願いは、なるほど懊悩する心を語り交わされるには、いかにも似合わぬこともなさそうに拝見いたしますが……いかさまにもまったく世の常の人ざまとは事変わり、それはそれは甚だしいまでに世を恨んでおりますようでございますから……。これでわたくしのように、もう余命もいくばくもないような齢の者ですら、さてこれ限りで世を捨てようと致しますときには、それはもうたいそう心細く感じたことでございましたものを……あの姫は、まだこれから先、春秋《しゅんじゅう》に富む盛りの身、はたして今出家などしても最後まで通せますかどうですか……そのように拝見いたしております」

妹尼君は、まるで母親のような口吻《こうふん》で、こんなことを言うのであった。

それからまた尼君は、奥のほうに入っていって、

「あまりに情知《なさけ》らずというものですよ。やはり一言《ひとこと》なりともお返事を申し上げなさいませ。このような人里離れたお住まいですから、なんでもないことにもしみじみとした思いを感じるのが、世の常でございましょうに……」

など、せいぜい言い窘《たしな》めるけれど、

「わたくしは、殿方にものを申し上げるすべも存じませず、なにごとも言う甲斐のないつまらぬ人間でございますから……」

などと取りつく島もなく、その場に臥してしまった。

中将は、いっこうにはかばかしからぬ様子に業《ごう》を煮《に》やして、

「あーあ、どうなってるんだ、これは。まったくやりきれぬ……。さっき待乳の山の、などと言うてよこしたからには、『秋には逢おう』という心かと思ったに、まったく言い賺《すか》

されたということであろうな」

など、ぶつぶつと恨みごとを言いながら、

松虫の声をたづねて来つれども
また荻原《をぎはら》の露にまどひぬ

「待(まつ)」という松(まつ)虫の声を頼りに、ここまで訪ねてきたけれど、
また荻の繁る原の葉末の露と涙にすっかり濡れ惑うてしまいました

という歌を詠み入れる。これには妹尼も頭を抱えた。

「まあまあ、おいたわしいこと。ささ、せめてこのお歌へのお返しだけでも」

と尼君は、浮舟を責める。

〈でも、こんなふうに色めいた歌などを口にするのも、ますますやりきれない思いがするし、それに一度でも返歌なんかしたら、またこんな折々ごとに恨みごとを言って責められると思うから、ほんとうに煩わしい……〉と浮舟は思うゆえ、なんの返答もしない。

こんな様子を見て、老尼たちは、みなあまりにも張り合いのないことだと思い合っているのであった。

妹尼君は、その昔はなかなか華々《はなばな》と派手な人であった、その名残《なごり》であろうか、

「秋の野の露分け来たる狩衣《かりころも》
　むぐらしげれる宿にかこつな

秋の野の露を分けて来(き)たるゆえか、あなたの着(き)たる狩衣も、すっかり濡れておいでですが、それをこの葎《むぐら》の繁っている宿のせいにしてくださいますな

ございます」

と、このようなことにて、姫はただ煩わしいことと思い申し上げていらっしゃるようで

と、姫に代わって答える。

御簾の内では、やはりこうして自分の思いをよそに、この世に生きていると、人に知られ始めてしまったことを、浮舟は、とても辛いと思っている。しかし浮舟の心の内など知らぬ老尼たちは、亡き姫君ばかりか、かつてその婿であった男君をも、今もなお飽《あ》かず思い続けては恋しがっている人々ゆえ、

「このようにさりげない折にでも、とくとお語らい申し上げましたらよろしいのに」

「そうなさっても、姫さまのお気持ちを無視して、ご案じになるようなお振舞いなどなさ

る方とは存じておりませぬほどになあ……」

「ですから、さように世間にありがちな妹背の筋にお考えにならずと、情知らずと見えぬ程度に、せめてお返事だけは申し上げなさいませ」

などなど、浮舟の袖をつかんで引き動かさぬばかりの勢いで言う。

諦めて帰ろうとする中将と引きとめようとする妹尼と

こう見えても、姿相応の古めかしい心々《こころごころ》にも似合わず、老尼たちは今もなお華やかに色めいた風情を見せつつ、下手な歌を詠むことを好む様子で、妙に若やいでいるところは、浮舟からみると、男の手引きくらいしかねない感じがして、なにやら油断がならぬ。

どこまでもやりきれないような身の上だと、もうすっかり自分の命に見切りをつけている浮舟であったが、〈ああ、こんな命なのにあきれるほど長らえてしまって、これから先いったいどんなふうに落ちぶれてみじめに彷徨《さまよ》っていくのであろう。……もうもう、私など死んでしまったものと、世の人からは見捨てられ聞き捨てられたままで終《おわ》りたいのに〉と思い思い臥《ふ》していると、中将は、もとより物思いに屈するところでもあるのであろう

か、たいそう深くため息などつきながら、密やかな音《おと》で笛を吹きならしては、また、

「山里は秋こそことにわびしけれ鹿の鳴く音《ね》に目をさましつつ（山里はいつも寂しいけれど、ことに秋は悲観的な思いにかられる、こうして鹿の妻恋う鳴き声に夜中目をさますと……）」

という歌などを、ひとり低吟する様子を見れば、たしかに奥床しいところがないわけではなさそうに思える。そうして、

「亡き妻と過ごした既往《きおう》のことが思い出されるにつけても、却って心が痛みます。といって、今から新たにわたくしを思うてくださる人も、さて求めがたいようですから、この山里を俗世の辛さの『見えぬ山路』と強いて思いなすこともできますまい」

中将は「世の憂きめ見えぬ山路へ入らむには思ふ人こそほだしなりけれ（世の中は辛いことばかりだ。そんな俗世のなにもかもが見えなくなる山路へ入《はい》って仏の道へ進むためには、心に思いをかける人を持っていることが絆《ほだ》しとなることよな）」という古歌を引いて、ここもまた世外《せいがい》の理想郷ではなかったと嘆きながら、恨めしい様子で出て行こうとする。すると、妹尼君が、「あたら夜の月と花とを同じくは心知れらむ人に見せばや（こんな良夜《りょうや》の月と花とを、同じことなら風雅の心を知っている人に見せたいものだ）」という古歌を下心に含んで、

「『あたら夜』を、なぜにご覧にならぬまま途中でお帰りになりますの」

と言いながら、御簾近くまで膝行《しっこう》して出てきた。中将は、

「なんの……。をち（宇治の地名）とやらの山里のお方のお気持ちも、じゅうじゅう分かりましたほどに……」

と皮肉らしくいいかすめると、〈この上あまりに好き者めいた振舞いをするのも、やはりよろしからぬこと……。あのちらりとだけ見えた姫君の様子がただ目に留まったというだけのことを、なすこともなく暮らしている日々の心慰めに思い出して、こうしてやってきたものを……。さてもあの姫のあまりにもそっぽを向いたような、どこまでも引っ込み思案らしい様子も、こんな山里の風情には似合わしからぬ興ざめなことよな……〉と思って、このまま帰ってしまおうとする。が、妹尼君は、人柄ばかりでなく、中将が吹きすさんでいた笛の音までもたいそう名残惜しく思えて、

深き夜の月をあはれと見ぬ人や
山の端《は》ちかきやどにとまらぬ

こんな夜深く皓々《こうこう》と照る月の光を、しみじみとした思いで見ない人なのでしょうか、あなたは……せっかく月も入るさの山の端近いこの宿にお泊まりにならぬとは……

など、いささか出来の悪い歌を案じ出して、

「……と、このように姫君が申し上げておられます」

と、いつわって言い立てる。これには、中将の心がときめいて、

山の端に入るまで月をながめみむ
閨《ねや》の板間《いたま》もしるしありやと

それでは山の端に入るまで、あの月をながめ見ていることにしましょう。
そうしたら、もしや、板葺《ぶ》きの屋根のその板の隙間から月光が射し入るように、
わたくしもあちらの閨に忍び入って逢うことが叶《かな》うかどうか見てみましょうほどに

など、ずいぶんずけずけとした歌を詠んだ。

この時、母尼君は、中将の吹きすさぶ笛の音を聞き付けて、老い呆《ほう》けたりとは申せ、やはり賞嘆《しょうたん》して端近に出てきた。

そうして、ねんじゅう咳き込んだりしながら、呆れるような震え声で言葉をかける。却って昔のことなどは少しも言わぬところを見ると、中将が誰だとも分からなくなっているらしい。母尼君は、妹尼にこんなことを言いつけた。

「さあさ、その琴《きん》の琴《こと》をばお弾きなされ。横笛は、月にはたいそう似合わしい趣のあるものじゃて。これさ、おまえたち、さっさと琴を持ってきて差し上げるのじゃ」

この声や言葉使いから、〈これは、あの母尼君らしいな〉と中将は推量して聞いたが、〈……それにしても、さてもこんな山奥に、かかる老女が、どういうわけで籠って住んでいたのであろう。まことに老少不定《ろうしょうふじょう》の世の中だな〉と、自分のかつての妻は若くして死に、その祖母の尼が、こんなに老いさらばえてなお山奥に生きている、そのことに感慨を催している。そこでまた笛をとり出すと、しんみりとした盤渉調《ばんしきじょう》の曲をまことに情緒纏綿《じょうしょてんめん》と吹いて、

「さあ、それではお琴を……」

と促すと、妹尼君は、これも腕に覚えの趣味人ゆえ、

「昔拝聴いたしましたときよりは、ずいぶんと味わい深く聞かせて頂きました。これはかかる山奥にて、山風ばかりを聞きなれて過ごしておりますす耳で聞くからでございましょうか」

と中将の笛を褒めたうえで、

「では……これは琴《こと》は琴でもひがことというような不束《ふつつか》な音《おと》でございましょうけれど」

と謙遜しつつ弾く。

今どきは、琴《きん》の琴《こと》のような古風の楽器は、一般の人々はろくに好まなくなってゆくものゆえ、却って珍しくて、しみじみとした感懐を以て聞こえる。折からの松風も、たいそうこの琴の音《ね》を引き立てる。そこへ吹き合わせた笛の音《おと》に、月も感応《かんのう》して澄みわたってゆく心地がするので、大尼君は、いよいよ興がって宵の眠たさも忘れて起きていた。

大尼君も和琴で演奏に加わる

「この婆《ばば》はの、昔、吾妻琴《あずまごと》（和琴《わごん》）ならば、楽々と弾きましたがな、今どきは、弾きかたなどもその時分とはずいぶん変わってしまったであろうな。いや、うちの僧都が、『耳障りだ、念仏以外の無益《むやく》なことをするでない』などといたく戒めまするでな、では何として弾くものか、と思うて、もはや弾きませせぬのじゃ。とは申せ、たいそう良く鳴る琴《こと》もございますぞ」

母尼君は、こんなことをくどくどと言い続けて、さもさも昔取った杵柄で一手《ひとて》弾きたいと思っている様子であったゆえ、中将は、ごくほのかに憫笑《びんしょう》して、

「まことに、わけのわからぬことを差し留め申される僧都ですな。極楽とかいう所では、菩薩《ぼさつ》なども皆こうした音楽を奏でて、天人なども舞い遊ぶとか、それは尊《たっと》いことだと申しますぞ。音楽を楽しんだからとて、それで勤行が疎《おろそ》かにでもなって、罪を得るというようなことがありましょうか、まさかねえ。されば、今宵はぜひ、一手拝聴いたしたいもの……」

など、その気にさせるので、ああ良し良しと思って、母尼君は、

「さあさ、主殿《とのもり》の君よ、おまえ吾妻琴を取っておいで」

と女房に命じて、その間《あいだ》も、咳を絶えずしている。

人々は、これを見るに見かねる思いでいたけれど、僧都のことまでも、大尼君が恨めしそうに中将に訴え聞かせるので、あまり気の毒に思えて、みな大尼君のしたいようにさせている。

さっそく和琴を取り寄せて、いま中将が吹いている笛の調子にもお構いなく、ただ自分の弾きたいように、吾妻の調律を以て弾き爪の音も爽やかに弾きすさぶ。これには、他の楽器も合わせようがなく、ぴたりと皆演奏をやめてしまったが、母尼君は〈我が琴の音《ね》に皆聞き入っているのじゃな〉と思って、

「道《みち》の口《くち》　武生《たけふ》の国府《こふ》に　我《われ》はありと　親に申したべ　心《こころ》あひの風や　さきむだちや（遠く越路《こしじ》の口の武生の国府に、こうして私は元気でいると、都の親には伝えておくれ、心の通《かよ》った良き風よ、サキムダチヤ）……ちちり、ちちり、たりたな」

と催馬楽《さいばら》『道の口』を、弾き爪を掻《か》き返しつつ、勢い速く弾きかつ笛の旋律を口で歌う。その文言はいかにも古めかしい。

「これはまことに面白く、今の世には聞こえぬお歌をお弾きになりましたな」

と中将は苦しいお世辞をいうのだが、大尼君は、すっかり耳も遠くなっていて、傍らの人に、中将が今なんといったのかと尋ねる。そして、

「このごろの若い者は、かような按配の音楽には、興味を持たれませぬな。ことに、ここにもう幾月とおいでと見ゆる姫君などは、姿形《すがたかたち》こそたいそう清らかにお美しくおわすようじゃが、いっさい、このように無駄な遊びごとなどはなさらず、ただただ、ひっそりと埋《うず》もれておいでのようじゃ」

と、すっかり調子に乗って、我のみ賢《かしこ》だてをして、大声であざ笑って語るのを、妹尼君などは、まことに居心地悪く思うのであった。

こんなことにすっかり興《きょう》を冷まして、中将は帰っていったが、その道すがらも吹きすさ

ぶ笛の音《ね》が、折しも吹き下ろす山風に乗って聞こえてくる……その音《おと》がたいそう趣深く聞こえて、尼たちは、みな夜通し起きていた。

翌朝中将からの文と妹尼の返事

その翌朝、中将から文が届く。

「昨夜は、かれこれ心も乱れましたほどに、急ぎ失礼させていただきました。

忘られぬむかしのことも笛竹の
つらきふしにも音《ね》ぞなかれける

古き琴(こと)の音(ね)を聞いては、いまも忘れ得ぬ亡き人のことも思い出され、また、笛竹のふしではございませぬが、あの姫君のつれない所(ふし)につけても、音(ね)をあげて泣けてしまいました

それにつけても、あの姫君が、やはりすこしは私の気持ちをお分かりくださいますように、ご教育なされませ。我慢できる程度の思いでしたら、このような色めいた振舞いま

で、どうしていたしましょうぞ……」

文には、そんなことが書いてあったので、ますます悲観的な思いになった妹尼君は、涙も止《とど》めがたい様子で、返事を書いた。

「笛の音にむかしのことも偲《しの》ばれて
　帰りしほども袖ぞ濡れにし

あの笛の音に、去りし昔のことも思い出されて、
お帰りになったときも、涙に袖が濡れたことでございます

どうしたわけでしょうか、ものの情をすこしも分からぬのかと見えますほどの、あの姫君の様子は、老母の問わず語りにお聞きあそばしましたことでしょう」

と、こう書いてある。まるで期待外れの手紙ゆえ、まったく見どころもない心地がして、中将はさぞすぐに放り投げてしまったことであろう。

浮舟、出家の望み変わらず

昔の歌に「秋風の吹くにつけてもとはぬかな荻の葉ならば音はしてまし（もう飽（あ）きてしまったのでしょう、こんなに秋（あき）風が吹くのに言付けてでも、音信《おとずれ》をくださらないのですね。もし私が荻の葉だったら、風に吹かれたならすぐに音をたてて……音信《おとずれ》をお返し申しましたでしょうに）」と歌うてある、その風に吹かれた荻の葉音に劣らぬほど、しきりに中将から浮舟への音信がある。〈こんなことは、ほんとうにわずらわしくて……男心というものは、ずいぶん強引で自分勝手なものであったな〉と、かつてそう痛感した折々のことも、すこしずつ思い出されるままに、浮舟は、

「どうぞ、こんな筋合いのことを、あの方にも諦めさせるような尼の姿に早くしてくださいませ」

と尼君に頼みつつ、お経を習って読む。そして心の内にも、ひたすら仏を念じて過ごしている。

かくのごとく、なににつけても浮舟は世俗のあれこれに対する関心を捨て果てているの

で、〈若い女だからとて、とりたてて華やいだところはどこにもないし、ただ内向的な性格なのであろう〉と妹尼君は思う。それでも、姿形が、いかにも見る甲斐のあるかわいらしさなので、よろずの欠点は大目にみて、明け暮れの眺めものにしていた。そうして、すこしでもにっこり笑いなどする折は、好ましくすばらしいものと思うのであった。

九月、妹尼、初瀬へのお礼参りに発つ

九月《ながづき》になって、この妹尼は、初瀬に詣でた。

ここ何年と、たいそう心細い身の上であったうえに、亡き娘のことも恋しい恋しいという思いが止まなかったのであったが、今こうして、とても無関係の人とは思えないような慰めの人を手に入れたので、これぞ初瀬の観音様のご霊験の嬉しさよと思い、そのお礼詣りを申そうとて参詣したのであった。

「さあ、参りましょう。初瀬にはそなたを知る人などいはしますまい。同じ仏さまでも、あのように霊験あらたかなお寺で勤行をするのこそ、まことに功験《こうげん》があって良い前例も多いのですよ」

と妹尼君は言って、浮舟にしきりと同行を勧めるけれど、〈でも、昔、母君や乳母などが、そんなことを言い聞かせては、度々私にも参詣させたものだったけれど、なんの甲斐もなかったように思えるし……。それに、死ぬことすら、思うようにはならなくて、たぐいもなく辛い目を見るのは、ほんとうにやりきれない……それなのに、なおまたろくに知らない人に連れられて、あのような遠い道中を歩いて行くのはなぁ……〉と、なんだか空《そら》恐ろしいような気がして、浮舟はうんとは言わない。しかし、だからといって強情な言い方で拒みもせず、

「どうしても気分がたいそう悪うございますので、そのような遠方までは、道中どうなってしまうかと、気が臆しまして……」

と言う。〈なるほど、あんな怖い目にあったのだから、物怖《お》じをしても当然な人であろうな〉と妹尼は思って、それ以上は強いて誘いもしない。

はかなくて世にふる川の憂き瀬には
たづねもゆかじ二本《ふたもと》の杉

こんなに頼りなく世に古(ふ)るばかりの私は、あの古川(ふるかわ)の辛いばかりの川瀬には、

尋ねても行きますまい、ことにあの二本杉のところへは

こんな歌が、手習いの書きすさびのなかに交じっていたのを尼君は見つけて、〈ははぁ……これはあの「初瀬川古川の辺《べ》に二本《ふたもと》ある杉、年を経てまたもあひ見む二本ある杉（初瀬川、また古川のほとりに二本立っている杉よ、何年か経ったらまた再び逢《あ》い見ることにしようよ、二本の杉よ）」と古歌に歌《うと》うてある、あれじゃな〉と思って、

「二本の杉とは、もう一度お逢いしたいと思っておられる人があるのであろう」

と戯《ざ》れ言《ごと》を口にしたのだが、それがまた、ぴったりと自分の思いを言い当てていたのには、すっかり胸がどきどきとして、浮舟は顔を真っ赤にしている。その様子もまた、たいそう愛嬌があって、かわいらしげであった。そこで妹尼は、

ふる川の杉のもとだち知らねども
過ぎにし人によそへてぞ見る

あの古川の杉(すぎ)とやら、そこでどういう事情があったか知りませぬが、
ただ私は、そなたをこの世から過(す)ぎ去った娘になぞらえて見ているのですよ

などと、とくに取り柄もないような返歌をたちどころに口にする。

さて、初瀬詣では、お忍びで行くつもりであったけれど、尼たちはみな同行したがったので、小野の邸には人気《ひとけ》が少なくなってしまうのを気の毒に思って、妹尼は、才気ある少将の尼、左衛門《さえもん》といって年かさの人、さらに女の童だけを浮舟とともに留守居させる。

浮舟、少将の尼と碁を打つ

皆が出かけていったのを、浮舟は呆然と見送って、今ここにこうして生き長らえている呆れ返った我が身のほどを反芻《はんすう》しながら、〈今はさて、どうにもなるものではあるまい、とくに頼みにしている尼君一人がここにおられないのでは、ほんとうに心細いこと……〉と思っていると、そこへ中将の文が届けられる。

少将の尼が、

「ご覧なさいませ」

と勧めるけれど、浮舟はまったく取り合わない。そうして、常よりもいっそう人少《ひとずく》なで心細い思いのうちに、ただぼんやりと、過ぎ去った過去のこと、そしてこれから先の不安など、屈託しつつ沈み切っている。

「わたくしどもまでが胸痛むほど、思い沈んでおられるのですね。いかがでしょう、気晴らしに碁などお打ちなさいませ」

少将はせめてそんなことを勧めてみる。

「わたくし、ほんとに下手でございましたけれど……」

とは言いながら、浮舟も、一番打ってみようと思ったので、さっそく碁盤を取りに人を遣わした。そうして、少将は、きっと自分のほうが上手《うわて》であろうと思って、まずは浮舟に先手を打たせてみたが、案に相違して、まるで勝負にならぬくらい、浮舟のほうが強いのであった。そこで、こんどは先手後手を入れ替えて、もう一番打つ。

「尼上《あまうえ》に、早くお帰りになっていただきたいわ。この御碁《おんご》をお見せ申し上げたいものじゃほどに……。尼上はとてもこの御碁がお強かったのですよ。じつは兄上の僧都の君が、ずっと以前からたいそうお好きで、ご自分でもそこそこ強いほうだとお思いでいらっしゃったのですけれど……それで、我こそは昔の物語などに出てくる棋聖大徳《きせいだいとこ》だとばかり鼻高々で、『まず私のほうからしゃしゃり出て打とうとも思わぬが、しかしそなたの御碁には決して負けぬはず』とか仰せになりましてね、尼上をお相手にお打ちになったところ、結局、僧都のほうが二番の負けとなってしまいました。ですから、あなたさまの御碁は、その棋聖大徳よりもお強いと申すべきものとお見受けします。ああ、ほんとうに大したもの……」

と興がって話す。もうずいぶんと老けて尼削《あまそ》ぎの頭《かしら》つきもみっともないのに、こんなことを面白がるのを見て、浮舟は、〈しまった、これはやっかいなことに手を染めてしまった……〉と思い、気分が悪いと申し立てて臥《ふ》してしまった。

「ときどきは、もっと晴れ晴れとするような、こんな気晴らしもなさいませ。せっかくの若い御身ですのに、そのように思い沈んでばかりおられるのは、まことに口惜しいと申すもの、玉に瑕《きず》という心地がいたしますよ」

と少将は言う。

折しも夕暮れの風の音もしんみりと聞こえるほどに、浮舟の心の中には思い出されることがあれこれ多く、こんな歌を詠んだ。

心には秋のゆふべをわかねども

ながむる袖に露ぞみだるる

我が心には秋の夕べの哀しみを格別によく分かっているわけではないけれど、こうして物思いに沈んでいる袖にははらはらと涙の露が乱れ落ちます

その夜、月の美しい夜に、また中将来訪

月がさし昇って美しい時分に、昼に文をよこした中将がやってきた。

〈まあ、なんて厭なこと、これはいったいなんとしたことでしょう〉と浮舟は思って、母屋《もや》の奥深くに姿を隠してしまう。少将の尼は、せめて諫める。

「そのように……あんまりなるなされようではございませぬか。こうして遠い夜道をはるばるとおいでくださいました中将の君のご厚意のほども、ひとしおまさって心に響く折のように存ぜられますに……。どうか、ほんのちらりとだけでも、中将の君の申し上げなさいますお言葉をお聞きあそばしませ。ただ言葉を交わしただけで、もうはや、深い仲にでもなりはせぬかとお思い込みなさいますのは、いかがなものでしょうか」

こんなことを言うのを聞けば、浮舟はいよいよ不安な気持ちが募る。

しかたなく、少将の尼は、姫君の不在の由を申し立てるが、昼に文を届けてきた使いのものが、「姫君はお独りでご在宅」というようなことを尋ね聞いて報告したものでもあろう、中将は、そのような断わりはさらに信じないで、あれこれと恨みごとを言い続け、

「もうお声も聞かせていただこうとは思いませぬ。ただこうしてお側近くにいて、わたくしが申し上げることをお聞きになって、耳障りだとでもなんとでもご判断なされよ」

などなど、ああも言いこうも言い、とうとう言葉に窮して、

「ああ、まったくやりきれぬ。こうした所だからこそ、しんみりとした思いもまさろうかというものなのに、これではあんまりな……」

などと言い謗《そし》りつつ、

「山里の秋の夜ふかきあはれをも
　もの思ふ人は思ひこそ知れ

こんな山里の秋の夜深い折には、深い情のありようも、
そなたが物思いにくれている人なら、きっと思い知っているはずであろうに

おのずからわたくしとそなたと、お心が通いあうはずであろうものを……」

と、ここまで中将に責められて、少将の尼は、今一度浮舟に言い聞かせる。

「今日は尼君もいらっしゃいませぬこととて、お身代わりに返歌を申し上げる人もおりませぬ。このままでは、あまりにも非常識と見えますことにて……」

こう責められて、

憂きものと思ひも知らですぐす身を
もの思ふ人と人は知りけり

世の中が辛いものだと思い知りもせず、ただうかうかと過ごしております我が身を、物思いに沈んでいる人だと、この方は合点しておられるのですね

と、浮舟は、こんな歌を、別に返歌のつもりでもなく独り言のように口ずさんだのを、少将の尼が聞いて、そのまま中将に伝達する。すると、中将は、なにやらひどく感動して、

「どうかどうか、ほんの少しでも、こちらへ出てくださるように、よくお勧めしてくれ」

と少将や左衛門などが困却するほどに、しつこく恨みわたるのであった。こまった少将

かくかくしかじかの尼は、

「いえ、それが……わけのわからぬほどに知らん顔なご様子でございますもの……」

と言いながら、奥へ入っていって、見ると、普段ならかりそめにも覗き込んだりはしない母老尼の部屋に入ってしまっていた。これには少将も呆れ果てて、かくかくしかじかの有様だということを中将に報告すると、

「このような山里で、物思いに沈んでおられるらしいお心のうちを、おいたわしく推量申しますほどに、ざっと拝見いたしますご様子などは、決して情知らずでもなさそうな人なのに、実際には、なにも物のわからない無粋者《ぶすいもの》よりもひどく冷淡なおあしらいをなさると見えるのは、まったく慮外千万《りよがいせんばん》。そんな態度だというのは、もしや男とのことで懲り懲りとなさったことでもあるのか……。だとしても、どんな事情があって世を恨み拗《す》ねて、いつまでそうしておられるお人であろうぞ」

など、姫君の様子を尋ねては、さらによく知りたい聞きたいとばかり思っているらしいが、これ以上仔細にわたることを、少将らの身として、なんとして言い聞かせなどできようか。しかたなく、ただ、

「尼上がお世話を申し上げるべき人なのですが、これまで長いこと、ずいぶん疎遠なまま

お過ごしになっておられましたのを、初瀬に詣でた折に偶然顔を合わせるところとなって、こちらへお迎え申されたのでございます」

と少将の尼は言う。

浮舟、大尼君と添寝の一夜

姫君は、たいそう気味悪いと話にのみ聞いている大尼君のすぐ脇に俯《うつぶ》せに臥《ふ》して、しかし、どうしても眠りを成さぬ。宵寝《よいね》の最中の老尼は、筆舌に尽くしがたいような、轟々《ごうごう》たる大鼾《おおいびき》をかいて、その他に前のほうにも似たような老尼が二人して、いずれ劣るまいとばかり鼾を響かせあっている。それはもう恐ろしい限りで、今宵この老い人たちに喰われやしないかと思うにつけても、もとより惜しからぬ命ではあるけれど、いつもながらの心の弱さから、目前の丸木橋に怖じ気づいて引き返してきた者のように、悲観的な思いに駆られている。

女の童のこもきを、浮舟は供として連れて来ていたが、男女《おとこおんな》のことに興味が出てきている年ごろゆえ、こんな気味悪い婆さんばかりのそばよりも、珍客と申すべき男の客が色めかしく座っているほうへ戻っていってしまった。

〈もう戻って来るかな、もう戻って来るかな〉と浮舟は、こもきの帰りを待っていたが、いっこうに戻って来ない。……なんとまあいいかげんな付き人であろうか。

中将は、結局どう言ってもうまくいかないので帰ってしまった。やがて少将の尼は、奥のほうへ入ってくると、

「なんという情知らずで、こんなふうに引っ込み思案ばかりなさっておいでじゃ。せっかくのご縹緻《きりよう》を、もったいない」

などと文句を言いながら、結局この大尼君の部屋に、みな一緒になって寝た。

真夜中になったであろうかと思う時分に、大尼君は、ひどく咳き込み噎《む》せ返って目を覚ました。薄暗い灯火の光のなかで見ると、頭《かしら》つきは真っ白で、そこになにやら黒いものを被《かぶ》った姿で、脇に浮舟が臥しているのを怪しがる。

とかく鼬《いたち》とやらいうものが、なにかを怪しんだときにこんな所作をするというが、老尼は、額のあたりに手をかざして、

「はて妙な……、これは誰じゃ」

と執念深そうな声を立てて浮舟のほうへじっと視線をよこす。こんな様子を見ては、さらにさらに、〈これは今すぐにでも取って喰おうとするのであろうか〉と、浮舟は震え上がる。〈あの宇治の邸から、鬼が引きさらって来たらしい時のことは、なにも覚えがなかったから、かえって恐ろしくもなかった。でも今は、さあ、どうしよう……〉と切羽《せっぱ》詰まった気味悪さにおびえながら、〈あんなふうにとんでもない姿で生き返り、正気づいて、それでまた、以前はいろいろやりきれぬような目にあったことを思い出しては心乱れ、今また煩わしいとも恐ろしいとも、辛い思いばかりすることよ……ええ、いっそ死んでしまっていたなら……でもそうしたら、もしやこれよりも恐ろしげな地獄の鬼どもの呵責《かしゃく》に遭《お》うていたことであろうか……〉と苦しいことばかりが胸中に去来する。

　昔からのことを、まどろむこともできぬままに、浮舟はいつにも増して思い続けている……〈ほんとうにやりきれない……父親、と申し上げたはずの人のお顔形《かおかたち》も拝見したことはないし、はるかな東国との間を行ったり来たりしながら、長《なが》の年月《としつき》を過ごして、たまさか、やっとのことで尋ね求めてお近づきになったのを、嬉しくも頼もしくも思い申していた、あの姉君のお住まいだった二条院のあたりも、思いもかけないできごとのために立ち退《の》く破目《はめ》になり、それから……しかるべき形で処遇することを決心してくださっていた右大将の君のおかげで、ようやくこの身の憂さ辛さも慰められようかという、その一番大事な時に、宮のために、あんな板挟みになって、呆れるばかりなにもかも仕損じてしまった我が身……つくづく思ってみれば、あの宮を、すこしでも恋しく思い申し上げた……私の了見《りようけん》こそ、まったくけしからぬことであった。結局、ただあの宮とのご縁のせいで、こんなところに漂泊する結果となったのだ……〉と、順々にこう考え及ぶにつけて、〈……あの時、宮が「年経《ふ》ともかはらむものか橘《たちばな》の小島の崎《さき》に契る心は（年月が経っても変わることがあるだろうか、あの橘の生えている小島の崎《さき》で、こうしてそなたと契る私の心は……決して変わりはしない、常磐木《ときわぎ》の橘のように）」と歌うて、常磐木の色の変わらぬことを引き合いにして、末長くとお約束してくださったことなどを、どうしてまた、自分はああも単純に嬉しがって感激してしまったのであろう……〉と、今ではもうすっかり思いも冷め果てた心地がするのであった。

それに比べると、最初から、淡々《あわあわ》としたご好意ではあったけれど、短兵急《たんぺいきゆう》でなくて心長く接してくれていた右大将の君は、この折はこうだった、あの時はこんなふうにしてくれた、などなどそれからそれへと思い出すほどに、宮とは比べものにならぬ人だったと思い当たる。

それだけに、とんだ生き恥をさらしてこんなところに居たのかと、万一にも薫大将に聞き付けられ申したりしたら、その時の恥ずかしさは、他の誰に知られるよりも甚だしいものがあろう……。〈でもでも、もしもう少し生きていられたなら、昔に変わらぬ大将殿のお姿を、よそながらそっと拝見するだけでいいから、いつかは見ることができるだろうか〉と、ふっと思ったりもする。……と思ったそのすぐ次の瞬間には、〈いやいや、なんという悪い心がけであろう、こればかりのことだけだって思うてはなるまい〉と、浮舟は心のなかで思い直すのであった。

長く苦しい夜が過ぎて、やっとのことで一番鶏《どり》が鳴いた。

〈ああ、嬉しい……でも、もしこれが鶏じゃなくて、もしあの優しい母上のお声を聞いたのだったら、ましてどんなにか嬉しいだろう〉と、そんなことを思い思いして夜も明けたが、さすがに気分は最悪であった。

迎えに来て、供をしていつもの部屋に帰るはずのこもきもいっこうにやっては来ないので、なおも臥していると、例の大尼君付きの大鼾の老尼どもは、さすがにいち早く起き出して、粥《かゆ》だなんだと、見るのも疎ましいものを、さもご馳走のように言いそやす。

「さあさ、こなたも早《はよ》うに召し上がれ」

尼どもは、浮舟のところへ寄ってくると、そういって粥を勧める。しかし、このように化け物じみた老尼どもの給仕とあっては、なんだかまったく気が進まないし、ますます厭《いや》な、見も知らぬところにいる心地がして、

「気分がすぐれませせぬ」

と、そっぽを向いている。そこをまた、尼どもが強いて食べさせようとするのも、まことに無作法というものであった。

僧都、再び下山

するとその日、下っ端らしい法師どもが何人も押しかけてきて、

「僧都が、今日山をお下《お》りになりましょう」

と触れ回っている。すると家中の誰かが、

「なぜまた、かように急なことに……」

と尋ねているのが聞こえる。

「一品《いっぽん》の宮(今上帝の女一の宮)さまが、御物《おんもの》の怪《け》の病に苦しんでおられますので、天台座主《てんだいざす》の御坊《ごぼう》が、加持祈禱などお勤め申し上げなされましたが、やはりここは横川の僧都直々《じきじき》に参内《さんだい》なさらなくては功験《こうげん》があるまい、との仰せにて、昨日再度お召しがございました。左大臣家の四位《しい》の少将殿(夕霧の子息)が、昨夜深更《しんこう》に及んで横川までお上《のぼ》りになりまして、中宮さまの御手紙などお持ちになりましたので、僧都が急ぎ山をお下りになるのでありまず」

と、法師は、いささか得意満面の風情で言い立てる。

こんな声を耳にして、浮舟の心に一つの決心が浮かんだ。

〈そうだ、ほんとうに気の臆するようなことだけれど、この機を逃さず僧都にお目にかかって、尼にしてください、とお頼みしてみよう……。今はちょうど、余計な口出しをするような人たちもいないから、良い機会だわ〉、浮舟は、こう思って起きると、

「気分がずっとすぐれずにおりましたが、ただいま僧都が山からお下りになって見えるとのこと、この機会に受戒《じゅかい》の儀をお受け申したいと、そう思いますほどに、どうぞ僧都によろしくおとりなしくださいませ」

浮舟は、思い切ってそうお願いしてみると、耄碌《もうろく》した母尼君は、分かったのか分からなかったのか、ぼやぼやとした表情で頷《うなず》いた。

すぐにいつもの居室へ戻ると、鏡のなかの自分と向き合った。……髪は今まで妹尼君だけが梳《くしけず》ってくれたものを、今さらまったく別の人にいじらせるのも厭な気がするのだけれど、といって自分自身ではとてもできぬことゆえ、ただ少しだけ櫛《くし》を入れて、〈ああ、母君に、今一度だけでもこの長いままの黒髪を見ていただくことができなくなってしまったのは、誰のせいでもないけれど、とても悲しい……。ひどく病みついたせいか、髪も少し抜けて少なくなったような感じがするけれど……〉と思いながら、しかし、じっさいはなにほども衰えてなどいず、ふっさりと量も多くて、六尺ほども長い髪のその末のあたりなどは、若々しくかわいらしい風情なのであった。毛筋などもいささかの乱れもなく、きめ細やかに愛らしげである。

浮舟は、

「たらちめはかかれとてしもむばたまのわが黒髪を撫《な》でずやありけむ（母上は、こんなふうにして髪を下ろせなどと思って、私の真っ黒な髪を撫でられもしなかったろうになあ）」

という古歌を、独り言のように低唱している。

夕方時分になって、僧都が到着した。寝殿の南面《みなみおもて》をすっかりきれいにしつらえて、坊さんたちの丸い頭が、右往左往しつつ騒ぎ立てているのも、いつもとは事変わり、なんだか恐ろしいような心地がする。

僧都は、母尼君の許《もと》へ参じて、

「どうですか、この幾月《いくつき》かは」

などご機嫌を伺う。そうして、東の対に住む妹尼のことに触れて、

「東の御方は、なにやら物詣でにおいでとか……。その節、ここにおいでになった姫君は、まだこなたにいらっしゃるのでしょうか」

など僧都は問う。

「そのとおり、ここに居残っておりますぞ。なにか、気分が悪いとやらで……なにしておられましてな……そなたから出家の戒を受け申したいと、さように仰せじゃ」

と母尼君は語る。

浮舟、僧都に出家の願いを打ちあける

そこで僧都は、立って東の対へ渡ってくる。

「ここにいらっしゃいましょうか」

と言って、几帳のすぐそばにつっと座った。

浮舟は、なにやら臆する思いではあったが、僧都のいる几帳の際《きわ》まで躙《にじ》り寄って来て、応対する。

「不慮のできごとにて、過日宇治にて初めてお目にかかりましたることも、そうなるべき前世からの因縁があったればこそ、と存じまして、ご祈禱なども懇ろにお勧め申したような次第でありましたが、法師の身として、なにか特段の用事なくして、お手紙など通わせ交わすことも不都合なることでございますゆえ、自然自然にご無沙汰申し上げる結果となったことでございます。なにやらわけもわからぬほどに老耄して、世を捨てなさっておられる人のお近くで、どんなふうにお過ごしでいらっしゃいますかな」

僧都がそう言葉をかけると、浮舟は、

「もうこの現《うつ》し世《よ》に生きてなどいるまい、と心を決めた我が身ながら、どうしたことでございましょうか、不思議にも、こうして今まで長らえておりますのを、いたたまれぬ思いでおります……とは申しながら、宇治にて、至らぬ隈《くま》無く手を尽くしてお救いくださいましたご厚意のほどは、取るに足りぬようなわたくしの胸の内にも、身に沁みてありがたく存じております。……さはさりながら、やはり世間並みにはまいりませぬ我が身にて、ついにはとても生き続けることなどできませぬように存ぜられますゆえ、どうぞわたくしを尼にしてくださいませ。しょせん俗世に留《とど》まっておりましても、当たり前の女として長らえることなどできそうもないこの身でございますほどに……」

と頼んでみる。

「なんと……、まだこれから先、人生はなお長そうなお若い身じゃほどに、どうしてそのように一途《いちず》にご出家など決心できましょうぞ。生半可なことをなさるのは却って罪作りと申すもの。よいかな、今さように決心して仏道帰依《きえ》の心を起こされる……その当座は、それは強い思いでもござろう……が、この先ずっと年月《ねんげつ》が経つに従ってな、女の御身というものは、とかく業深《ごうふか》く不都合なものでございますゆえな」

僧都は、そう言って肯《うけが》わない。

「わたくしが幼かった時分より、なにもかも不如意《ふにょい》にて物思いばかり多い生い立ちでございました。親なども、それゆえ尼にでもして世話をしようか、などと思いもし、そう口に出して言われたこともございます。ましてや、いくらか物の道理を思い知る年ごろになりましてからは、このまま世間普通の姿を捨てて、せめて後世《ごせ》のことだけでも、と思う心が強くなりました。が、もはや亡くなるべき時が次第に近づいてまいりましたのでしょうか、心中たいそう心細くなってゆくばかりでございます。されば、どうしてもなんとかして……」

浮舟は泣き泣きそう訴える。僧都は不審に堪えない。

僧都、浮舟の願いを容れて出家させる

〈これはどうしたわけであろう……。これほどの美貌《びぼう》や容姿をもちながら、なぜに自分の身をそんなに厭《いと》わしく思い始めたのであろう。おお、そうじゃ、そういえば、あの夏の頃、祈り伏せたときに現われた物の怪も、「この人は、みずから世をお恨みになって自分はなんとしても死にたい、ということを夜も昼も仰せになっておったのを手づるとして、

たいそう暗い夜に、独りでおられたところを我が手に取った」とやら申しておったな……かれこれ思い合わせてみると、しかるべき深い訳があるのであろう。……となれば、本来今までだって生きているはずもなかった人じゃろう、しかもあのように悪い物の怪などが目をつけてしまった上からは、この先この人の命はまことに恐ろしく危ういことぞ……〉と思って、

「よろしい、どうであるにもせよ、そのようにご決心あっておっしゃることとじゃものを、もとより出家するということは御仏《みほとけ》のたいそう尊び称賛されることではあり、法師の身として反対申すようなことではない。戒などは、ごくたやすく授けてさしあげようけれど、ただいまは火急の用事で山より下り出《お》でてきたものゆえ、今宵は、これより直ちに一品の宮の御許《おんもと》へ参上致さねばなりませぬ。明日からご祈禱が始まることでござろう……。されば七日の加持祈禱をすっかり終えましてから、また立ち寄ってお授け申そう」

僧都はこう言い聞かせた。

〈……それは困る。七日も待つうちには、あの妹尼君などもみな帰っていらっしゃるだろう……そうしたらきっと、出家を妨げるだろうことは必定《ひつじょう》だもの〉と、浮舟は心底口惜しく思って、

「いえ、あの、以前ひどく気分が悪くて具合の悪かった頃に似たような感じにて、ほんとうに苦しいのでございます。もしこのまま病が重《おも》りなどしたら、戒を受けて出家しても甲斐のないことになってしまうかもしれませぬ。やはり、なんとしても今日という日が、戒をお授けいただける嬉しい日と存じておりましたものを……」

と、なお訴えては、ひどく泣きじゃくる。

これには修行専一の清浄無垢《しょうじょうむく》な心柄から、僧都はかわいそうに思って、

「もはや夜も更けたことであろう。山より下りますことなど、昔はなんとも思い申さなかったが、年をとるほどに堪えがたいことになってまいったのでな、今宵はここで一休みしてから内裏へ参上することにいたそうと存じておるほどに、どうやら、そのように急いで戒を受けたいらしいから、同じことなら、今日授けて進ぜようかの」

と言う。これを聞いて浮舟はたいそう嬉しくなった。

浮舟は、鋏《はさみ》を取り出して櫛箱《くしばこ》の蓋に載せ、几帳の外へさし出した。そこで、僧都は、

「さあさ、大徳たち、こなたへ参れ」

とお供の法師たちを呼びつける。

折しもそこに、宇治の院で最初に浮舟を見つけたときの法師が、二人とも供をしてきて

いたので、この二人を呼び入れて、

「御髪《みぐし》を下《お》ろしてさしあげなさい」

と命じる。

〈なるほど、あの、ただならぬ容態に陥っていたこの人の有様ゆえ、このまま俗世にあっては、生きているのもますます辛いことばかりであろう〉と、このお供の阿闍梨も道理に思うものの、いざ几帳の垂絹《たれぎぬ》の隙間から御髪を手でかき寄せて外に出しているのを見れば、なんとしてももったいないほど美しく長い黒髪であったので、しばし鋏を入れるのをためらっているのであった。


こんなことが進行している間、少将の尼は、兄の阿闍梨が僧都の一行に加わって下りてきたのに会って、一緒に自室へ下がっていた。また、左衛門のほうは、僧都に随行してきていた人々のなかの、自分の知っている人に応対するというので、こうした女ばかりの寂しい山里にあっては、それぞれに、心を通わせている人々が稀々《まれまれ》に下山してきたこんな折に、ちょっとしたもてなしをしようとして、下働きの者どもに指図などしていたのであった。そこで、浮舟の側《そば》に付いていたのはこもき一人だけであったから、こもきは、この薙《ち》髪《はつ》受戒の一件を、かくかくしかじかと、少将の尼に注進に行った。

おどろいたのは少将で、あたふたと駆けつけてきて、見れば、僧都が自ら着ていた法衣《ほうえ》や袈裟《けさ》などを、しるしばかりに浮舟に着せまいらせて、

「親のおわす方角を、まず拝み申し上げなされ」

と言う。しかし、浮舟にとっては、親のいる方角と言われても、どこを向いたらいいか分からぬことゆえ、とうとう堪《こら》え切れずに泣き崩れる。これを見て少将の尼が、

「ああ、なんと呆れたことを……。どうしてまた、かように考えもないことをなされますのか……。尼上がお帰りなされましたなら、どんなにかお叱りあそばしましょうぞ」

と言う。しかし、いったんこのように出家薙髪《ちはつ》の儀に着手してしまったものを、なにやかやと余計なことをいって邪魔立てされるのも甚だ不愉快に思って、僧都が少将らを窘《たしな》めたので、近寄って妨げをなすことも出来がたい。

やがて、僧都は、礼拝《らいはい》に続いて、偈《げ》を授ける。

流転《るてん》三界中《さんがいちゅう》、恩愛不能断《おんあいふのうだん》
棄恩入無為《きおんにふむゐ》、真実報恩者《しんじつほうおんしゃ》

衆生はことごとく欲界《よくかい》・色界《しきかい》・無色界《むしきかい》の三界を世々流転《せぜるてん》して、恩愛の情《じょう》は断つことができぬ。

しかし、その俗世の恩愛の情をきっぱりと断ち切って、無為《むい》の境涯《きょうがい》に入ることを得たならば、すなわちそれが真実、恩愛の情に報いるということにほかならぬ

こうした偈を唱えながらも、浮舟は、〈私はもう、愛情もなにもすべて断ち切ってしまったものを……〉と思い出すけれど、とは言いながらやはり悲しみは禁じ難いのであった。

阿闍梨は、逡巡《しゅんじゅん》のゆえか、御髪《みぐし》もうまく削《そ》ぐことができず、

「のちほど、ゆるゆると尼君たちに頼んで、形良く直させてください」

と言う。額髪《ひたいがみ》のあたりは、僧都が自ら削いだ。

「このように美しいお姿を窶《やつ》されて、後悔なさるでないぞ」

など、僧都は尊い御仏の教えなどを説き聞かせて、もろもろの戒を授けた。

〈願っても、すぐには遂げさせてもらえそうもなく、また誰もが皆思いとどまるように言い聞かせてやまなかった出家のことを、嬉しくも成し遂げたこと……〉と、浮舟は思って、そのことだけはこれまで生きていた甲斐があったという気がするのであった。

やがて僧都一行は京へ向かって出立《しゅったつ》し、邸内は静かになった。

夜の風の音を聞くにつけても、少将と左衛門は、

「このように心細いお住まいも、いましばらくのご辛抱ぞ、間もなくいともすばらしいご良縁を得られましょうと頼みをかけ申しておりました御身を、こんな尼姿にしておしまいになって……これからまだまだ末長いご生涯じゃものを、この先どうやってお過ごしあそばすおつもりでございますか」

「さようでございますよ、わたくしども老い衰えた者どもでも、尼になれば、もう人生もこれ限りという気持ちになってしまって、たいそう悲しいことでございますのに……」

と、口々に言い聞かせるけれど、それでも浮舟にとっては、ひたすら今尼になれたのは心が安楽になって嬉しく思える。これで、この先、俗世にあって、面倒なこと辛いことに堪《た》えながら生きていかなくてもいいのだと思えることこそ、まことに称賛すべきことだと思うにつけて、胸の屈託も晴れた心地がするのであった。

出家の翌日、また中将よりの文到来

翌朝は、こうして皆々の許さぬことを、押して出家したのであってみれば、尼姿に変わり果てた風儀《ふうぎ》を人に見られるのも恥ずかしく、また、髪の裾が急にだらしなく広がってしまっているように思えるばかりか、阿闍梨の手でへたくそに削がれてしまっているので、なんとか直したいと思うけれど、〈出家のことをつべこべと言わずに、だまって髪を繕い直してくれる人がいてくれないかな〉と浮舟は思う。けれども、何ごとにつけても気が引けてしかたないので、部屋を暗くしてじっとしている。

心中に思うことを、人に向かってはきはきと言い立てる能力などは、もともとからしっかりしていないところへ、まして、ことを分けて親しく語らう人もなかったゆえ、ただ硯に向かって、心中に思い余るときは、手習いに字を書きすさぶことだけが、浮舟にできる精いっぱいのところなのであった。そこで、

「なきものに身をも人をも思ひつつ

捨てし世をぞさらに捨てつる

もともとこの身も人も世に亡きものと思って、
一度は捨ててしまったこの世を、今またさらに捨ててしまったこと

今は、こうやってなにもかも終わりにしたのだもの」

と書いたけれど、それでもなお、我と我が身をたいそう哀しいもののように感じる。

また、

限りぞと思ひなりにし世の中を
かへすがへすもそむきぬるかな

もうこれが限りと思い定めたこの俗世間を、
一度捨てて今また重ねて捨ててしまったことよ

など、同じような筋のことを、あれやこれやと書きすさんでいたが、そこへまた中将の文が至る。

この日は、浮舟の唐突な出家にてんやわんやの思いをして、少将も左衛門もただ呆然た

る思いであったこととて、もはや文など取次ぐまでもなく、かくかくしかじかの次第で、姫君は出家されました、とだけの返事を言いやる。中将はそれを知って、まったく張り合いも失《う》せ、〈ああ、こんな出家の志などを深く持っている人だったがゆえに、あんなふうに一通りの返事すらするまいと、頭から決め込んで、そっけない態度で通していたのであったか……それにしても、なんの張り合いもないことよな。……あのとても魅力的に見えた髪の様子などを、しかと見せてくれと、先夜もあの少将の尼に談じ込んでみたら、『いずれそんな折がございましたら』とかなんとか言っていたものをなあ……〉と、ひたすら口惜《くちお》しい思いに駆られて、中将は、すぐさま折り返して文を送る。

「もはや何とも申し上げようもないご出家については、

　岸遠く漕《こ》ぎ離るらむあま舟に
　乗りおくれじといそがるるかな

この岸から、もはや遠く離れて、あちらの岸に向かって漕ぎ離れてゆかれるのであろう
海士(あま)の小舟《おぶね》のような、尼(あま)君の法(のり)の舟に、
私も乗(の)り遅れまいと心急ぎされることでございます」

こんなことを言ってよこした中将の文を、浮舟は常にも似ず手に取って見ている。そうして、世を捨てたばかりで哀痛《あいつう》の思いに沈んでいる折から、〈……中将が、これ以上なにを言ってきても、もうこれが限りかと思うのも、またなんだか哀しい〉と思うけれど、さてどんなつもりなのであろうか、浮舟は、そこらにあった紙切れの端っこに、

心こそ憂き世の岸を離るれど
行方も知らぬあまの浮木《うきぎ》を

心ばかりは、このやりきれない俗世の岸を離れますが、でもこれから先どこへさすらっていくのか、行方も知れぬ海士(あま)の浮き木のような、尼(あま)の頼りない身の上でございます

と、例のごとく手習いに書き散らすと、そのまま上包に包んで、中将に返しやった。浮舟は、

「せめてきちんと書き直すだけはしてから差し上げて」

と少将に頼んでみたが、

「なまじっか書き直しなどいたしますと、書きそこなうかもしれませぬから」

と言って、そのまま送った。

かくして、初めて返事を受け取った中将は、めずらしいことだと思って見るにつけても、もう出家してしまったものはいかんともしがたく、ただただ言いようもない悲しみを覚えたのであった。

妹尼一行帰る

初瀬詣でに行っていた妹尼君一行が帰ってくると、この現実に直面して、嘆き騒ぐこと限りもなかった。

「わたくしもこうした尼の身として、本来ご出家を勧め申すべきものであったろうと、強いて思うようにしておりますが、でもね、まだまだこれから先春秋《しゅんじゅう》に富《と》む御身を、どのようにして生きていこうとなさるのですか。わたくし自身は、もうこの世に生きているのも、今日明日まで……ともなんとも測《はか》りがたい者ゆえ、なんとしてわたくしの死後までも、そなたが心配なく過ごせるようにしておきたいものと、あれこれ案じ申して、それゆえにこそ、こうして初瀬の観音さまにもお祈り申してきましたものを」

と妹尼は、伏しつまろびつ身を揉《も》んで、それはそれは甚だしく嘆いている。これを見て、浮舟は、〈自分が姿を消した時に、まことの母親が、このまま亡骸《なきがら》も無いのかと思って、さぞおろおろと煩悶《はんもん》なさったのであろうな……〉とその時のことを推量するにつけても、何にもまして悲しい思いがするのであった。

しかし、浮舟は、いつもながら答えもせず、顔を背けている。その様子が、あまりにも若くかわいらしいので、妹尼は、

「なにやら、浅いお考えでいらっしゃるお心がけで……」

と、泣く泣く尼装束のことなどを用意させるのであった。

予《かね》て鈍色《にびいろ》の法衣《ほうえ》の仕立てなどは手慣れたことであったから、すぐに小袿《こうちき》、袈裟《けさ》などを仕立て上げる。ここに仕える尼たちも、こうした色の衣を縫っては浮舟に着せるにつけても、

「まことに思いもかけぬことであったな……」

「せっかくこんな寂しい山里に射してきた嬉しい光のように、明け暮れ拝見しておりましたものをなあ」

「なんと口惜しいことよ」

などなど、皆残念がって、かの僧都を恨み謗《そし》るのであった。

僧都、内裏に上って中宮に浮舟のことを語る

　さて、一品の宮（女一の宮）のご病状は、なるほどあの報告してきた弟子僧の言っていたとおり、僧都の加持祈禱の功験著しいことがあれこれあって、ついには病魔退散の日を迎え得たことゆえ、いよいよ以て僧都の霊験あらたかなものと、天下の評判となった。もっとも、こういう物の怪の病は、予後が恐ろしいとあって、病気平癒の後もなお、加持祈禱を引き続き勤めさせたゆえ、僧都はすぐに横川へ帰山することも叶わず、引き続き内裏に伺候している。折しも雨など降ってしんみりと静かな夜、中宮は僧都を召して、一の宮の側で夜通しの祈禱をさせるべく侍《はべ》らせている。

　このところずっと必死の看病で疲れ切った女房たちは、皆休みなどして、宮の御前《おまえ》はいかにも人少《ひとずく》なで、近くに起きて宿直《とのい》を勤めている女房も少ない折、同じ御帳台《みちょうだい》に中宮も付き添っていて、

「昔から、御坊《ごぼう》をみなお頼み申しておりましたなかにも、この度のことは、ますますありがたさもひときわにて、この分なら、後世《ごせ》もこのようにお救いくださるものと、頼もしい

こと一段でございます」

など言う。僧都は、

「拙僧も、この世に長くもございませぬように、御仏《みほとけ》などもお教えくださることが、いささかございましてな……。それも今年か来年か、いずれ事もなく過ごすことは難しいようにお告げなどがございましたほどに、この上は、世俗の雑事を交えず、ただひたすらに御仏を念じての勤行に尽くそうと存じまして、お山に深く籠っておりましたものを、このほどこんな仰せ事を拝しまして、山より罷《まか》り出《い》でましてございます」

など言上《ごんじょう》する。

こたび一の宮に取りついた物の怪が執念深いこと、またさまざまに名乗るのを聞けば、いかにも恐ろしく不気味なことであったことなどを報告するついでに、

「……じつは、まことに不可思議な、そして希有《けう》のことを見申したことでございます。と申すは……、この三月《やよい》に、年老いております母が願かけの叶った御礼参りに初瀬に詣でたのでございますが、その帰るさの中休み所《どころ》とて、宇治の院と申します所に一宿いたしましたところ、いや、かくのごとき、人が住まぬままで年を経た大邸宅というものは、良からぬ怨霊《おんりょう》などが必ず来通《きかよ》うては、棲みつくなどいたしますから、母のごとき重き病人のため

にはまことに悪いこともあれこれあろう……とまあ、そのように存じおりましたところが、案の定……」

と語り出して、あの宇治の院で見つけた浮舟の一件を語り申したのであった。中宮は、それを聞いて、

「なんとまあ、滅多とない不思議なことですね」

とて、よほど恐ろしく思ったのであろう、近く侍っていた女房たちは皆寝入っていたところを、わざわざ起こさせなどする。

一の宮付きの女房たちのなかに、かの薫大将と深い仲になっている小宰相の君もいて、この人はまだ起きていたため、この話を聞いてしまった。あとから起こされた女房たちは、寝ていたので、何も聞かなかった。僧都は、中宮がすっかり怖じ恐《お》れている様子を見て、〈しまった、うっかりしたことを申し上げてしまった〉と思って、発見前後のいきさつは、それ以上詳細にわたることまでは話さずに、語りさした。

「その女人でございますが……、実は、こたびのお召しに下山上京いたしますついでに、小野に居ります尼どものところへ訪ねようと立ち寄りましたるところ、その者が、泣く泣く、出家の志の深き由を、熱心に拙僧に相談してまいりましたゆえ、落飾《らくしょく》させて尼にして

やりました。この女人は、拙僧の妹、故衛門の督《かみ》の妻でございました尼が、亡くなった女の子の身代わりにと思うて喜びまして……、その身相応に労《いたわ》り世話をしておりましたが、それが尼になってしまいましたので、受戒せしめた拙僧を、妹尼どもは恨んでいるのでございます。なるほど、この女人は容貌すこぶる整い、清らかな美しさにて、仏道修行のために墨染めに姿を窶すなど、まことに気の毒なほどでございました。……しかし、あれはそもいったい何びとだったのでございましょうか……」

と、お喋り好きの僧都であったから、なおも細かに語り続けた。すると宰相の君が、

「さても、いったいいかなるわけで、そのような所へ、高貴な人をわざわざ攫《さら》って行ったものでしょうか。今ごろはさぞ、どういう素性の人か分かっていることでございましょうね」

など、僧都に問いかける。

「いや、素性などは知らぬ。もっとも尼どもに対しては、しかじかと打ち明けていることでございましょうな。正真正銘高貴なお家の姫君ならば、なんの、隠しおおせることではございますまい。あるいは、田舎人の娘にも、さような美貌の持ち主はいることでございましょう。『法華経』にも、龍の娘も成仏したとござるほどに、龍のなかから仏は生まれ

ぬと限ったものでもございますまい。さればもし、あれが並々の身分の者だとすれば、前世において、よほど罪軽《かろ》き人であったための善因果《ぜんいんが》ということでございましょう」

　僧都は、こんなことを言上する。

　この物語を聞いて、中宮は、その時分に、くだんの宇治のあたりで消え失せたという人のことを思い出した。この御前に侍る宰相の君という女房も、その姉君から聞いたこととして、なにかわけのわからぬ死にかたをした姫君のことは、ちらと耳にしていたから、

〈あ、もしやあの人のことであろうか〉とは思ったものの、なお確かなことではないし、
僧都も、

「その女人じゃが、なにやらこの世に生きているということを人に知られたくないような様子で、どうやら筋のよくない敵《かたき》のような人があるように仄めかして、身を隠し人目を忍んでおりますが、どうも前後の様子がわけの分からぬところがございますゆえ、こうして言上いたします次第でございます」

とこんなことを言って、どうやらその話はあまりつまびらかにしたくない様子である。

それゆえ、宰相の君も、この話は人に語りもしない。

　しかし、中宮は、

「もしや、あの人かもしれぬ……これは右大将の耳に入れておきたいものじゃ」

と宰相にだけは耳打ちしたけれど、しかし、〈右大将にせよ、その姫にせよ、いずれも隠しておきたいことであろう。それに、まだしかとそうだとも分からぬままに、あの気後れを感じるような人柄の大将に、こちらから口に出して言うのはいかがであろう……〉と気が引けて、結局中宮からは何も言わずじまいになった。

僧都、京よりの帰途にまた小野の山荘に立ち寄る

やがて一品の宮の病もすっかり全快したので、僧都も横川へ帰っていった。その途次、また小野の邸に立ち寄ってみると、妹尼が、ひどく恨んで、

「中途半端に、こんな尼のお姿になして、やがて志の挫《くじ》けることなどあらば、却って罪を作るようなこと……それを、わたくしになんの相談もなきまま勝手に……まことに納得できかねることでございます」

など言い立てるけれど、そんなことを言うてもなんの甲斐もない。

「こうなってしまった今は、ただひたすら勤行に励みなされ。老いたる人も若き人も、い

ずれ老少《ろうしょう》は不定《ふじょう》じゃ。されば、この世をいっそ儚いものと観念されたのも道理と思えるような、あの方のお身の上ではないかの」

　僧都がそう言うのを聞くにつけても、浮舟はただ恥ずかしいばかりに思うのであった。

「御法服《おんほうぶく》を、新しくお作りなされ」

　と言って僧都は、綾《あや》、羅《うすもの》、絹《きぬ》などというものを贈りまいらせる。

「それがしの目の黒いうちは、どうでもお世話申し上げましょう。なにもご案じになるには及ばぬこと。いま目前の俗世に生まれ育って、世間の栄華を願うことに拘泥している限りは、なにかと不自由にて世も捨てがたいと、誰も誰も皆そうお思いになるようじゃ。されど、かかる山林のうちに行ない澄まして勤行に励まれる身は、そもいったい何ごとを恨めしくも思い、また気後れを感じたりすることがありましょうぞ。この生きの命は葉の薄きが如し、というものじゃ」

　僧都は、「命《いのち》は葉の如し、命は葉の薄きが如く、将《まさ》に奈何《いかが》せむとする（命は葉のようなものだ。命は、葉の薄いようなものであるのを、どうしたらよいのであろう）」という白楽天の漢詩《からうた》「陵園妾《りょうえんしょう》」を引いて、命の無常迅速《むじょうじんそく》を教え諭《さと》す。それからまた、

「松門《しょうもん》に暁《あかつき》に到《いた》りて月徘徊《つきはいくわい》す（松の木が門のように立っているところに、暁になると、月がうろ

うろとしている）……」などなど、むかし唐土《もろこし》の王宮にあって、讒言《ざんげん》のため墓園《ぼえん》に幽閉された宮女《きゅうじょ》の嘆きを歌った「陵園妾」をば、僧都は法師ながらいかにも情趣たっぷりに、聞いているほうが恥ずかしくなるほどの様子で朗誦《ろうしょう》して聞かせるのであった。これらの教訓的言辞のあれこれをば、浮舟は我が身に引き比べつつ、〈ほんとうに、私の願いのとおりにご教諭くださること〉とありがたく聞いている。

中将、紅葉見物と称して来たり、尼姿の浮舟を垣間見

今日は、これもまた「陵園妾」に「柏城尽日《はくせいひねもす》に風蕭瑟《かぜせうしつ》たり（天子の墓園には、一日中風が寂しく吹き渡る）」と歌うてあるがごとくに、この小野の山里に日ねもす吹き渡る風の音も、たいそう心細く寂しく聞きなされる。そこで、こんな時ここに立ち寄った僧都も、

「ああ、山伏というものは、こういう日には、まさに声を上げて泣けてくるというものぞ」

と言う。それを聞いて、浮舟は、〈それなら、私も今は山伏と同じ身のほどだもの、どうりで止めても止まらぬ涙であったこと……〉と思いながら、端近《はしぢか》のほうに立ち出でて外

を眺めてみると、簀子の軒端《のきば》はるかに、彼方《かなた》のほうから、狩衣姿《かりぎぬすがた》の人々が色もさまざまに立ち交じってやってくるのが見える。あれは、比叡山に上《のぼ》る人だとしても、この小野のほうを通る道には、来通う人もごくたまさかにしかいない。ただ、黒谷《くろたに》とかいう方角から、比叡の山へ往還する法師の姿のみ、ごく稀には見えるけれど、こんなふうに世俗の装束を着た人たちの姿を見つけたのは、はなはだ珍しく感じられた。

が、これは、恨みに恨んで悲観していた中将の一行であった。せめて、浮舟の出家についいて、言う甲斐もなき恨み言の一つも言おうと思ってやってきたのだが、折しも紅葉《もみじ》がたいそう美しく、よその紅葉よりもぐんと色濃く染めなした色また色とあって、そのなかを分け入ってくるほどに、道中からすでにじんと心に沁みるのであった。

〈こんなしんみりとした山里に、なんの屈託もなく楽しげにしている女人などを見つけたりしたら、それはいかにも奇妙な感じがするだろうな〉などと中将は思って、

「ちと暇《いとま》があって、所在もない心地がいたしますので、今ごろは紅葉もどんなに見事であろうかと愚考いたしまして、やってまいりました。ご出家のことは承知ながら、それでも、せめて昔に立ち返って仮の旅寝なりとしてみたいほどに美しい木々のもとでございますなあ」

などと言いながら、外面《とのも》の紅葉に眺め入っている。

妹尼君は、いつものことながら、また涙もろくて、

木がらしの吹きにし山のふもとには

立ち隠るべき蔭だになき

こうして木枯らしが吹いて木々の葉をみな吹き散らしてしまいました、ここ山の麓には、

もはや身を隠すことのできる木陰すらありません

と、こんな歌を詠んで、もはや姫君は美しい髪も削ぎ散らしてしまったのだから、中将に泊まってもらうことはできぬ由《よし》をことわるのであった。これを聞いて中将は、

待つ人もあらじと思ふ山里の

こずゑを見つつなほぞ過ぎ憂き

いい、あらしが吹き過ぎては、もはや私を待つ人もあらじと思うている、この山里の

木々の梢を見ながら、それでもなお私は通り過ぎがたい思いに駆られております

などと、どんなに言ったとてなんの甲斐もない浮舟のことを、なおもくどくどと言い続

けて、

「尼姿にお変わりになったのだろう……そのお姿を、少しでも見せよ」

と少将の尼にくどきかける。中将は、以前ちらりと浮舟の後ろ姿を目にして、少将にもっとよく垣間見《かいまみ》をさせよと頼んでいたことを思い出して、

「せめてその垣間見だけでもさせてくれたら、そなたが以前の約束を果たしたことにしようじゃないか」

と責め立てた。しかたなく少将の尼が御簾内《みすうち》に入って様子を見ると、浮舟は、ことさらにでも人に見せてやりたいような美しい姿で座っているのであった。薄鈍色《うすにびいろ》の綾織《あやお》りの表着《うわぎ》、その下に萱草色《かんぞういろ》（赤みがかった黄色）の、尼らしくすっきりとした品格のある色の装束を着て、たいそう小柄で肢体のさまも魅力的なだけでなく、どこか華やいだ顔形に、髪はあたかも五重《いつつがさね》の檜扇《ひおうぎ》を広げたごとくふっさりと豊かな髪裾《かみすそ》の有様であった。顔を見れば、道具立ても繊細にかわいらしい面差《おもざ》しに、まるできれいにお化粧をしたかのごとく、ほんのり赤みがさして輝くばかりである。勤行などをしているのだが、それでも常に数珠を手にかけているわけでもなく、今はすぐそばの几帳にうち掛けてある。そうして、一心不乱にお経を読んでいる様子など、まさに絵に描きたいほどの姿である。

少将の尼は、かほど魅力的な浮舟の容姿物腰を、ふと見るたびに涙をとどめがたい心地がするのであったが、〈……まして思いを懸けている男だったら、この美貌をどれほど愛《いと》しくご覧になることであろう〉と思って、出家した今はちょっと見せてもよい折だとでも思ったのであろうか、たまたま障子の掛《か》け金《がね》のところに空《あ》いている穴を中将に教えて、さらに、視線の邪魔になりそうな几帳などをさりげなく引きのけた。

〈ああ、まさかこれほどまでに美しい人であったとは、思いもかけなかったぞ……この上なく理想的に美しい人を、尼になどしてしまって……〉と、中将は、浮舟の出家がなんだか自分の犯した過ちのような気にさえなって、惜しいやら悔しいやら悲しいやらで、ついに人目も憚らず泣きじゃくる。しかし、その様子が半狂乱のような気配で中に聞こえてしまっても困るので、中将は退いていった。

〈しかし、これほど魅力的な姿をした人が行方知れずになったとして、それを探さぬという人があったものかなあ。……また、これほどの人だから、その人あの人と名を言えば、きっと誰でも知っているような貴人の娘が、行方も知らず姿を隠したとか、もしくは、なにか嫉妬沙汰の果てに世を捨てて尼になったとか、そんなことがあれば、おのずから世間の噂になって聞こえてくることであろうがなぁ……〉など、どうも腑《ふ》に落ちぬ思いに、しきりと考え込む。そうして、〈たとえ尼になっていようとも、ここまで美しい人であれば、ちっとも厭な感じはせぬはず……〉などと思うにつけ、〈この尼姿ゆえに却って美しさが引き立って見ゆる……、ああ、このままでは、とても胸が騒いでたまらぬが……、そうだ、世間には知られぬようにして、やはりなんとか巧《うま》く語らって我が物にしてしまおうぞ〉とけしからぬことを考えて、俄然真剣に尼君に相談を持ちかける。

「あの姫君が、世俗の姿のままでしたら、まあ、いろいろと他の人のことやら思い憚るところもございましたろうが、今はもうこういう姿になってしまわれたのですから、いっそ心安くお話し申し上げることができようというものです。どうか、そのようにお諭し申し上げてください。こちらの里へは、亡き妻のことが忘れ難くて、このように参上致しているのですが、そこへまたもう一つ、私の思いを添えて、今後は通《かよ》ってまいりたく……」

こんなことを中将は説き付ける。妹尼は、

「わたくしもいつまで長らえてもおりませぬゆえ、この先はまことに心細く、あの姫君の身の上も気掛かりな様子に拝見いたしますれば、中将さまが、ただ真面目なお気持ちでいつもお心にかけてお訪ねくださることは、それはもう、たいそう嬉しいことと存じおきま

しょう。わたくしがいなくなりました後《のち》のことが、なんとしてもおかわいそうに存じます
ことにて……」

　と言って泣く。

　中将はこの様子を見ても、〈さては、この尼君も、かの姫君となにか縁続きの人に違いない。それにしても、どういう人なのであろうな……〉と思うけれど、尼君一族にこんな姫が居たことは全く聞いた事もないゆえ、どうにも見当がつかぬ。

「姫君の行く末のご後見役は、いえ、私自身もいつまで生きているか、当てにもならぬ頼りない身ではありますが、仰せのごとく真面目にお世話を申し上げたく、もしそうなりましたら、なにがどうあっても決して変わらぬようにいたしましょう。ところで、かの姫君をお探し申し上げているという人は、ほんとにおいでではないのでしょうか。その辺りのいきさつがはっきりいたしませぬゆえ……いえ、その、もとより色めいたこと抜きの真面目なお付き合いですから、なんの憚りもないことでございますが……やはりなお、なにかこう隠しておいでの筋でもありはせぬのかと、そんな思いがいたしておりまして……」

　中将はそんなことを言う。そこで、尼君は、

「どういたしまして……、もしあの姫が人に知られるような立場で俗世にお暮らしになる

としたら、それはそのように探し出そうという人もございましょう。しかし、今はもう、このような姿で、仏道修行一途に心を決めて過ごしておりますほどに……。当人の心構えも、まったくそのことだけと拝見いたしますものを」

などと忌憚《きたん》なく言う。

中将、浮舟もひとこと挨拶

中将は、浮舟のほうへも、ひとこと申し入れた。

おほかたの世をそむきける君なれど

厭ふによせて身こそつらけれ

おしなべてこの俗世を厭うがゆえに出家したそなたなのだろうけれど、もしや私を厭うてのことかもしれぬと思うと、ほかならぬこの我が身が恨めしい

これを取次いだ尼は、中将が深く心を込めて真摯《しんし》にこの歌を言い贈られたことなど、言葉を尽くして浮舟に言い伝える。そしてまた中将は、

「どうか、私との仲を兄と妹と、そんなふうにお思いくださいませ。それで、心寂しい者どうし、無常の世の物語などをお話し申し上げて、お互いの心を慰めることにいたしましょう」

と、こんなことも言い続ける。

しかし、浮舟の心は微動だにしない。

「仰せのように深遠《しんえん》な御物語《おんものがたり》など、もとより聞いて理解できるはずもないのが、口惜《くちお》しゅうございます」

と答えて、取りつく島もない。そうして、結局この「厭ふに……」云々の歌への返歌はせぬままになった。

〈……思いもかけず呆れるばかりのこともあった我が身だもの……もう懲り懲り。なにもかも、朽木のような姿で、誰からも見捨てられて、このまま一生を終わりたい〉と、浮舟はにべもない態度に終始する。

こういう次第であったから、これまで幾月も、ただひたすら鬱々とふさぎ込んで、物思いに沈むばかりの日々であったことも、今こうして出家の本懐を遂げた後には、少し晴れやかな心になって、妹尼君とわけもない戯《ざ》れごとを言い交わしもし、碁打ちに興じたりもして明け暮れ過ごしている。そうして、勤行もおさおさ怠りなく、『法華経』はもとより、そのほかの経典諸書に及んで、たいそう多くの書物を読みもする。

小野は雪深い里である。冬になって雪が深く降り積り、人の往来もすっかり絶える時節になると、「白雪の降りて積れる山里は住む人さへや思ひ消ゆらむ（白雪が降り積っている山里は、そこに住む世捨て人でさえ、深く気が滅入っていることであろう）」と古歌に詠じてあるけれど、なるほどその通り、鬱気《うつき》を散ずる方法もないことであった。

小野の山荘の新春

新しい年になった。

が、春になった兆候も見えぬ。谷水も凍りわたって瀬音のせぬことも心細さを添えて、いつだったか、「峰の雪みぎはの氷踏《こほり》みわけて君にぞまどふ道はまどはず（峰の雪も、川岸の氷も踏み分けて、私はやって来ました。それはひとえにそなたに心惑いしたゆえで、決して道に惑いはしませんでした）」と詠みかけてきた匂宮のことは、もう懲り懲りだと思っているけれど、それでもなお、あの時のことなどは忘れない。

かきくらす野山の雪をながめても
ふりにしことぞ今日《けふ》もかなしき

空を暗くして降（ふ）り暮る野山の雪を、物思（ながめ）に沈みながら眺（なが）めていても、
古（ふ）りにし昔のことは、今日も悲しく思い出される

浮舟はまた、例の手習いとして、気慰めの歌を勤行の合間に書き散らしたりしている。そうして、〈私が失踪《しっそう》してしまってから、こうして年が改まってしまったけれど、きっと思い出してくれている人もあるにちがいない……〉など、宇治の人々のことを思い出す時も多くある。

やがて子《ね》の日の菜摘《なつ》みの日に、若菜を粗末な籠に入れて、里人が持ってきてくれたのを、妹尼君が見て、

山里の雪間《ゆきま》の若菜摘みはやし

なほ生《お》ひさきのたのまるるかな

山里に雪の降り積（つ）む早春に、この若菜を摘（つ）み祝って、命を栄《は》やすほどに、
これから先もなおそなたの末長き幸いが期待されますね

と、かような歌をつけて浮舟によこしたので、

雪ふかき野辺の若菜も今よりは
君がためにぞ年もつむべき

雪の深いこの野辺の若菜も、今からは、わたくしのためだけでなく、あなたさまのためにも
摘（つ）みましょう、なおこの先何年でも年を積（つ）みつつ長生きしてくださいますように

とこんな歌を返した。妹尼君は、これを見て、〈さぞ、そうお思いであろうな〉と、浮舟の将来を悲しく思い遣り、

「こんな尼姿でなくて、もっと見る甲斐のあるお姿でいらしてくださったらと思うとねぇ……」

と、つぶやきながら、しみじみと泣くのであった。

閨《ねや》の軒先に近く、紅梅が咲いた。その色も香もいつに変わらぬ……これには「月やあらぬ春や昔の春ならぬわが身ひとつはもとの身にして（月はあの昔の月ではないのだろうか、さてまた春は昔の春ではないのだろうか、ただわが身ばかりは昔のままなのだけれど……）」と歌った古人の心も思い出されて、他の花よりも一段とこの花に心惹《ひ》かれる思いで浮舟は眺めている。それは、あの「飽かざりし匂ひ」……満たされぬ思いのうちに別れた宮の袖の匂いが、この梅に染《し》みついているからなのであろうか……昔の人も「飽かざりし君が匂ひの恋しさに梅の花をぞ今朝は折りつる（満たされぬままに別れたあの方の袖の匂いの恋しさに、この梅の花を今朝は手折ってみたことだ）」と詠《なが》めたとおり……。

夜深《よぶか》く、後夜《ごや》の勤行に、浮舟は閼伽水《あかみず》を仏に奉る。そのとき、下仕《しもづか》えの尼で、いくらか若い者がいたのを呼び出して、その紅梅を一枝折らせると、折られたことを恨み嘆くがごとく花が散って、いちだんと際《きわ》やかに匂いが通って来る。そこで浮舟はまたこう歌った。

袖ふれし人こそ見えね花の香の
それかとにほふ春のあけぼの

この梅に袖をふれたあの方こそここには居られないけれど、でもその梅の花の香りが、
まるでその人がいるのかと思うくらい、匂っている春のあけぼの……

大尼君の孫紀伊守、小野の山荘に来たる

大尼君の孫で、紀伊守《きのかみ》として赴任していた人が、このごろ任果てて上京し、小野の里へやってきた。歳は三十ばかり、容貌はさっぱりと美しげで、いかにも得意げな様子をしている。

「いかがおわしましたか、去年、一昨年と……」

紀伊守は問うけれど、大尼君はもうすっかり惚《ほう》けてしまっている有様であったから、すぐに妹尼のところへやって来て、

「まことにどこまでも惚けておしまいになった。おいたわしいことじゃ。この分では、この先お長くもあるまいものを、私は取り紛れお目にかかる機会も少ないままに、紀伊などという遠いところに何年も過ごしておりました。わたくしも両親が亡くなっての後は、あ

の大尼君お一所《ひとところ》だけを親代わりのようにお思い申しておりましたが……。ところで、常陸介（訳者注：浮舟の継父の常陸とは別人で、今の常陸介）の北の方からは、なにか消息などございますか」

と、こんなことを言っているのは、どうやら、紀伊守の妹のことでもあるらしい。

妹尼は答える。

「大尼君は、年月《としつき》の経つにつれて、だんだん物事も分からぬようになって、なすこともなくお気の毒なことばかり募ってまいります。常陸……は、もうずいぶん久しいこと、大尼君には、お便りを差し上げもせずにいるようでございます。この分では、常陸の帰京まで、とても無事にお待ちになっていることは叶わぬようなご様子に見えますが……」

紀伊守と妹尼君がこんなことを語り合っているのを耳にして、浮舟は〈常陸介の……北の方……あっ、私の親の名だ……〉と、余所事《よそごと》ながら耳に入ってくる。

すると、紀伊守がまた言うには、

「上京して何日にもなりますが、公《おおや》けのご用繁多《はんた》にて、なにかと面倒なことばかりございますのにかかずらわっておりましてな……昨日も、参上いたしたいとは存じましたのですが、右大将殿が宇治へお出ましになるお供を仰せつかりまして、……宇治では、故八の宮のお住まいであったところにお出でになりまして、その日一日を過ごされました。故宮の御娘《おんむすめ》にお通いになっておられたのですが、そのうちのお一方は先年お亡くなりになりました。その妹君を、またその宇治のお邸に秘かに住まわせなさっていたのですが、この姫がまた、去年の春に亡くなられまして、その一周忌のご法要をお営みあそばすとかで、宇治山の寺の律師に、しかるべく仰せ付けになりましてな、それがしも、そのお布施に女装束一揃えをば調製して納めなくてはなりませぬので、この件、お引き受けくださいませぬか。織らせるべきものは、わたくしのほうで、急ぎ致させましょうほどに……」

と、こんなことを耳にして、浮舟が、なんとして心を動かされぬことがあろうか。しかし、それを態度に顕《あら》わしては、尼君たちが怪しむに違いないと思うと、気が引けて、ひたすら奥のほうを向いて座っている。

妹尼君が、

「あの修行の聖《ひじり》のようであった親王《みこ》の御娘は、お二人と聞いたが、兵部卿の北の方になられたのは、姉妹のどちらじゃ」

と尋ねると、紀伊守は、

「この右大将の二人目の御方のほうは、なにか身分の低い女の腹に生まれた者でございましょうな。大将は、きちんとした妻としてのお扱いもなされなかったことを、今となってはたいそう悲しんでおられますそうで……。はじめにお通いになった大君が亡くなられたときは、それはもうたいそうなお悲しみで、それこそ、すんでのところでご出家などなされかねぬほどのことでございましたぞ」

などと語る。

〈さては、この守は、あの大将の君の身近にいる人なのであったか……〉と分かってくると、やはり恐ろしくてならぬ。

「まことに不審なることながら、大君と、その妹君と、お二人が同じようにあの宇治のお邸でお亡くなりになったことでな……。昨日のご法事でも、それはもうお気の毒なほどのご様子でございましたな、右大将殿は……。川に近いところで、流れの水を覗き込まれては、たいそうお泣きになった。それから、上のお部屋へお上がりになって、そこなる柱に、こんな歌をお書きつけになりました。それは……、

見し人はかげもとまらぬ水の上に
落ち添ふ涙いとどせきあへず

ここにて逢い見た人は、覗いてみても面影さえも留まっておらぬ、そんな水の上に、
我が目から落ちに落ちる涙は、どうやっても塞き止めることができぬ

と、こうありましたが……。右大将殿は、このことについて、はっきりと口に出してお
っしゃることは少ないのだが、ただ、その有様を見ていると、まことにお気の毒なご様子
と拝見しました……。あの大将は……女なら誰もが、それはもうたいそうすばらしいお方
と称《たた》え申すことであろう。私なども、若かりし時分から、一頭地を抜いてすばらしいお方
としみじみ拝見いたしておりましたので、公家社会随一の権力者などなんとも思わず、た
だ、この大将の殿をお頼み申し上げて、ずっと過ごしてまいりましたな」

紀伊守は、得々としてこんなことを語る。それを聞いて浮舟は、〈取り立てて思慮深い
というわけでもなさそうな、この程度の人でも、あの右大将の君がいかにすばらしいお人
かは分かっているのだな……〉と思う。

すると妹尼君が、

「光君と申し上げましたか……あの亡き六条院の君のすばらしさには、とても肩を並べる
ことなどおできにならぬという気がいたしますが、ただ今の世の中には、この光君のご一

族ばかりがもてはやされていらっしゃるとか……。さて、あの左大臣殿とは、いずれが……」

と言う。

「左大臣殿は、容貌風采《ふうさい》もたいそう整って清らかに美しく、ご威徳もおありだし、なにもかも格別のお人ざまでいらっしゃいます。兵部卿の宮は、たいそう美しくおわして、わたくしなども、女の身となってお側にお仕え申したいというくらいに思うことでございます」

などなど、これはまるで浮舟にしかじかと聞かせよと誰かが教えそそのかしたかのように、滔々《とうとう》と語り続ける。

それを浮舟は、じんと心に響きもし、また興味津々にも思って聞いていると、自分自身のことも、まるで夢語りかなにかのようで、この世のこととも思われぬ。

かにかくに、紀伊守は、立板に水のごとく滔々と語り置いて、帰っていった。

〈ああ、右大将の君は、私をお忘れにはなっていない……〉そう思うと、浮舟の心はまた感慨に打たれる。それにつけてもまた、母君はどんなに悲しんでおられるだろうかと、なおさらに思い遣《や》られるけれど、といって、なまじっかこんな尼姿のふがいない姿をお目にかけ、またはお耳に入れても、却って悲しませるだけだから……やはりひどく気の引けることであった。

あの紀伊守が尼君に言いつけていった布施のための装束など、大わらわで染めたりなどしているのを見るにつけても、自分自身の一周忌の法事の用意だと思うと、なんともいえぬ不思議な、そしてまた奇妙なことと感じるのであったが、まさかそんなことを言い出すことなどできるものではない。やがて、裁ったり縫ったりという作業をする段になって、尼君が、

「これをお手伝い願えませぬか。そなたは、この袖口のところなど、とてもきれいにお捻《ひね》りになるから……」

と言って、小袿《こうちき》の単衣《ひとえ》を持ってきたのであったが、ことがことだけに、どうも厭な感じがするので、気分が悪いと言って手も触れずに臥してしまった。すると、尼君は、装束の支度などどうち捨てて、

「どんなふうにご気分が悪いの」

と浮舟の身を案じてくれる。

また、ちょうど紅《くれない》の衵《あこめ》（下着）に桜襲《さくらがさね》（表白、裏赤）の織物の袿《うちき》を仕立て、重ねて見せながら、

「姫君には、こんなかわいい色合いのお着物をね、ぜひお召しいただきたいのに、ああ、なんという興ざめな墨染め姿でしょうか……」

と言う尼もある。

あまごろもかはれる身にやありし世の
かたみに袖をかけてしのばむ

尼衣姿にすっかり変わってしまったこの身に、俗世の形見として心に懸(か)けて、こんなかわいらしい色の袖を掛(か)けて昔を偲ぶことにしましょうか

浮舟はそんな歌をまたすさび書いて、〈なんだか尼君がおいたわしい……これで私が尼君より先に亡くなりでもしたら、その後《のち》になって……いずれ隠し事などは露《あら》われてしまう世の中だもの、誰彼に聞き合わせなどして、ほんとうのことをお知りになるにちがいない。そしたら、『疎ましく思うほど、なにもかも隠していたものだ』とお思いになるであ

ろうな〉など、あれこれ思い巡らしつつ、

「過ぎ去った昔のことは、なにもかも忘れてしまいました……けれど、このように美しい装束をせっせとお支度なさっているのを拝見いたしますと、このときばかりは、すこし心が動きます」

と、敢ておっとりした口調で言うのであった。

「そうおっしゃるけれど、でも、お思い出しになられることも多くあるでしょうに、そんなふうにひたすらお心隔てをしてお隠しになるのは、ほんとうにやりきれぬこと。……もう尼になって久しいことになり、私などは、こんな世俗の人たちの着る花々とした色合いなど、久しく忘れておりましたから、ほんとうになんの曲《きょく》もないことしかできませぬにつけても、ああ、亡き娘が生きていてくれたらなあ、などと思い出されます。そなたの装束などのことを、こんなふうにお世話をなさっていたであろうお方は、まだご存命でいらっしゃるのでしょうね……。私のように、こうはっきりと娘を亡くしてしまった者も、やはりなお、あの子はどこかにいるのではないか……せめて、今は生まれ変わってどこそこにいる、とだけでも尋ね聞きたいと思うのですけれど、そなたの場合は、はっきり亡くなったともわからず、ただ行方知れずになっているというのですから、さぞさぞ、どこにいるのかと思い申しておいでの方々もいらっしゃることでしょう……」

妹尼君は、こう言って浮舟の母君のことなどを尋ねてみる。浮舟は、

「以前俗世におりました時分には、そういう人が一人はおられました……。でも、あれから幾月も経って、もしかしたらもう亡くなられてしまったかもしれませぬ」

と言いながら、涙がぽたぽたと落ちるのを懸命に袖で隠し、

「なまじっか思い出しますにつけても、いたたまれぬ思いがいたしますほどに、なにも申し上げることができませぬ。べつに心隔てをしてなにかを隠しているなどというつもりはすこしもございませぬが……」

と、ただそれだけを、言葉少なに申し開くのであった。

薫、浮舟の一周忌の法要を営む

さて、薫の大将は、浮舟の一周忌の法要などを執行《しゅぎょう》させて、〈さても、淡い契りを以て終わってしまったことよな……〉と身に沁みて思い出している。

例の前《さきの》常陸介の子どもらについては、約束どおり、元服した息子は蔵人《くろうど》に任じて、なお

自らが統括する右近衛府《うこんえふ》の将監《ぞう》を兼務させてやるなど、せいぜい面倒を見てやった。また、まだ少年だが、子らのなかでも見目良き者を選んで、側近く召し使おうとも思っているのであった。

薫、中宮のもとに参候して思いを訴える

雨などが降ってしんみりとした夜、薫は中宮の御所へ参候した。中宮の御前《おまえ》も人少なにして静かな日であったので、さまざま四方山《よもやま》の話など申し上げるついでに、

「辺鄙《へんぴ》な宇治の山里に、ここ何年か通って逢いなどする人がおりましたが、とかく人の謗りを受けましたものの、まずしかるべき因縁などございましたのでしょう、いや、誰だって心惹かれる人のことは、そうしたものであろうと、強いて思うようにいたしまして、やはりときどきは逢うておりました。が、憂(う)いとも聞こえます宇治(うじ)の所柄なのでございましょうか……その人は亡くなり、心憂(う)いと思い申すことになっての後《のち》は、なにやら通い馴れた道もずいぶん遠道《とおみち》のように感じるようになりまして、久しく訪ねもせずにおりました……が、つい最近、さるついでがあって行ってみました。そこで、現し世《うつしよ》の

無常迅速《むじょうじんそく》なることを、あれこれ重ね重ねに観念いたしますと、その宇治の邸は、人にことさら仏道帰依の心を起こさせるために八の宮が造りおいた、いわば修行者の住処《すみか》……とさように覚えましてございます」

と言上する。すると中宮は、以前横川《よかわ》の僧都が言っていた不思議の姫君のことを思い出されて、たいそういたわしく思い、

「その邸には、もしや恐ろしい魑魅魍魎《ちみもうりょう》のごときものが住んでいるのだろうか。どのような様子で、その人は亡くなったのじゃ」

と問いかける。

薫は、僧都が中宮に浮舟失踪のあらましを語ったことを、まだ知らない。そこで、〈ああ、中宮さまは、やはり二人までも宇治の姫君が打ち続いて亡くなったのを、こんなふうに思いなされるのであろうな〉と、単純にただそう思うゆえ、

「そうしたこともございましょう。ああいう人里離れた所には、良からぬ怨霊などが、かならず住みつくことでございますから、……いえ、たしかにあの姫が亡くなった前後の経緯は、どうもおかしい、妙なことでございました」

と言って口を濁し、詳しいことは言わない。

中宮は、〈今になっても右大将がこんなに隠している事実を、すでにもう私が聞き知っているということは、間違っても口にはできぬ。そんなことを言えば、右大将はどんなに恥ずかしい、ばつの悪い思いをするだろう……それはあまりに気の毒な〉と思う。そしてまた、匂宮が、その宇治の妹姫を失った時分には、ひどく懊悩《おうのう》して、しまいには病気にまでなってしまったことを思い合わせるにつけても、やはり中宮の胸は痛み、〈こうなれば、右大将のためにも、宮のためにも、いずれ自分が口出しすることもできにくい人の身の上だから……〉と思って黙ってしまった。

中宮、小宰相を召して僧都の語ったことを薫に伝えるよう話す

そこで中宮は、小宰相の君を呼んで、こっそりと耳打ちする。

「右大将は、例のあの姫君のことを、ほんとうに愛《かな》しく思ってお話しになったのでね、とてもお気の毒で、よほど私の口から打ち明けてしまおうかと思ったのですが、でも、真実あの僧都の話した人が右大将の思い人その人かどうか、確かめたわけでもないので、やはり気が引けてね……。そなたは、いきさつを詳しく聞き合わせているのでしょ。だった

ら、あまりに具合の悪いことは言わずにおいて、しかじかのことがありましたと、なにか雑談のついでにでも、僧都の語ったことを大将にお話しなさい」

小宰相は、

「中宮さまでさえ、ご遠慮あそばされますようなことを、ましてわたくしのような赤の他人が、なんとしてお話しできましょう」

としり込みするけれど、

「事によりけりですよ、こういうことは。場合によっては、他人のほうが話しやすいということがあります。なにぶん、私には、ちょっと話しにくい事情があるものだから……」

と中宮は言い諭《さと》す。匂宮もこの一件に関わっている以上、母中宮としては、やはり口にしにくいところがあるのであった。小宰相は、委細《いさい》心得て、中宮の心配りをさすがなものだと感じ入った。

そこで、小宰相は、薫が自室に立ち寄っておしゃべりなどするついでに、このことを言い出した。世にも稀なる、またいかにも不思議な出来事だと、薫にしてみれば、なんとして驚かずにいることができようか。

〈さては……中宮さまがあのようなことをお尋ねになったのは、その一件をすでにご存じで、ちらりと思い合わされてのことであったのか……。それなら、どうしてその時最後までお話しいただけなかったのであろう、ちと恨めしいけれど、いやいや、私だって、そもそも事の発端から中宮さまには何もお話し申し上げずにいた……、それはしょせん愚かしい行ないだと思っていたからだけれど……、そういう気持ちは、小宰相から、今こうして事実を聞いた後《あと》になっても、やはり変わりはない。されば、自分の口からは決して言いもせぬが、それでも隠すほどに露《あら》わるる習い、却って人の噂になることだってあるだろう……。とかく世の人々の間に秘密にしていることだからといって、それがいつまでも露顕せずにいる世の中であろうか、まさかな……〉などと案じ巡らして、このことを話してくれた小宰相の君にも、さらに仔細な経緯について、こうこうこんなわけだった、などと打ち明けることは、やはり口にするのも憚られる思いがする。しかし、その重い口を開いて薫は、

「聞けば聞くほど、あの死に方はどうも合点がいかぬと思っていた姫のことに、まことによく似た人の身の上だ……で、その人は、まだ存命か」

と尋ねる。

「あの横川の僧都が、山から下りて出てきた日に、尼にしてしまいましたが、予《かね》て重く患っていた折にさえ、本人がいかに望んでも、尼にするにはあまりに惜しまれるご縹緻《きりよう》ゆえ、はたの者たちが出家させなかったものを、ご本人が、出家の本懐《ほんかい》の深いことを訴えて、ついに尼になってしまった……と、さようなことのようでございました……」

小宰相は、そんなふうに話した。

こうなれば、場所も変わらず、その時分のよろずの状況と思い合わせてみても、少しも違うところがない。〈さては……よし、これから本当にかの人と尋ね出した時には、さぞ呆れるばかりの思いがすることであろうな。しかし、どうやって確かなところを聞いたらよかろうか。……といって、私自身がせっせと尋ねてまわるというのも見苦しいと、人がとやかく言うであろう。また、あの宮も、こんなことをお聞きつけになったりした日には、必ずやまたその気になられて、せっかくあの人が仏道に心を潜《ひそ》められたというのに、なにかと妨げになることをなさるであろう。うーむ、これはもしや、あの宮はすでに知っていて、また口説き寄ろうとでも思っておいでゆえに、このことは決して私に言ってくださるな、とそう中宮さまに申し上げておかれたのではなかろうか。そうか……それで、中宮さまは、こんな世にも珍しいことをお聞き及びでありながら、ただ私にだけはしかじかのことを聞いたとも仰せにならなかったのではなかろうか。ああ、よしよし、中宮さまばかりか、あの宮までも一枚嚙《か》んでおられるのなら、ほんとうに愛《いと》しいとは思うけれど、この際、改めて、あの時に死んでしまったものと思うことにして、きっぱり諦めることにしよう……。あの姫が、また現し世の人になって黄泉還《よみがえ》ってきたとあれば、いずれ遠い将来にでも、その黄泉の国あたりのことなどを、談じ交わす機会などもなにかの拍子にあるかもしれぬ。いずれにしても、この先はもう、自分のものとして再び逢瀬を遂げようとか、そういう思いは持つまいぞ〉など、薫の心はあれこれ乱れる。そうして、〈どうあっても、中宮さまは、ほんとうのことをおっしゃってはくださらないだろうな〉とは思いながら、実のところ、どんなふうに思っておられるのかを知りたくて、匂宮の母宮たる中宮に、なんとか機会を作って、こんなことを言上する。

「思いもかけぬことで死なせてしまったと、実はずっと思うておりました人が、その後《ご》、この世に零落《れいらく》して生き延びているように、さる人が報告してくれましたのです。さようなことは、まさかあろうはずもないと存じますのですが……、その人は、出奔《しゅっぽん》や入水《じゅすい》などという、みずから求めて人目に立つような仕方でわたくしから離れていくことなどございますまいと、ずっとそう思っておりました人柄でございますから、物の怪に攫《さら》われたとか、人の語り申したようなことであったとすれば、まず、さようなこともあり得べく、件《くだん》の姫君にはなるほど似つかわしく存ぜられます」

こたびは、こんなふうに、もう少しだけ具体的なことを中宮のお耳に入れてみる。

匂宮のことは、聞いているほうが恥ずかしくなるほど堂々とした態度で、しかも宮に対して恨みがましいような言い方は毫《ごう》もせずに、

「その姫君のことでございますが、もしわたくしが探し得たということを、宮がお聞きつけになった暁には、きっとわたくしのことを、見苦しい色好みのようにお思いになりましょう。それゆえ、ここは断じて、そんなふうにして、その人が生きていたなどということは、知らぬ顔をして過ごすことにいたしましょう」

と言上する。中宮はこれを聞いて、

「僧都はたしかに語ってくれたが、それは、一品の宮が物の怪病みに苦しんでいたときの、まことにぞっとするような夜のことであったから、あまりきちんとは聞き覚えておりませぬ……。また、宮は、なんとしてお聞きになれたであろう、それはあり得ぬこと。なにぶんあの、申し上げようもない色好みのご性分よ、と聞くゆえ、ましてこのことをお聞きつけになるなど、それはもう私も困り果てると申すもの。この方面に関しては、まった

く軽率でやりきれないようなことばかり、世間に知れ渡っておいでのように見えるゆえ、ほんとうに母として情ないことじゃ」

とこぼす。これを聞いて薫は〈中宮さまご自身は、たいそう重厚沈着なお心柄でいらっしゃるから、どんなにうちとけた世間話の折であっても、必ずや、人が内密に申し上げたようなことを軽々《けいけい》に漏らされることはあるまい〉と思う。

薫は、〈さても、その人が住んでいるという山里は、どこにあるのであろう……どのようにしたら、体裁が悪くならぬように探し出すことができようか。よし、この上は、僧都に面会して、たしかな場所や有様などをよく聞き合わせなどして、それからともかくも訪ねてみることにするのがよさそうだ……〉などと、寝ても起きてもただひたすらにこのことばかり思っている。

毎月八日の日に薫は、必ず尊《たっと》き仏事を執行《しゅぎょう》する習いで、とりわけ八日を縁日とする薬師《やくし》仏《ぼとけ》に寄進申すということがあるので、薬師如来《にょらい》を本尊とする根本中堂《こんぽんちゅうどう》にはときどき参詣するのであった。そこで、中堂からの帰途にそのまま横川へ立ち寄って……と思って、あの、浮舟の異父弟で童《わらわ》として召し使っている少年を供につれて出向いていった。〈あの姫の家族の人々には、すぐには知らせぬことにして、万事は再会してからのなりゆき任せということにしよう〉と薫は思う。……これは再会したときの、まるで夢のような心地のなかにも、さらにいっそうの歓喜を加えようとでもするつもりなのであろうか。〈しかし……こんなことで、間違いなくあの姫自身と突き止めたとしても、見苦しい姿で、墨染めの尼どものなかに交じっていて、それで失踪後になにかやりきれないようなことがあったなどと耳にする結果になったら、それこそいたたまれぬことであろうな〉など、薫の心は、根本中堂への道すがらも、千々《ちぢ》に乱れていたとか……。

夢浮橋《ゆめのうきはし》

薫二十八歳の夏

薫、比叡山根本中堂より横川の僧都のもとへ

さて、薫は、比叡山延暦寺の根本中堂《こんぽんちゅうどう》に着いて、ここに参詣のときはいつもそうするように、経典や仏像の供養を執行《しゅぎょう》させる。

その翌日は横川にやって来たので、僧都は驚き、また恐懼《きょうく》してこれを迎える。もともと祈禱などを依頼するにつけて、なにかと相談に乗ってもらうような付き合いは、もう何年と続いていたのだが、個人的にとくに親しいということではなかった。

しかるに、このたびの一品《いっぽん》の宮(女一の宮)の物《もの》の怪病《けや》みの折には、僧都が加持祈禱を以て奉仕した結果、余人《よじん》に抽《ぬき》んでた功験《こうげん》を示した、というように薫は見て以来、誰よりも篤く尊崇し、さらに深い仏縁を結んだのである。だからこそ、重々しい位にある右大将殿が、こうしてわざわざこの横川を尋ねてくれたのだと、僧都は感動することただならず、せいぜい丹誠《たんせい》込めて接待に務める。

元来が仏道への志篤い薫のこと、ありがたい物語など、僧都相手に心こまやかに語り合ってすぐには帰る気配もないので、湯漬け飯などを参らせる。

食事の接待なども終わり、人々が下がって、あたりがやや静かになった頃合いを見計らって、薫は、ふとこんなことを尋ねた。

「かの小野のあたりに、お持ちになっている家などございましょうか」

「いかにも、持っております。が、まるで貧相なる所でございます。そこには、拙僧の母なる老尼《ろうに》が住んでおりまして……なにぶん、京には母を住まわせるべききちんとした家もございませぬことですし、その上拙僧も、こうして山籠り修行をしておりますゆえ、その間は、夜中でも暁でも随時見舞ってやれるようにと存じまして、ここからも遠からぬ小野に住まわせておるのでございます」

僧都はそう答えた。

「そのあたりには、つい先頃まで、人が多く住んでおりましたが、今はたいそう寂れて人気《ひとけ》もなくなってゆくようですね」

薫はそんなことを言いながら、もう少し僧都のそばに躙《にじ》り寄って、声を潜《ひそ》める。

「なにやら、まことにいいかげんな話のような気もいたしますし……また、こんなことをお尋ね申し上げるにつけては、おそらく『いったいそれは、どんなことなのか』と不審にお思いになるに決まっておりますので、いずれ、言うを憚るのでございますが、……じつは、かの小野の山里に、ほんらい私が世話をすべき人が身を隠しておりますように……ちらりと聞きました。果たしてそれが確かな事実であるなら、どういういきさつで、そうなったのか、ということなどをそっとお話し申し上げようかなどと思案いたしておりますうちに、その人が御坊の御弟子《みでし》となって、既に戒《かい》などお授けになってしまった、と噂に聞きました。……がさて、それはまことでございますか。件《くだん》の人は、まだ歳も若く、親などもあった人ですから、まるで私が死なせてしまったように、文句を言ってくる人もございますので……」

と言う。これを聞いて僧都は、〈さればこそ……どうりで当たり前の人とも見えなんだ、あの姫の様子であったぞよ。しかも大将殿が、ここまで仰せになるのは、按ずるに相当に大事に思っておられる人であるにちがいあるまい〉と思うにつけて、〈いかにわしが法師の身じゃというて、深い考えもなく、即座に尼姿に様を変えさせてしまったことよ〉と、はっと胸を衝《つ》かれ、なんと返答申そうかと思案を巡らす。そうしてついに、〈ここまで仰せになるからには、右大将殿は、たしかに事の次第を聞き知っておいでのようだな。とすれば、これほど分かっておいでで、なおかつさらに尋ねなさるからには……もはや隠し立てなどできようはずもない。いや、中途半端に抗《あらが》って隠し立てなどするのは、それこそ不都合なことになろうぞ……〉など、しばし思案の後に、腹を括《くく》る。

僧都、詳しく事実を打ち明ける

「されば、あれはいかなることでございましたろうか。このところ、内心どうも腑に落ちぬ思いでおりますお人の御ことを仰せでしょうかな」

と切り出した。

「……いや、あの小野の家におります尼どもが、初瀬に願解《がんほど》きのために詣でましてな、その帰途に、宇治の院とやらいう所にしばし休《やす》ろうておりましたほどに、母の尼が、疲労困《こん》憊《ばい》のため俄《にわ》かに按配が悪《わる》うなり、それもたいそう容態篤《あつ》しき旨を知らせて、使いの者がやってまいりましたのじゃ。そこで、拙僧も急ぎ罷《まか》り越しましたところ、真っ先に、何とも奇怪なることが……」

と、そこまで言うと、僧都は一段と声を潜める。

「と、申すはほかでもない。実の母親が今や死なんとしておるというに、我が妹の尼は、その重病の母を差し置いて、一人の女人の介抱にひたすら案じ侘《わ》びておったのでございます。この女人もまた、まるでもう亡くなりなすったような様子ではありましたが、それでも、かすかに息をしておりました。昔物語に、魂殿《たまどの》（注、死者を仮安置して招魂呪術《じゅじゅつ》をする所。殯宮《もがりのみや》）に安置した人が黄泉還《よみがえ》ったという話もあったことを思い出しましてな。もしや、そういうこともしれぬ……と、珍しいことのように存じ、弟子どものなかに、とくに法力の強い者どもを呼び集め、代わる代わるに加持祈禱をさせなどいたしたことでございました。もはや母も命を惜しむような齢でもございませぬが、ただ、拙僧の思いは、母が旅の空にあって重い病に苦しんでいるのを助けて、その臨終に際して、念仏をば心乱れずに唱えさせてやりたい、と……ひたすらに仏を念じ申し上げることばかり存念いたしおりましたほどになあ、その女人の有様は、あまり詳しくも見申さなかったことでございます。さりながら、事の次第を拙僧なりに推量申しまするに、天狗《てんぐ》やら木霊《こだま》やらいうようないかいあやかしのものが騙《だま》して、かどわかし申したのでもござりましょうかな、おおかた、皆の話を聞きます限りでは、そのように存ぜられます。それから、よく介抱して、宇治より京のほうに連れ帰りまして、小野の家に落ち着いた後も、三か月ばかりはまるで亡き人同然でいらっしゃいましたが、……実は、拙僧の妹は、もとは亡き衛門《えもん》の督《かみ》の北の方でございましたのが、尼になっておりますので、それが一人の娘を持っておりましたものの、その娘に先立たれましてな……、以後もうずいぶんと年月《ねんげつ》が経ちますが、悲しみに堪えず、ひたすら嘆いてばかりおりましたところに、なんと、その娘と同じ年格好と見える人……しかも、かくも容貌は整い、清らかに美しい姫を見つけ申したのでございますから、それはもう、観音さまよりの賜りものと、喜ぶまいことか……、この人を万一にも死なせてはならぬと、前後を忘じて夢中になりましてな、泣く泣く、そのたっての願いをば、拙僧のもとへ申してまいったことでございました。されば、その後《のち》でございますが、かの坂本の小野の家にみずから下《お》りてまいりまして、護身《ごしん》の行法《ぎょうほう》などを授けまいらせましたところ、ようやく正気を取り戻して人心地《ひとごこち》がついた、というようなわけでございました。さりながら、それでもなお、この執念深いあやかしの憑《つ》き物《もの》めが、身を離れぬ心地がするとやら申しまして、どうしてもこの悪《あ》しき魔縁《まえん》の妨げを逃れて、出家し後世《ごせ》を願《ねご》うて生きたいなどと、悲しげに仰せになることがあれこれございましてな、まず、拙僧も法師として、出家は、それこそ勧め申し上げるべきこと……と、さように観念して、しかと出家させ申したという経緯でございました。されば、右大将殿が、御みずからにお関わりのあることだとは、なんとして少しの手がかりもなきに、悟ることができましょうぞや。どだい、なにもかも世にも稀なることとの首尾でございますから、なにか四方山《よもやま》の談義のついでにでも、ちょっとお話しまいらせてもよさそうな奇談でございましたが、この老尼《ろうに》どもが、万が一にも、このことが世間に知れては、とんだ煩わしいことが出来《しゅつたい》しかねまじきことと、つべこべ申しましてな。それで、この何か月もの間、口外することなく過ごしていたのでございます」

僧都はこんなふうに打ち明けた。

薫にとって、この事実はまったく初耳というわけでもなかった。かねて、こんなことがあったらしいと、ちらっと耳にしてはいた……それが、今やっと、はっきりと糾《ただ》し得たわけであるが、すっかり死んでしまったものと思い諦めていた人について、〈それではまことに生きているのか……〉と思えば思うほど、まるでなにか夢でも見ているような気持がして、ほとんど呆然たる思いのうちに、薫はあられもなく涙ぐんでしまった。僧都は、こちらが気恥ずかしく感じるほど粛然《しゅくぜん》たる態度であるのに、このようにみっともなく涙ぐんだところを見られてはならぬ、と薫は思い直して、なんとか平気な顔でいようと努める。

僧都は僧都で、こうして涙にくれている薫を見ては、〈ああ、ここまで深く思うておられたのであったか。それを、わしはまるで、この世に亡き人同然の尼になどしてしまって……〉と、大きな過ちを犯した気がして、みずからの罪の深さに思い至る。そこで、

「いや、さように悪しき魔縁に取り憑かれなすったのも、畢竟《ひっきょう》前世からの因縁でござる。思うに、この姫は、高貴のお家の姫君でもおわしたろうか。それがいかなる間違いで、こんなところまでさすらっておいでになったのであろうかの」

と、さらに問い進める。

「まずそこそこ皇族のお血筋とでも言うべきところでございましょうか。されば、わたくしとて、もとより特に重々しい扱いをしようなどというつもりもございませんで、ただ、ふとしたことで見出《みいだ》してから目をかけるようになったのでございますが、とは申せ、ここまでひどく零落《れいらく》してよい分際《ぶんざい》の人とも存じておりませんでしたものを……。しかるに、かほどに奇怪な有様で跡形もなく消え失せてしまいましたゆえ、さては身を投げたのであろうか、とは思いましたものの、さまざまに疑わしい所のみ多くございまして、結局、たしかなところは聞き知るよしもないままに……。聞けば今は、尼姿になって現《うつ》し世《よ》の罪を軽くする暮らしをしているのですから、それで良し、もう一安心と、わたくし自身は存じております。ただ、その姫の母君という人が、それはもうひどく恋しがり悲しんでいると聞

きますゆえ、しかじかの通り聞き出したという旨を、ぜひ告げ知らせてやりたいと、そう思うのではございますが、……と申して、そんなことをすれば、ここ何か月も秘密にしておかれた御坊や妹尼君のご意向に背くようなことで、なにかと面倒なことにもなりましょう。親子の間《あいだ》の恩愛《おんない》の情は切っても切れぬもの、結局悲しみに堪えずして、母君が訪ねてまいるなどということも、きっとございましょうな」

薫は、こう答えてまた、

「そこで、法師としてまことに不本意な道案内ともお思いになりましょうが、ぜひ坂本の小野まで、わたくしをお連れくださいい。これだけを聞いて、出家したのならそれでよしと、中途半端に看過《かんか》しておいてよいとも思っておりませぬ人なのですから、……いや、夢のように不可思議な事どもを、出家した今だからこそ、せめて語り合いたいと、さように存じますほどに……」

と、こんなことを言う。その様子を見ていると、まだまだ恋慕の情《じょう》も冷《さ》めやらぬもののように僧都の目には見える。

〈こうして墨染めに様を変え、俗世を捨て果てたのだから……と思われはするが、いやいや、われらがごとく髪髭《かみひげ》を剃った男の法師ですら、色に迷う心の失せぬ者もいるようじや。まして、業《ごう》深き女の御身には、いかがなものであろうか。困った困った、うっかり案内などすれば、とんだ罪作りなことになるやもしれぬぞ〉と、僧都の心は、つまらぬことになったものだと思い乱れる。

「拙僧が坂本までご案内申そうにも、今日明日は、ちと障《さわ》りがあって行かれぬ。月が改まった時分に、ご案内を申し上げましょう」

と、なんとか切り抜ける。来月に、などとは、いかにも待ち遠しく気にかかることではあるが、といって、まさかここで「そこをなんとか、ぜひぜひ」などと軽率に焦がれなどするのも、あまりに体裁が悪いので、

「さようなれば、やむを得ません」

と言って薫は帰ってゆこうとする。

薫、浮舟の弟を仲立ちにと思い立つ

しかるに、かの浮舟の異父弟に当たる童《わらわ》を、このとき薫はお供に連れてきていたのであった。この子は、他の兄弟どもよりは、容貌も悪くない。この童を呼び出すと、

「この者は、その姫に近き縁《ゆかり》のある者でありますが、この際、とりあえず遣わすことにいたしましょう。されば、どうか御坊よりのお手紙を一通くださいませ。いえ、わたくしの名などは伏せておいて、ただ、『そなたをお尋ね申す人がある』とそれだけを、よろしくお伝えくださいませ」

と薫は懇願する。しかし、僧都は、

「拙僧が、かかるご案内を申すときには、かならずや罪を作る結果になりましょう。ことの首尾仔細《しさい》は、すっかり申し上げました。今は、どうか御みずから、小野のほうへ御立ち寄りくださいまして、しかるべきことをなさいますのに、なんの不都合がございましょうや」

と断った。これには薫も、ふと笑って、

「はっはっは、なにか罪作りになるようなことの案内を望んでいるかのように、ご思量《しりょう》なさるとは、これまたまことに恥ずかしい限り。そもそも、わたくし自身が、かような俗体にて今までずっと過ごしてまいりましたのが、不思議なくらいなのでございます。ごく幼い時分から、わたくしの心は出家を願うことのみ深いのでございましたが、ただ、実母三条の宮(女三の宮)は後ろ盾もなく心細い身の上でございますので、この頼りがいのないわたくし一人を、身過ぎのよすがとお思いになっておられますのが、なんとしても捨てがたい絆《ほだ》しと思うて、とかく世俗にかかずらわっておりますうちに、おのずから位などということも高くなり、もはや我が身を我がままにするというわけにもいかぬ身分になってしまいました。されば、出家のことは願いながら果たせぬまま、うかうかと過ごすうちに、やはり結婚だのなんだのと避けがたいことが、年とともに数多く身に添うて、年月《としつき》を重ねてまいりましたが……いや、公私にわたる、しかくよんどころない事柄につきましては、なんとしても我が思うようにはならぬことながら、ただ、それを除けば、仏の戒めなさる色欲の筋などについて、いささかながら聞き及んでおります限りは、決して過ちなど犯すまいと、せいぜい身を慎んで暮らしております。されば、我が心のうちは、修行の聖《ひじり》になんら劣るものではございませぬものを……、ましてや、男女《なんによ》の淫欲《いんよく》というがごとき、わけもないことに溺れて重き罪を負うであろうようなことを、なぜに存じなどいたしましょうか。断じて断じてあってはならぬことでございます。そこはなんら疑わしく思うてくださいますな。ただ、気の毒なその姫君の母親の思いなどを聞いてやって、その懊悩《おうのう》を慰めてやりたいと、そのくらいのことができたら嬉しく、また心も安まろうかというほどの思いに過ぎませせぬ」

と、昔から深く帰依していた仏道への傾倒を語るのであった。

僧都も、これにはなるほどと頷いて、

「御意、まことに尊きことにて」

などと言うているうちに、はや日も暮れてしまったので、件《くだん》の小野の家を、中宿りにするのもちょうど良い按配になってきた。〈……しかしな、きちんとした案内もなく、漫然とかしこへ訪ね寄ったなら、それこそますます不都合千万と申すものだ〉と、自問自答しつつ、薫が帰ろうとすると、この弟の童に僧都は目をつけて、その美童ぶりを称賛する。

そこで、薫が、

「この童に言付《ことづ》けて、まずはこちらの様子を、ちらりと知らせてやってください」

と持ちかけたゆえ、僧都もついに文を書いて取らせた。

それから僧都は、この少年に向かって、

「どうじゃ、これからはときどき、この山にいらっしゃって、お遊びなされよ。……まるで無縁の人じゃと、わしのことを思うてはいかん、それなりの御縁もあることでな」

など、優しげに言葉をかける。この少年はしかし、僧都が何を言っているのかいっこうに合点せぬままに、ともかく文を受け取って、薫のお供として付いて出てくる。

やがて坂本あたりにさしかかると、前駆《さきが》けの者どもから少し離れて、

「人目に立たぬようにな」

と、薫は件の少年に囁《ささや》くのであった。

小野の山荘より薫の一行を認む

小野では、たいそう深く茂り合った青葉の山に向かって、なんの気晴らしもなく、ただ遣水《やりみず》に飛ぶ蛍ばかりを、昔を偲《しの》ぶよすがとして気慰《きなぐさ》みにしながら、ただ物思いに耽《ふけ》っている。すると、例の、遠く見通される谷の道が、軒端はるかに下ってゆく所を、前駆けの声も重々しく、夥《おびただ》しく灯《とも》した松明《たいまつ》の火が、急いで行くと見える。その光を見ようとて、尼君たちも端近《はしぢか》に出て座っている。

「あれは、誰が行かれるのでしょう。前駆けの衆などもたいそう多いように見えますが。昼のほど、干した海藻などを横川に差し上げましたところが、その返事に『大将殿がおいでになって、ご饗応《きょうおう》を急に用意しなくてはならぬところで、ちょうどよい折であった』と

ありましたね……」

とこう言っているのは妹尼である。すると、

「大将殿とは、あの女二の宮の御婿君《おんむこぎみ》でございましたかしら」

などと答える尼がいるのも、どこかしら世間離れしていて、田舎びて聞こえる。

こんなことを喋々《ちょうちょう》する尼君たちの声を聞きながら、浮舟は思う。

〈……ほんとうにそうかもしれぬ、以前宇治の山道を分けて通《かよ》っておいでになったときに、聞き覚えのある随身《ずいじん》の声が……〉と、はっきりそう分かる声が混じって聞こえてくる。〈でも、どんどんと月日が経っていくのに、昔のことがこうして忘られずに思い遣られるのも、尼になった今、なんの意味があろう〉と、浮舟はやりきれぬ思いに打たれ、ただ阿弥陀仏の御名《みな》を唱えることに気を紛らせて、ますます黙然《もくねん》として座っている。こうして横川に往還《おうかん》する人だけが、この寂しい山里で親しく目にできる世のよすがなのであった。

薫、いったん帰京して、翌日弟の少年を遣わす

かの薫殿は、この少年をそこから直ちに小野へ遣わそうと思ったけれど、なかなか一行の人目も繁きことで、うまくいかない。そこで、いったん邸に戻って、その翌日、改めて少年を小野への使いに出した。日ごろから気心の知れた家来で、あまり仰々しくならぬ程度の身分の者を二、三人随行させ、さらにかつて宇治へも常に遣わした随身をその一行に付き添わせた。遣わすについては、身辺に誰もいないような時を見計らって少年を呼び寄せ、

「おまえの、亡くなった姉君の顔を覚えているか。じつは今まで、もう世に亡き人だと思って諦めていたのだが、正真正銘たしかに生きておいでになると聞いた。こんなことは信頼できぬ人には決して聞かせたくないと思うので、ともかく、行って確かめてまいれ。母君には、ことの真相がたしかに分からぬうちは言うてはならぬ。うっかり中途半端なことを言えば、驚いて大騒動になりかねぬからな。すると、知られてはならない人にまで知れてしまうだろう。ともあれ、その母君のご心痛のいたわしさを思うからこそ、ことの実否《じっぷ》

を確かめるのだからな」

と、遣わす前から、くれぐれも堅く口固めをするのを、少年は幼心《おさなごころ》にも〈兄弟姉妹は多くいるけれど、あの姉君のお姿やお顔は、他の誰にも似ず美しいな、とずっと思っていたのに……亡くなってしまったと聞いて、ひどく悲しい……〉と思い続けていたのだった。ところが薫がこんなふうに言うのを聞けば、その嬉しさに涙がぽろぽろ落ちるのを恥ずかしいと思って、

「おおっ」

と男らしく荒々しい声を立てて、任務を応諾申すのであった。

僧都よりの前以ての文至る

小野の家に、まだ早朝のころ、僧都の許《もと》から文が届けられた。

「昨夜、大将殿のお使いとして、小君《こぎみ》がそちらへ参候なさったでしょうか。すべてことの実相を大将殿から承り、まことに弱り果てたることにて、却って頭をかかえております、とまずそのように姫君に申し上げてくださいますよう。本来なれば、拙僧自ら出向いて申

し上げるべきことも多いのでございますが、今日、明日が過ぎてからお伺いいたしましょう」

文にはこう書いてあった。

こんな文面では、なんのこととも合点がゆかぬゆえ、妹尼君は、〈これはいったい、何ごとであろう〉とびっくりして、浮舟のところへ、この文を持ってやってきた。そうして、この文面を見せると、浮舟の顔がぽっと赤らんで、〈はっ、これは私のことが噂に聞こえてしまったのだろうか……〉と困惑し、〈この分では、「そんな隠し立てをして」と、また尼君に恨みごとを言われるだろうな〉とも思い、とやかく返答するすべもなくておろおろしていると、

「どういうことなのか、どうしてもおっしゃって。ほんとうにやりきれないような、心隔てをするのね」

と、妹尼君は、ひどく恨みわたる。が、ほんとうの事情を知らないので、なにやらあたふたとして気を揉んでいると、

「山より、僧都のご消息を持参した人が、これに参っております」

と外から案内を乞う声がした。

妹尼は不審に堪えぬ。なぜなら、ついさきほど僧都からの手紙が届けられたばかりであったからだ。しかし、

「なんでしょうかまた。……さはさりながら、今度のがほんに確かな僧都からのご消息でございましょう」

と言って、取り次ぎの者に、

「こなたへ通せ」

と言わせる。

すると、たいそうこざっぱりとして上品そうな童《わらわ》で、しかも得《え》も言われぬほど美しく身なりを整えた少年が歩み入ってきた。

簀子《すのこ》に通して座布団など差し出すと、簾《すだれ》の際《きわ》にすっと控えて、

「このようなご応対にてはよもあるまじきはずと、僧都は仰せでございました」

と、簀子あしらいに不服を唱える。これには適宜妹尼君が受け答えして、文を取り入れてみると、

「入道の姫君の御《おん》かたへ　山より」

と、差出人の名が書いてある。

これでは、「お人違えでございましょう」などと言い抗《あらが》うすべとてもない。

かくなる上は、どうにもいたたまれぬ思いがして、浮舟はますます奥へ奥へと、自然に体が退《さ》がっていって、誰にも顔を見合わせようとせぬ。

「やれやれ、姫君は、いつもほんとうに引っ込み思案でいらっしゃるお人柄ながら、これではいよいよもってやりきれぬこと……」

など言いながら、妹尼は、僧都からの手紙を披《ひら》き見た。

僧都よりの書簡

「今朝ここに、大将殿がお見えになり、ご様子をお問い質《ただ》しになりますほどに、宇治にて発見いたしましてよりこのかたの一部始終を詳しく申し上げました。さるところ、大将殿の深くご寵愛《ちょうあい》あった御仲をお背《そむ》きになられて、ふつつかなる山賤《やまがつ》のなかで出家なさったこと、それは却って拙僧が仏の御叱責を頂戴するべきことであったという事実を承《うけたまわ》って吃驚《びっくり》しているような次第でございます。さてさて、いかが致したものでございましょうか。もとの妹背《いもせ》の契りをば空しくされることなく、大将殿のご愛情ご執着の罪をお晴《は》らし申し上げなさるべく、たとい還俗《げんぞく》なさったとしても、一日でも出家されたる功徳は計り知れぬ重さたること、経にもしかと教えがございますほどに、どうぞなお御仏《みほとけ》の御教《おんおし》えにご信頼あそばさるべきことに存じます。なお委細は、拙僧みずからそなたへ出向きまして申し上げましょう。とりあえずは、粗々《あらあら》この小君が申し上げることと存じます」

と、こんなことが書いてあった。

文面を見れば、紛《まが》いようもなく僧都は明確に書いているのだが、尼たちにはいったい何のことやら心得がたい。

「この小君とやらは、どなたでございましょうぞ。まことにやりきれぬ思いがいたします。なぜこの期《ご》に及んでもなおこんなふうに、むげにお心隔てをして隠し事をなされますのか」

妹尼君に、詰問されて、浮舟は顔を背《そむ》け、すこし外のほうを見やると、その小君という少年は、あの身投げをしようと決心した折にも、たいそう恋しく思い出された兄弟のうちの一人であった。かつて同じ常陸介の邸で暮らしていた時分には、ひどく利かん坊でいやに威張っていて憎たらしく思ったものだったが、母君がたいそうかわいがって、宇治にもときどきは連れていったこともあった子ゆえ、やや長じてからというもの、お互いに思い交わした子ども心を思い出すにつけても、いまここにこうしてその小君が来ていることは、まるで夢のようであった。〈ああ、この上は、なによりも母君がどうしておられるか、そこをなんとしても聞いてみたい、ほかの人々のお身の上については、おのずから人の噂などでも次第に聞こえてくるけれど、母君がどうしておられるかということは、ちらりとも聞くことができないから……〉と、浮舟は思う。いまこうして、なまじっかに弟の顔など見てしまうと、却って悲しみはまさり、ほろほろと涙がこぼれる。

浮舟、弟の小君には会わず

見ればとてもかわいげがあって、いくらか浮舟に面差しが似ている感じもするので、妹尼は、

「ご兄弟でいらっしゃいますように拝見しますよ。それなら、もっとお話など申し上げたくお思いになることもございましょう。さ、そんな端《はし》でなく、なかに入れてさしあげましょう」

という。しかし、浮舟は、〈なんでそんなことを……今はもう私がこの世に生きている

ともあの子は思っていないだろうに、こんなわけもない尼姿に面変わりをして、不用意に顔を見られるのもはずかしい〉と思うゆえ、しばし心を静めての後《のち》、

「たしかに、わたくしがお心隔てを申したようにお考えなさるらしいことが辛くて、なにも申し上げられずにおりました。あきれるばかりの見苦しさであったあの宇治の院での我が身の有様は、ほんとうに奇怪なこととご覧になられたことでございましょうね。でも、あんな目に遭《あ》って正気もなくし、魂などというようなものも、以前とは全然違った様子になってしまっていたのでございましょうか……、どうしてもどうしても、過ぎ去った昔のことは、我ながら思い出すことができませんでした。けれども……紀伊守《きのかみ》とやら仰せの人が、世間四方山の話をなさっておいでと見えました、そのなかに、かつて自分が知っていたあたりのことではないかと、かすかに思い出されることがあるような気がいたしました。その後《のち》、ああでもないか、こうでもないかと、さまざまに考え続けてみましても、さらにはっきりと覚えが戻ることもございませんでしたが……、ただそのうちに、ありありと思い出されました……たった一人の母君が、なんとかして疎《おろそ》かならぬ幸せをわたくしにと思うてくださっていたようであったけれど、ああ、あの母君は、まだこの世にお元気でおいでだろうかと……、以来それればかりが心から離れることなく悲しい折々がございまし

た。そうして、今日見れば、この童の顔は幼いころに見たような気がいたしますにつけても懐かしさに堪えませぬが、なんの今さらに、こういう兄弟にも、わたくしがこの世にまだ生きているとは知られぬままに終わりたいと、そう存じます。かの母君がもしまだご健在ならば、母君一人だけには対面いたしたく存じます。この僧都がおっしゃっている大将殿とやらなどには、さらにさらにわたくしのことを知られとうないと、そう思うておりまする。なにとぞして、お人違いであったとでもなんとでも、うまく申し上げてくださるようにして、ここにわたくしがおりますことをお隠しくださいませ」

と浮舟は訴える。しかし、尼君は、

「なんとおっしゃる。そのようなことは、とうていできることではございませぬぞ。僧都のお心は、修行の聖というなかにも、とりわけてまた修行専一のお方でございますから、嘘やごまかしなどは決して口にされるはずもなく、なにもかも残りなく、その大将殿に申し上げなさったに相違ありませぬ。仮に今はなんとかごまかしたとしても、いずれ隠しおおせることではございませんよ。大将殿とあれば、そうそういい加減に軽々しい嘘など申し上げることのできるご身分ではございませぬから……」

などやかましいまでに言い立てる。そうして、

「さてもさても、そなたは、世に見たこともないほど強情でおわしますこと」

と言い言い、尼たち皆で相談の上、母屋《もや》の際《きわ》に几帳《きちよう》を立てて、小君を廂《ひさし》のなかまで招じ入れた。

この子も、たしかに浮舟がここにいるということは聞いていたが、まだ幼いゆえ、そのままいきなり近寄って自分から物を言うのも憚られて、

「ここにもう一つお手紙を持ってきておりますが、これはどうやって差し上げたらいいでしょうか。僧都のご指示がたしかにございましたのに、これではどうしたらいいか弱ってしまいます」

と、目を伏せたまま言う。

「おお、それそれ、まあなんておかわいらしい」

妹尼君は、そう言うと、さらに言葉を継いだ。

「さあさ、そのお手紙をご覧になるべきお人は、ここにおいでになるようでございますよ。脇で見ているだけのわたくしたちには、どういうことやら、さっぱりわかりませぬほどに、どうかはっきりとおっしゃってくださいね。まだ幼いお年ごろながら、こんな大切

なお役目にとご信頼なさるには、それだけのことがございますのでしょう」

けれども小君は、

「こんなふうにお心隔てをして、よそよそしい態度でお扱いになるなら、何ごとを申し上げられましょう。そのように、まったく他人のように今はお考えのようですから、この上申し上げることもございません。ただ、このお手紙を、人を介さずに直接お手渡しせよと、そういうご命令でございます。どうしてお渡しいたしましょうか」

と言う。さすがに妹尼君は、

「それは道理でございますね。なおもそのように情知らずな態度をなさいますな。ほんとうに気味悪いほど強情なお心ね」

とせいぜい説きつけ窘《たしな》めて、几帳のすぐそばまで浮舟を押し出しまいらせる。こんなことをされて浮舟は、ほとんど我《われ》を失って呆然と座っている。その様子が、いかにもほかならぬ姉君のような感じがするので、小君は、その几帳のすぐそばまで寄っていって、手紙を手渡した。その上で、

「お返事をすぐに頂戴して帰参いたしましょう」

と、これほどに疎々《うとうと》しい姉の態度に、ほんとうにやりきれない思いを抱いて帰りを急

ぐ。

尼君は、その手紙を引き披《ひら》いて浮舟に見せる。

見れば、昔馴染《なじ》んだとおりの美しい筆跡で、紙に焚《た》きしめた香《こう》に薫の袖の香《か》が混じって、あの、世に二つとないような香《かお》りが染みついている。かかる文を脇からちらりと見ては、いつもながら何にでも感心ばかりしているでしゃばりの尼たちは、さぞ世にも珍しい素敵な文だと思うことであろう。文にはこうあった。

「なんと申し上げようもなく、さまざまに罪の重いそなたのお心ながら、ただ僧都のご恩徳に免じて見許すことにいたしまして、今はなんとしても、あの呆れるばかりの事件のあった当時の、夢のような物語だけでも語り合いたいと、ひたすら心急《こころせ》かれる我が思いに、自分ながら愛想の尽きる思いがいたします。まして、よそ目にはどんなに呆れ返ったことと見えることでしょうか」

など、思いを書き尽くすまでもなく、一首の歌を書きつけてある。

「法《のり》の師《し》とたづぬる道をしるべにて

おもはぬ山に踏みまどふかな

仏道の師匠として、横川の僧都を道しるべに仰いで、こうしてお訪ねしたのでございますが、思いもかけぬ恋の山に踏(ふ)み迷うばかり、この文(ふみ)も立ち迷っております」

そしてその奥に、もう一行追い書きがしてある。

「この文を持参する人を、そなたはもうお見忘れになっているかもしれませぬ。が、わたくしのほうでは、行方《ゆくえ》も知れぬそなたのお形見として、手許に置いている者でございます」

かれこれ、たいそう心濃《こま》やかな文体《ぶんてい》であった。これほどこまごまと書いてあるのでは、人違いだなんだと紛らわしようもなく、だからといって、昔の薫が知っていた自分とは似ても似つかぬ尼姿を、心ならずも見つけられなどしたなら、そのときのきまりの悪い思いを想像するにつけても悩乱して、ますます鬱屈《うつくつ》する浮舟の心は、なんと言いようもない。

浮舟、返事を書こうとせず

それにつけても、声を上げて泣きながらひれ伏してしまう浮舟の様子を、はたの尼たちは、〈なんとまあ、世に見たこともないような変わった人だこと……〉と、もて扱いかねている。

「お返事をどうなさいます」

と、尼君に責められて、

「今はとても混乱して気分が悪うございますので、しばらく心を静めましたら、いずれ申し上げましょう。昔のことはいくら思い出してみましても、さらに覚えておりませぬこと、ほんとうに不思議なほどにて、ただ、なにがどうしたものか、どのような夢をみていたのか……とばかり思われて、いっこうに心得ぬことばかりでございます。少し心が落ち着きましたら、このお手紙なども、いくらか腑に落ちるところがあるやもしれませぬ。今日は、やはりこのままお持ち帰りくださいませ。もし宛先違いででもあったなら、まことに具合の悪いことでしょうから」

と、浮舟は披いた手紙を巻き戻すこともせず、そのまま尼君に押し戻す。

「おやおや、まことに見苦しいこと……。あまりご無礼ななされようは、お側にいるわたくしどもまでも、お咎《とが》めを受けずにはいられませぬことでしょうに」

など妹尼は、言い騒ぐけれど、そんなことは聞けば聞くほど、ますます厭な気持ちがするので、浮舟は顔もなにもすべて衣のなかに引き入れて臥してしまった。

小君、心の晴れぬまま帰京

この家の主《あるじ》の妹尼は、この小君にすこし物語などして、

「姉君は、きっと物の怪がお憑《つ》きになっていらっしゃるのでしょう。とても当たり前のご様子と拝見できる折とてなく、ただもうああして具合が悪いという時ばかり、……それゆえ、もはや髪を削いで尼姿になっておしまいになりましたものを、今さら消息をお尋ねくださいますお方があったら、姫にとってたいへんに煩わしいことになりましょう……と、ずっとお側で拝見しておりましたわたくしどもは、いつも嘆いておりました……が、案の定、お二人の間にこのように身に沁みて胸の痛むようなご事情がございましたことを知っ

て、今さらながら、まことに恐れ多いことに存じております。この日ごろも、ひたすらお加減がお悪くていらっしゃいますようですが、それが、かような事どもに接してなおいっそうご悩乱なさったのでございましょうか、いつにも増してご正気を失っておられる様子でございますので、なにぶんとも……」

と申し訳《わけ》をする。

それから、山里らしい趣《おもむき》のご馳走など供したけれど、幼ごころには、なんとなくそわそわと落ち着かぬ思いに駆られて、

「わざわざわたくしをお差し遣わしになって、ちゃんとお役目を果たした証拠《しるし》として、いったい何をどうお返事申し上げようというおつもりでしょうか。ただ一言だけでもいいから、なにかそれと分かることを、おっしゃってください」

など言う。妹尼は、

「それはごもっとも」

など言いながら、かくかくしかじか、とそのまま口移しに浮舟に伝えたけれど、なんの反応もない。かくてはしかたなく、

「ただ、こんなぼうっとしたご様子であったと、そのままご報告申し上げるしかないよう

に思えます。ここは、山里とは申せ、都は雲の上はるかに隔たったほどの遠道でもございませぬゆえ、山風が吹きましょうとも、また必ずお立ち寄りくださいませね」

と妹尼君が言うと、ただ漫然と日暮れまでこうしているのも、妙なものゆえ、小君は帰ろうとする。かくて、人知れず下心に会いたいと思っていた姉君の姿も、ついに見られずじまいになってしまったのは、もどかしくもあり口惜しくもあったが、晴れぬ思いのままに帰参していった。

薫の疑心暗鬼

小君が、いつ戻ってくるかとやきもきしながら待っていた薫は、結局このように覚束《おぼつか》ない有様で帰ってきたので、荒涼たる思いに心屈《こころくっ》し、そうして、なまじっか文の使いなど出すのではなかったと、懊悩することもさまざまあったうちには、〈……ひょっとして、あの男が……隠し囲っているのではあるまいか〉などと、かつてあらゆることを考え巡らした末に、宇治に浮舟を隠しおいたおのれの行状を思い合わせて、もしや……。

と、このように元の本には書いてあるようである。

完

【第十巻】訳者のひとこと

「謹訳」ということ

林　望

「謹訳」という言葉について、今まで特に解説もせずに来たのだが、巻を閉じるに当たって一言、その凡例めいたことを書いて読者の疑問に答えることにしたい。

一、まず、第一に、言っておくべきことは、ナレーションの立場の変更ということである。もともと『源氏物語』は、老女房《おいにょうぼう》が昔を回想するという立場で書かれており、したがって、帝はもとより、源氏にも、諸大臣にも、中宮を始めとする高貴の女性たちにも、ことごとく敬語が使ってある。しかも、人物どうしの身分立場の上下によって、尊敬語・謙譲語・丁寧語などがうるさいまでに使い分けられており、その敬語システムによって、当時の読者たちは、現在語られているのが、誰が誰に向かっての言葉なのか、源氏のセリフなのか、女房のセリフなのか、はたまた朋輩同士の会話なのかなど、はっきりと聞き分けられた。で、おおかたは主語など書かないのが当たり前であったが、これはいわばラジオドラマで、いちいち話者が名乗りつつ話したりはしないのと同じことであった。

しかし、現代の日本語には、平安時代の貴族社会に行なわれていたような敬語の体系はもはや存在せず、これらを正確に現代語に訳すことは事実上不可能に近い。

たとえば、

「いと思ほしかけざりし御ありさまにつけても、故宮《こみや》の思ひきこえさせたまへりしことなど、思うたまへ出でられてなむ。かくのみをりをり聞こえさせたまふなる御後言《しりうごと》をも、よろこびきこえたまふめる」（蜻蛉・新潮日本古典集成本による）

というのを、小学館の日本古典文学全集本の現代語訳は次のように訳している。

「ほんとにお思い寄りにさえならなかったお身の上におなりあそばしたにつけても、亡き父宮のお考え申しあげていらっしゃいましたことなどが思い出されてまいりまして。あなた様がよくこのようにときどき申しあげてくださいますそうな陰でのお言葉をも、宮はお喜び申していらっしゃるようでございます」

正確に直訳すれば確かにこうなるのだが、こんな調子で全体が物語られ、ナレーションの部分までこういう敬語遣いが張り巡らされているのを、そのまま訳出したら、おそらく誰も読む気がしないばかりか、非常に意味を把握しにくくなる。それでは現代語訳する意味がない。

そこで私は、思いきってナレーションを変更することにした。これが謹訳の眼目ともいうべきところである。つまり語り手を老女房とするのをやめて、ニュートラルな「小説の語り手」とし、地の文では原則として登場人物への敬語遣いは廃した。ただし、帝にだけは、あまり打ち付けな書き方は却って不自然に聞こえるので、最小限に現代語の敬語を用いて書くことにしたのである。いっぽう、会話文の中では、敬語の無いのは不自然ゆえできるだけ原文の敬語表現に近づけるようにしたが、それでも現代文として不自然でない程度まで簡略化してある。

しこうして、ナレーションの敬語を廃したため、敬語による話者等の表示が出来ないのだから、誰が、誰に向かって言っていることなのか、などを明記して、読者が立ち迷わずに読んでいけるよう、配慮した。

ただし、ナレーションを変更したからとて、女の立場で書いてあることを男の視線に変更したということを全く意味しない。もともとこの物語の作者は両性具有的で、神の如くに男心も見通す形で書いてあるのであって、私は、どこまでも忠実に原典に依拠し、作者の表現意図を変更するようなことは一切していない。

二、老女房の語りとあって、くだくだと長く、また挿入句なども非常に多いので、しばしば文脈が辿りにくい。これは人のおしゃべりをその場で聞いている分には解りにくいこともないが、それを一字一句違わぬよう忠実に文章にしてしまうと、非常に解りにくくなるという消息と一般である。

そこで、長文は適宜いくつかの短い文章に切り直し、ときには前後文節を入れ替えるなどして、誤解の生じないように、極力明確に文意が辿れるように配慮した。その意味で謹訳は決して直訳ではないのである。

三、さらに、本書では、頭注・補注などは原則的につけないことにした。それはひとえに読者がすらすらと読んでいけるように、いちいち上の注釈や巻末の補注やらを参照しながら読んだのでは読書の興を殺《そ》ぐと考えるからである。ただし、文中に引かれた漢籍などの典拠については、極力古写本に依拠したので、通行の用字や訓読とは違うことがしばしばある。そういうところは本書の引用間違いではないことを示すために、最小限に注記せざるを得なかった。また、文中にごく省略して引用してある和歌、催馬楽《さいばら》、漢詩句などは、原則的にすべて現代語訳を付して明記し、訳文中に溶け込ませることとした。これは、当時の読者たちは、名歌の片端を聞いただけで「ああ、あれだな」と知る教養があったからこそ成立する書き方なのだが、現代の読者にそれを求めることはできない。そこで無粋とは知りながら、いちいち丁寧に引用の典拠を文中に溶け込ませて明記してある。

四、こうした物語は、貴族社会の同じ生活・教養を共有する人たちの間で書かれ、享受された。そこで、言わでも分かることは省いて書かないのが当たり前であった。しかし、省かれたままの文章をただ現代語に置き換えても、何を言っているのか、とうてい理解の外《ほか》である。そこで『謹訳』では、これも無粋と知りながら、その省略された「共通理解事項」を、あえて補綴《ほてい》明記することにした。これは私が創作して付け加えているのではなくて、あくまでも省略されたものを明記したに過ぎぬ。たとえば、「若菜」の下で、女三の宮と柏木が密通する場面など、その具体的な密通行為はもちろん描写などしていない。しかし、

「……わが身も世に経《ふ》るさまならず、跡絶《あとた》えて止みなばや、とまで思ひ乱れぬ。ただいささかまどろむともなき夢に、この手馴らしし猫《ねこ》の、いとらうたげにうち鳴きて来たるを……」

とある原文の、ちょうどこの「思ひ乱れぬ」のあとに、夢中で関係を結んでしまったことが、自明に共通理解されていて、そのあとの猫の夢を見るということが、すなわち当時の人たちが「獣の夢を見ると懐妊する」という俗信に拠《よ》っていることも自明のことであった。これらは自明ゆえ省かれてあるのである。

しかしそれらのことは、書いておかなくては、現代人には分かるまい。そこで謹訳で

は、

「〈……我が身も、世間当たり前の暮らしなんか捨ててしまって、いっそ行方をくらましてしまおうか……〉と、ただただ我を忘れて、欲望に身を任せた」

と書いて一行空け、

「そのあと……。

いつしか、うとうととまどろんだ刹那《せつな》に、衛門の督は夢を見た。

……あの手に馴らした唐猫《からねこ》が、たいそうかわいらしげに鳴き声を立てながらやって来た……」

と訳出して、しばらく後のところに
「衛門の督は、このますっかり朝になってしまったらと思うと、ひどく気が急《せ》かれて、

『きっとお心にしみじみと響くような夢の話を申し上げようと思いましたが、これほどまでにわたくしをお憎みになっておいでですから、さてもうよしにいたしましょう。いずれ、自然と思い当たられることもございましょうほどに……』

と、獣の夢は懐妊の前知らせ、というその夢のことを督は口にすることもなく、急ぎ帰ろうとする」

と言葉を補ってその内意を明記しておいたのであるが、これらは、いずれも私の創作ではなくて、原文で略されているところを明記したにすぎぬ。読者よろしくこれを諒とせられたい。

かれこれ、どうしたら原作者の意に忠実に添いながら、しかし、現代の読者にすみずみまで理解していただくか、そして楽しく淀《よど》みなく読んでいただけるか、そういう私の志を「謹訳」という一語に込めたのである。

本書の主な登場人物関係図（浮舟～夢浮橋）

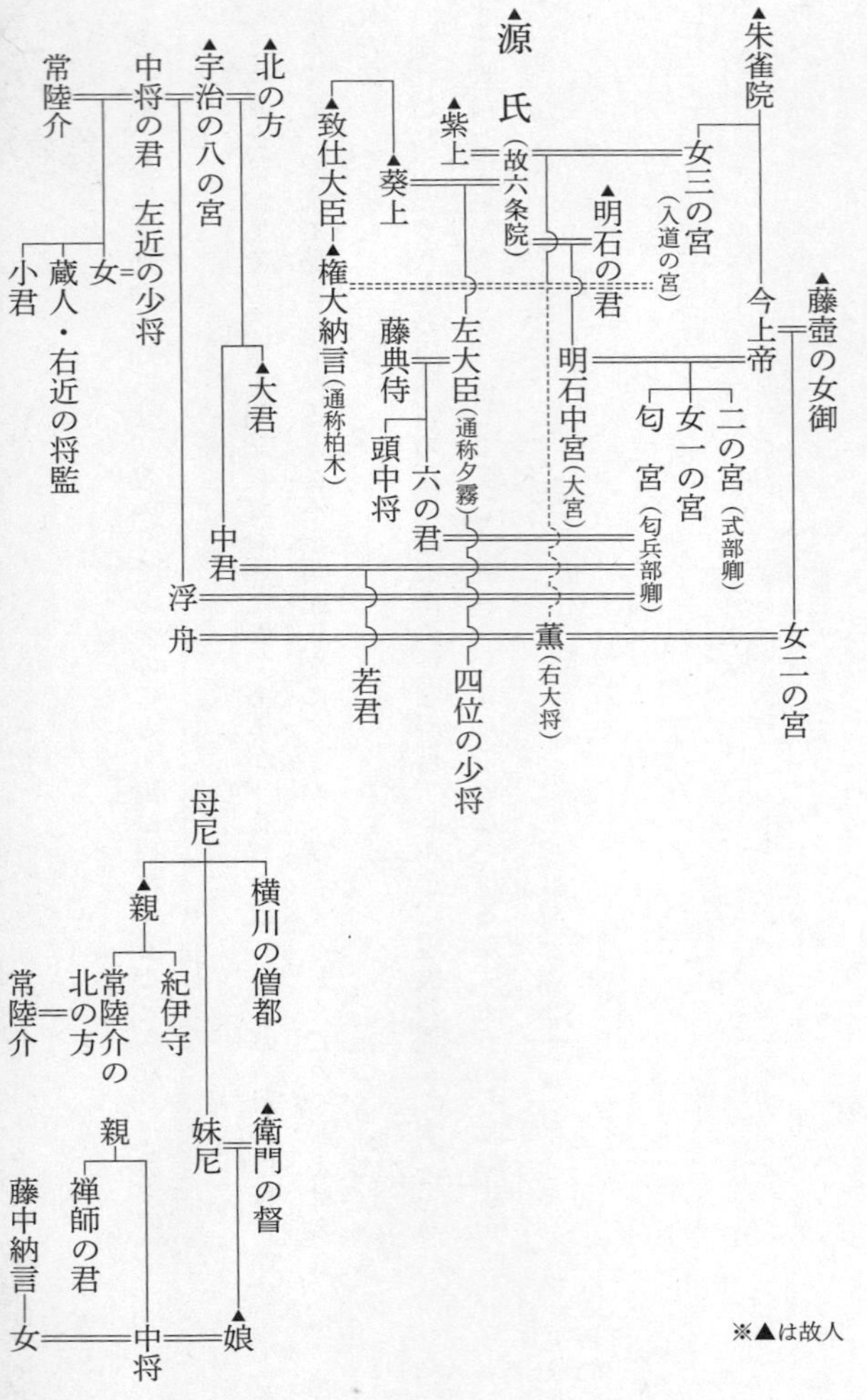

※▲は故人

宇治関係図

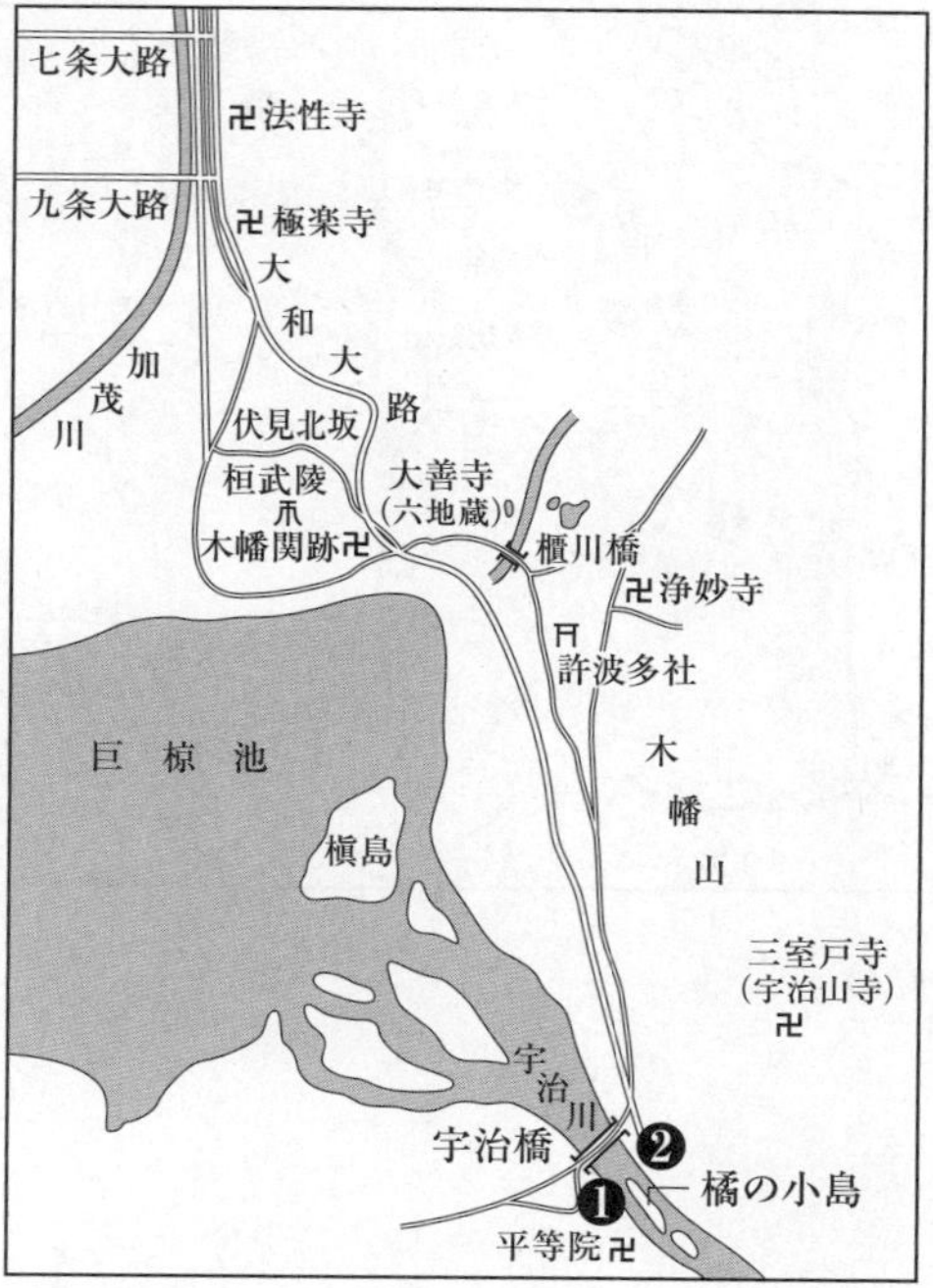

❶夕霧別荘　❷八の宮山荘

叡山・小野関係図

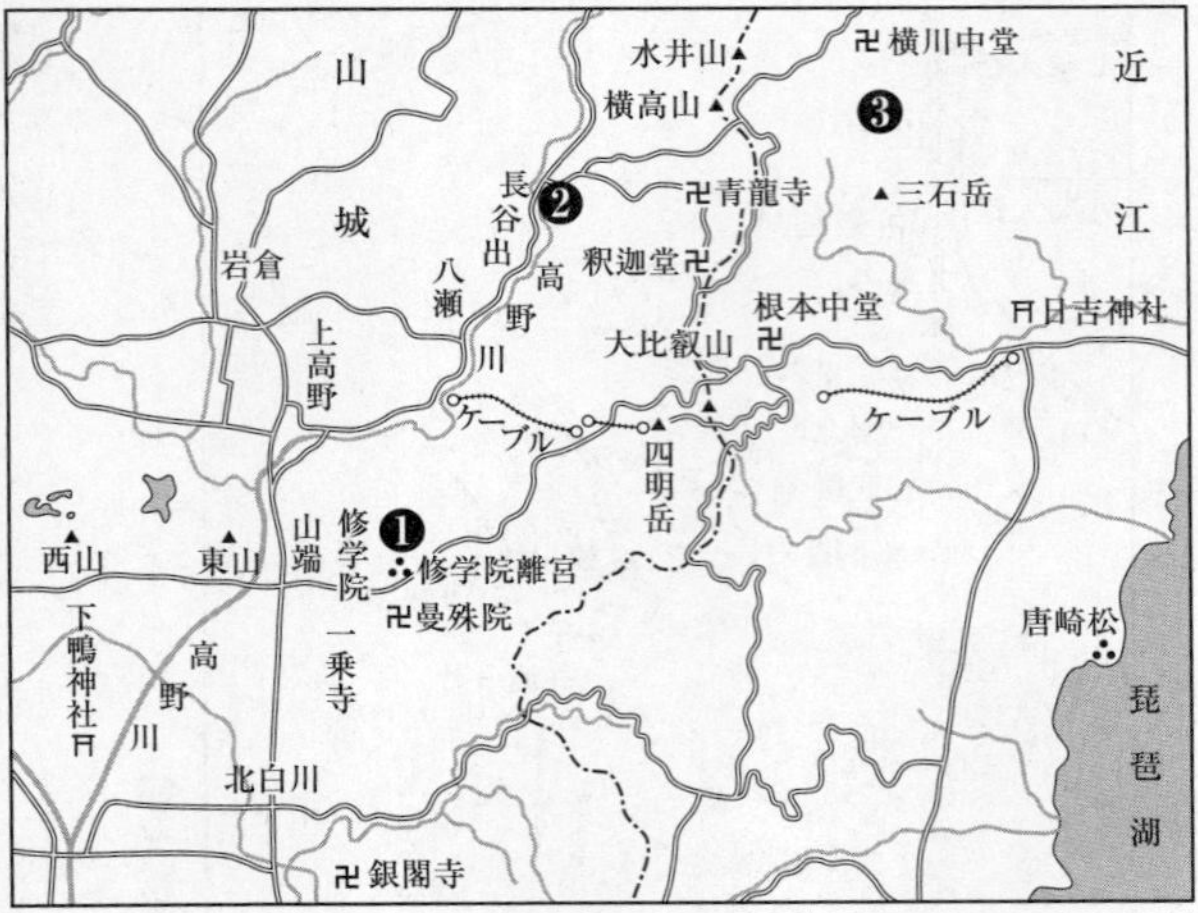

❶夕霧小野山荘

❷浮舟小野山荘

❸横川

解説──それにつけても恐るべし源氏物語

千住《せんじゅ》 博《ひろし》（日本画家）

（I）

私にとって古文は外国語のようなものだ。だから源氏物語を原文で読んでいると、頭がオーバーフローし、目が回ってくる。しかし林望さんは、頭の中で並列させて読むことができる人だ。古文と現代語という二つがイコールで繋《つな》がる。林さんの『謹訳 源氏物語』は、格調があり、かつ自然でなめらかなのだが、要するにこれは熟練のバイリンガルによる同時通訳のようなものだと思うに至った。

私は林さんのエッセイが好きで三〇年も前からの読者だが、文体は軽妙洒脱《けいみようしやだつ》にして、なんというか奥ゆかしい。古い日本語の言い回しが随所に入り、独特の雰囲気を醸《かも》し出す。それは古文を徹底的に勉強し日常的に接している人の書く日本語の麗《うるわ》しさ、とこの謹訳を読むうちにわかってきて、林さんに敬服した。

だから、国文学者としての古文の正確な解釈、そして文芸作家としての豊かな表現の両方にまたがる領域に生きる林さんに、そもそもとてもふさわしいのがこの源氏物語の現代語訳だったと思う。

そんな林さんだから、どちらかに必要以上に肩ひじを張って構える必要もない。とても自然に、交互にそれぞれの側に身を置く。それにより初めて、いくつかの見えなかった大切なことが見えてきたと思っている。

同時通訳の常として、自分勝手な解釈を入れては話にならない。行間に至るまで正確に原文に従っている。同じ環境で膨大な源氏物語を一息に訳してしまいたいと林さんはかつてどこかで語っていたが、これはまさに同時通訳者の心境だろう。

（Ⅱ）

「紫式部《むらさきしきぶ》の和歌はつまらない」とも林さんはテレビで話していた。私にはそれすらわからなくて、この一言で林さんへの尊敬の度合いを一層深めたのだが、林さんはそのつまらなさ（!）を乗り越え、掛詞《かけことば》や和歌の調べのきれいさに重ねて興味深く内容を伝えている。それもこの『謹訳 源氏物語』の大きな魅力である。

「林さんに言われるまでもなく、私のはそんなには名歌ではない」と紫式部も言うかもしれない。しかしそれを承知の上でも、彼女としては場面のクライマックスに和歌を登場させ、これをふまえてストーリーを展開させる必要があったのだ。

なぜか。

和歌は詠み手の感情を込めるものである。しかし同時に文中に和歌をはめ込むことによって、身を置く立ち位置や日常の行為、心情などが現実のしがらみやノイズから客観的に切り離され、改めて大所高所《たいしょこうしょ》から人々の暮す日本の風土に着地し、向き合うことができるのではないか。その上でエッセンスを抽出し感情の高ぶりをピークに保ちつつ洗練化してゆく。

結果、元来日本に暮す人々が持ち合わせていた土着的ともいえる自然観や男女の様々な出来事は高度に抽象化され、鮮度を増したのではないかと思う。

源氏物語はそうして高揚感を失わないままで美意識の純化を確立させ、一〇〇〇年の時を超えたのだと思う。それを今に伝えるのがこの林さんの謹訳の一大美点ということだ。

（Ⅲ）

人間は変わっていない。だから平安も現代も同じ。林さんはそう話す。

私も人間の脳は五万年変わっていないから、氷河期の人々と感情も感覚もほぼ同じといつも言っている。氷河期の例を出すのも何だが、このいわゆる旧石器時代というのは先史時代だから文字による記録がない。だからよくわからないことだらけだ。それでもその頃の芸術を見て、これは私たちと同じと思う。

ましてや平安なのだから、たかだか一〇〇〇年前。同じで当たり前だ。しかしもちろん平安当時の社会を考えると、女性でこの偉業を達成するのは筆舌尽くしがたい大変さであったろう。しかし同時に、紫式部は単に女性というより、男女両方の感性を持ち合わせていたとも言える。男の中で育ち、この子が男だったらなと父に言わせたというのも有名なことだ。

とにかく、私は今回改めて林さんの訳による源氏物語を読み、登場人物の呼称から生《いき》霊《りよう》やもののけの度々の登場、死やケガレに接する態度や自然景観の重層的なイメージ、果ては本能のままに生きる光源氏の動物行動学的な諸々をも含め、これは結局アニミズムの話ではないか、とさえ感じたのである。

芸術や宗教は深奥《しんおう》でアニミズムから発生する。林さんは私たちをその最も原初的な深層まで連れ戻してくれたと思ったのだ。

これは林さんの謹訳だからこそのことで、他にも興味深い訳はいくつかあるのだが、国文学に傾斜した訳や、文芸的で思い入れの濃い訳では訳者の意識の壁や人生観が邪魔して辿《たど》り着けなかった境地であった。林さんの方法論のみがすくい出せた最古層かもしれないし、源氏物語に対して、アニミズム的意識が潜在的にせよ紫式部にも林さんにも多少はあったのでは、とも思ったりもするが、これはわからない。

日本では六世紀の飛鳥時代にはじまり、天平時代を頂点とした仏教の強い影響下で世の中が体系的に組織化されていった。

その中で、日本の芸術は日本の詩歌を中軸にして平安以降独自色が構築度を増し、形成されていったのである。

（Ⅳ）

そもそも、それまでの絵画や彫刻は大陸伝来の外来色の極めて強いものだった。

その仏教の過激なブームが沈静化して、平安期以降、この風土の側に身を置く日本的意識が次第に形を持ってくる。源氏物語はその中で存在感のある発信源の一つだったと私は考えている。

絵画に於《お》いては、源氏物語の写本を見て、それぞれに絵を描き、何種類もの源氏物語絵巻が制作され、多くの人たちが目にしてゆくことになる。

源氏を読んで絵にしようとなると、どうしても草木や自然景観、季節感や日本の風土のディテールを描くことになる。画家は絵にするとなると相当精緻《せいち》な観察を要求される。高度な審美眼も養われてゆく。絵画としての抽象化も進んでゆく。

いつしか登場人物の心の内が表出したリアリティーある自然自体が主題となるのも必然であったろう。

この四季の花鳥のみを装飾的に細密に描く絵画の展開例は、世界でもあまり例を見ない。その元々は源氏物語がストーリーとして道なき野に一本の道筋を拓き、それを補助線にして画家たちが日本的な独自の道を開拓していったということもあったのではないか。源氏物語の中には考えられる全ての自然、日常、更には人々の心模様が見事なまでに語られる。私も林さんの謹訳によってありありと浮かぶ光景や心の機微の描写に心をうばわれたものだ。

古《いにしえ》の画家たちも同じだったに違いない。

（V）

現代日本で、食べ物からアイドルグループの名称までの身近のあらゆることに「源氏なんとか」という風俗が息づいている。今や人々が源氏を全く読まなくなっていても、それらは生活に深く入り込んでいる。まさに土着信仰的と言うしかない源氏の浸透度である。

日本文化は、このように、このたった一人の天才の色濃い影響下で、ある部分確実にオリジナリティーを結実させていった。

そのことを踏まえると、国文学者というだけではなく、現代の人気文芸作家というだけでもない、その双方の才覚を兼ね備えた林さんのこの謹訳が、今の世の中で大切な意味を持つことがわかる。

「何百年も前の昔の人間と現代の我々とが一つの共有の感情なり思想っていうものを持ち得る、というそれがなければね、古典というものは実に読むに値しないと思うわけです。」

（林望『知性の磨き方』ＰＨＰ新書）

と語る林さんの言葉は単に人間は不変、という内容を超えて、日本文化全体を通して源氏物語の持つ相当な存在感をも視野に入れたものであったのではないか。

ともあれ、源氏物語はあまりに長い。林さんもいくら好きとは言え、これは大変な作業だったことだろう。私も高野山《こうや》金剛峯寺《さんこんごうぶじ》の襖絵《ふすまえ》を描き終わったばかりだが、描いている間は緊張感で疲れも感じなかった。

しかし描き終わり、全国巡回が始まった途端、腰は痛く、肩は上がらなくて、目はかすみ、加えて脱俗の気分も高まり俗世間のゴタゴタなどどうでもよくなった。

林さんいろいろお疲れが出ませんように。

林さんの謹訳によって、現代に至る日本文化の最も奥深い部分を形成し、ここに多くの日本文化の原型となった源氏物語的感覚とでも言うべき感性が再注目されればいい。

この謹訳は、のちのちの人達にも長く読みつがれていくことになるだろう。

林望さんの偉業に改めて頭が下がる。

それにつけても恐るべし源氏物語である。

単行本　平成二十五年六月　祥伝社刊『謹訳 源氏物語 十』に、
増補修訂をほどこし、書名に副題（改訂新修）をつけた。
なお、本書は、新潮日本古典集成『源氏物語』（新潮社）を
一応の底本としたが、諸本校合の上、適宜取捨校訂して解釈した。
「訳者のひとこと」初出　単行本付月報

一〇〇字書評

切り取り線

購買動機（新聞、雑誌名を記入するか、あるいは○をつけてください）	
□（　　　　　　　　　　　　　　　　　　　）の広告を見て	
□（　　　　　　　　　　　　　　　　　　　）の書評を見て	
□ 知人のすすめで	□ タイトルに惹かれて
□ カバーが良かったから	□ 内容が面白そうだから
□ 好きな作家だから	□ 好きな分野の本だから

・最近、最も感銘を受けた作品名をお書き下さい

・あなたのお好きな作家名をお書き下さい

・その他、ご要望がありましたらお書き下さい

住所	〒				
氏名		職業		年齢	
Eメール	※携帯には配信できません	新刊情報等のメール配信を 希望する・しない			

この本の感想を、編集部までお寄せいただけたらありがたく存じます。今後の企画の参考にさせていただきます。Eメールでも結構です。

いただいた「一〇〇字書評」は、新聞・雑誌等に紹介させていただくことがあります。その場合はお礼として特製図書カードを差し上げます。

前ページの原稿用紙に書評をお書きの上、切り取り、左記までお送り下さい。宛先の住所は不要です。

なお、ご記入いただいたお名前、ご住所等は、書評紹介の事前了解、謝礼のお届けのためだけに利用し、そのほかの目的のために利用することはありません。

〒一〇一・八七〇一
祥伝社文庫編集長　清水寿明
電話　〇三（三二六五）二〇八〇

祥伝社ホームページの「ブックレビュー」からも、書き込めます。
www.shodensha.co.jp/bookreview

祥伝社文庫

謹訳《きんやく》 源氏《げんじ》物語《ものがたり》 十《じゆう》
改訂新修

令和元年 11 月 20 日　初版第 1 刷発行
令和 6 年 2 月 10 日　初版第 2 刷発行

著　者　林《はやし》 望《のぞむ》

発行者　辻　浩明

発行所　祥伝社《しょうでんしゃ》
東京都千代田区神田神保町 3-3　〒 101-8701
電話　03 (3265) 2081 (販売部)
電話　03 (3265) 2080 (編集部)
電話　03 (3265) 3622 (業務部)
www.shodensha.co.jp

印刷所　図書印刷
製本所　ナショナル製本

Printed in Japan ©2019, Nozomu Hayashi ISBN978-4-396-31772-0 C0193

林望『謹訳 源氏物語 改訂新修』全十巻

【一巻】桐壺／帚木／空蟬／夕顔／若紫
【二巻】末摘花／紅葉賀／花宴／葵／賢木／花散里
【三巻】須磨／明石／澪標／蓬生／関屋／絵合／松風
【四巻】薄雲／朝顔／少女／玉鬘／初音／胡蝶
【五巻】蛍／常夏／篝火／野分／行幸／藤袴／真木柱／梅枝／藤裏葉
【六巻】若菜上／若菜下
【七巻】柏木／横笛／鈴虫／夕霧／御法／幻／雲隠
【八巻】匂兵部卿／紅梅／竹河／橋姫／椎本／総角
【九巻】早蕨／宿木／東屋
【十巻】浮舟／蜻蛉／手習／夢浮橋